LA FEMME PÉRIPHÉRIQUE

SOPHIE POINTURIER

LA FEMME PÉRIPHÉRIQUE

ROMAN

Harper Collins
TRAVERSÉE

HARPERCOLLINS FRANCE
83-85, boulevard Vincent-Auriol, 75646 PARIS CEDEX 13
Tél. : 01 42 16 63 63

www.harpercollins.fr

ISBN 979-1-0339-0915-6 — ISSN 2724-9972

À Chiara Ristori, avec un grand merci,
Marie Docher, Andrea Field et Marie Eugène.

Au Pionierkalender 1982 *d'Anja L.*

Début octobre 2013, Sven Sön longe Central Park à pied pour se rendre au bureau. C'est une journée comme une autre, il fait beau et son premier rendez-vous est à 14 heures. En chemin, il passe devant un stand où un vieux type à la coule, casquette blanche et lunettes de soleil, vend des pochoirs façon Banksy. Un écriteau annonce la couleur : SPRAY ART, posé bien en évidence au milieu des toiles. Pas grand monde ne s'arrête. Sur sa chaise, le vieux bâille en regardant les gens passer. Sven a l'œil, il a reconnu les œuvres : *Le Lanceur de fleurs, Le Singe pensant, L'Éléphant à la bombe.* Il y a une trentaine de tableaux en noir et blanc sur ce petit étal, chacun coûte 60 dollars pièce. Sven sait que Banksy est en résidence à New York, et il sourit à l'idée que ce gars profite de l'occasion pour se faire un peu de fric.

Tout est question de décor. Et de corps, aussi.

Je n'aime pas sortir, prendre l'air ou me promener.
Je ne sais pas quoi faire de mon corps à l'extérieur.
Alors je reste chez moi et je travaille. Je peins.

PETER WOLF, 1990

— Vous pensez vraiment que c'est une bonne entrée en matière ?

Petra ôta ses lunettes. Son accent allemand vous cognait l'oreille.

— Enfin, vous pensez qu'un type qui dit qu'il préfère rester chez lui, ça donne envie de lire sa biographie ?

Philippe ne répondit pas. Décidément, cette bonne femme était à la hauteur de sa réputation. Dans le métier, on n'aimait pas vraiment Petra et peu de personnes comprenaient le couple qu'elle formait avec Peter. La simple évocation de son nom suscitait des remarques des plus sévères aux plus obscènes. Diva, chieuse, vraie emmerdeuse... On la traitait aussi de frigide, de comptable, ça dépendait. Philippe avait même entendu « castratrice » au détour d'une conversation. On disait qu'elle entretenait habilement les névroses de son mari pour le garder près d'elle. Comment Peter Wolf, l'artiste libertaire à la vision géniale, avait-il pu devenir au fil du temps le chien-chien de sa femme ? C'était épouvantablement triste et c'était bien sûr sa faute à elle.

Philippe avait fait le voyage depuis Paris et rien ne se passait comme prévu. Petra lui avait donné rendez-vous dans sa grande maison teutonne sur une des rives du Rhin. Lui s'était pointé en bon éditeur avec les deux versions de son manuscrit dans les bras, l'une en français et l'autre en allemand. Il n'avait pas osé les poser sur la table, il n'avait pas osé s'asseoir non plus. Il n'avait rien osé en fait, Petra avait rendu l'air irrespirable en un rien de temps. Aucune de ses blagues n'avait survécu… Un vrai fiasco.

Philippe tendit maladroitement l'autre enveloppe en papier kraft.

— Tenez, Petra, voulez-vous la version allemande ?

Petra remit ses lunettes pour lire, et Philippe jetait des coups d'œil vers la porte du salon. Il appelait de tous ses vœux l'arrivée de Peter. Il avait tant de fois imaginé lui serrer la main, lui parler… Mais Peter ne venait pas. Il n'y avait qu'elle pour l'instant.

Elle prit la version française et se rapprocha de la cheminée. L'exercice était délicat, il fallait lire et commenter devant l'auteur. Elle eut un léger sourire en parcourant les trois lignes d'introduction. Elle reconnaissait ces mots, même traduits : « Je n'aime pas sortir... Je ne sais pas quoi faire de mon corps... Je peins. »

Petra ôta à nouveau ses lunettes et répéta sa question :

— Vous pensez vraiment que c'est une bonne entrée en matière ?

Puis elle baissa les yeux sur le manuscrit et continua à voix haute. Elle comparait les deux versions en marmonnant en allemand. Rien qu'à son ton, Philippe comprit que ce n'était pas joyeux.

> « *L'homme est un type bien* mais *der Mensch verlässt die Erde*. C'est ce qui est inscrit, en lettres capitales, grises et irrégulières, sur le mur qui borde le parking de la gare de Wiesbaden. Petra von Hellermann voit cette phrase tous les matins lorsqu'elle se gare sur les places arbitrairement délimitées par la longueur du graffiti. »

Elle dut relire deux fois ce passage pour y comprendre quelque chose. Ça commençait mal. D'emblée, ça laissait sur le bas-côté ceux qui ne connaissaient pas leur triptyque du parking *Gare à toit*. Elle restait sur la même page et revenait sans cesse vers les premières lignes. Philippe souffla de soulagement quand elle reprit la lecture.

Mais la page était à peine tournée que Petra était déjà en proie à l'agacement. Si elle-même peinait à lire sa propre biographie, ça n'augurait rien de bon. C'était tordu, confus, alambiqué. On lui avait pourtant assuré que c'était un projet grand public.

> « Tous les jours de la semaine, à 7 h 15, Petra quitte Biebrich, un quartier tranquille au bord du Rhin. »

Ça, c'était bon, elle vivait bien à Biebrich à ce moment-là, et c'était effectivement un quartier tranquille.

> « … et elle monte dans le train de 7 h 29 pour Mayence. Depuis peu, Petra partage sa vie avec Peter Wolf, jeune artiste dissident et passionné ayant récemment fui le régime de l'Allemagne de l'Est… »

On y était. Elle lut avec curiosité l'entrée en scène de Peter : passionné, révolté politique… Dès sa première apparition, Peter remportait déjà la mise. Elle ne pouvait pas rivaliser. Il avait la fougue créatrice et elle… Est-ce que c'était mentionné qu'à l'époque elle était déjà une artiste, elle aussi ? Pas encore. Elle revint vers les premières lignes pour vérifier. Elle avait eu droit à un petit paragraphe auquel personne n'allait rien comprendre, des descriptions sèches : « elle voit », « elle gare », « elle monte dans son train-train ouest-allemand ». C'était mauvais.

Petra leva les yeux vers Philippe, un grand costaud bien taillé avec une tête d'oiseau. Une biographie… L'idée ne l'avait jamais emballée. Elle s'était tout de suite opposée au projet : pas de névroses narcissiques particulières à apaiser, tout allait bien, merci. Elle avait catégoriquement refusé qu'on vienne fouiller dans leur vie. Et puis elle s'était laissé convaincre par Degreef, leur agent à Berlin. Légalement, il était impossible d'interdire la publication, alors autant s'y associer pour limiter les dégâts. Et puis, à Paris, on trouvait absolument géniale la perspective d'une monographie, d'une « biographie d'artistes ». Et ça, Philippe n'avait eu de cesse de le lui dire, au téléphone. Il avait répété au moins quatre fois qu'il fallait faire miroir, de l'histoire en miroir. Ou quelque chose comme ça. « Un livre d'art, un livre rare, à l'image de votre couple. »

Petra restait silencieuse.

— C'est une première mouture, vous savez...

— Une mouture ? C'est-à-dire ?

Malgré plusieurs années passées en France, certaines expressions demeuraient toujours un peu floues pour elle.

— Peut-être que c'est mal traduit, parce que la version française est percutante, vous savez.

— Mais c'est la version française que je lis ! Ce lieu que vous décrivez, le parking, il s'agit du triptyque *Gare à toit,* celui qui est au MoMA de Bilbao. C'est bien ça ?

Philippe lui répondit avec un large sourire, ravi qu'elle reconnaisse la référence.

— Oui, c'est exactement ça.

Petra poursuivit sa lecture, rapidement, à voix haute.

> « Nous sommes en 1990, à l'apogée de la carrière d'un couple de plasticiens. Leur œuvre commune va écrire le parcours atypique de ces deux artistes, symboles des unions et désunions de l'Allemagne. Peter, l'homme de l'Est, artiste entier et passionné dont la portée créatrice emportera tout sur son passage, et Petra, la femme de l'Ouest, technicienne et gardienne du temple, vecteur indispensable de leur œuvre. »

— Ah... Un « vecteur », c'est quoi ? C'est comme un interrupteur ? Un vecteur, *wie Vektor* ?

— Alors euh... C'est une métaphore pour dire que vous êtes le pont nécessaire, que vous êtes l'élément ultime et essentiel de transmission. Vous voyez ?

Philippe transpirait, il commençait à cerner ce qui la contrariait.

— Oui je vois bien, dit-elle. Je vois.

Elle ne faisait aucun effort pour adoucir son accent. Elle le savait très dur, à la limite de la caricature, et ça lui plaisait. La seule perspective de donner un peu de mal à ce type lui semblait être de bonne guerre. Ce Français qui ne faisait même pas l'effort de s'exprimer dans une autre langue que la sienne.

D'un geste rapide, elle attrapa un châle qui traînait près du fauteuil pour le mettre sur ses épaules et elle secoua du pied une bûche qui dépassait pour raviver le feu. Philippe essayait de sourire malgré tout. Il avait tellement hâte de *le* rencontrer ! Chaque objet dans la pièce lui en disait un peu plus sur Peter. *Il a touché ce fauteuil, il s'est assis sur ce canapé, il ouvre cette porte pour aller se promener dans ce jardin, qui est là, sous mes yeux !*

Malgré sa frustration, Philippe surjouait maladroitement son rôle, tout emporté qu'il était de se trouver dans l'intimité de Peter. Il se mouvait avec une aisance qu'il se découvrait. Petra le regardait aller et venir dans la pièce. En plus de ses chaussures trop vernies, l'homme arborait une petite barbe de trois jours et la quarantaine trop confiante : il avait tout pour l'agacer.

— Petra, croyez-moi. Nous allons faire un texte à plusieurs niveaux de lecture, un pour les initiés, et un autre plus… grand public ! Un peu ce qu'on a fait avec Banksy, vous voyez ? Vous avez remarqué toutes les références à vos travaux dès les premières lignes ?

Petra hocha la tête, oui, elle avait vu, oui. Même elle, elle avait du mal à suivre… *Non mais c'est grotesque,* pensait-elle. *Auf die Schliche kommen, L'homme est un type bien, 7 h 29, Le Parking,* tout ça était lourd et inutile.

— Je n'ai jamais aimé la surenchère de références. Je n'en vois pas l'intérêt. C'est prétentieux. D'ailleurs, comment saurez-vous que ça fonctionne, enfin, que les gens comprennent vraiment tout le premier paragraphe ?

— Faites-moi confiance, les biographies d'artistes, c'est ma spécialité. Vous avez vu le travail que nous avons fait sur von Tute, Régis Fontenay ou Roman Hazer ? Et la biographie de Ramon Czetov ? Croyez-moi… Il faut une narration miroir déconcertante, il faut… bousculer le verbe à l'image de l'œuvre, pour justement… la démythifier ! Vous avez vu le travail que nous avons fait sur Banksy ? Qu'en pense Peter ?

— *Peter denkt…* pareil que moi, dit-elle à voix basse.

Il avait dit quoi déjà ? « Bousculer le verbe à l'image de l'œuvre. » Ça voulait dire quoi *bousculer le verbe…* ? Dézinguer la syntaxe, réinventer la roue ?

Ils avaient vraiment publié la biographie de Banksy. Ces maudits Français n'avaient peur de rien… Elle faillit en sourire.

— Vous avez fait très fort avec Banksy…

— Oui, c'est notre best-seller !

Son affirmation la laissait sincèrement surprise. Mais au-delà de la blague, c'était inquiétant. S'ils avaient pu écrire deux cent cinquante pages sur la vie d'un type dont l'identité avait toujours été un secret, alors ces hommes étaient capables de tout, du meilleur comme du pire.

Elle jeta un œil par la fenêtre. Les rives du fleuve étaient trop glissantes, et peu de monde se risquait à la balade. Petra remonta son châle et reposa les yeux sur la « mouture » en hochant la tête. Elle retira définitivement ses lunettes.

— Je ne me reconnais pas. 7 h 15 ceci, 7 h 29 cela…

— Mais c'est bien vous, non ?

— Non, pas vraiment. Ça parle de mon travail mais je ne vois pas le « miroir de ma vie » là-dedans. Il faudrait peut-être faire plus simple, vous ne pensez pas ?

— Ah. Je suis étonné… Pourtant, c'est ce qui se dégageait de nos entretiens.

— Nos entretiens ? Philippe, on s'est parlé au téléphone trois fois !

— Euh… non, Petra, il me semble qu'on s'est parlé bien plus que ça. Peut-être que je le tiens de Peter…, tenta-t-il.

— Peter ? J'aimerais bien savoir quand il a bien pu vous dire ça.

Il le tenait de Peter ! Les bras lui en tombaient.

Elle en avait assez de lui, de Banksy et de cette histoire de biographie. Elle regarda sa montre et se leva pour les sociabilités de fin d'entrevue.

Philippe n'avait aucune envie de partir, il faisait mine de rien. Mais Petra avait l'habitude de ces types-là. Derrière son air glacial, elle avait l'art de vous donner congé tout en douceur. Elle en devenait presque aimable tant elle vous témoignait toute sa reconnaissance à l'idée d'être laissée tranquille. Elle lui tendit son manteau et l'aiguilla doucement le long du couloir. Le temps qu'il s'en rende compte, c'était trop tard, l'heure de son départ avait sonné. Philippe freinait des quatre fers et tendait l'oreille, à l'affût du moindre bruit. Il se tordait littéralement le cou en espérant Peter derrière chaque entrebâillement de porte. Plus il avançait dans ce couloir et plus ses chances de le croiser s'amenuisaient. Il avait beau ralentir pour prolonger le moment, poser des questions inutiles, rien n'arrêtait la pression de la main de Petra sur son dos.

Non, il ne pouvait pas partir sans le voir. Il y alla franco.

— Je ne peux pas vous quitter sans saluer Peter !

— Peter est dans l'atelier, répondit-elle d'une voix autoritaire, avec son accent bien trempé.

— Ses phobies, encore ses phobies, n'est-ce pas ?

— *Ja, genau.* Il ne veut voir personne.

Philippe se retenait de lui demander une photo-souvenir.

— Quel couple vous faites, quelle chance vous avez…

— C'est ça, nous avons de la chance.

— Oui, bien sûr. Mais je pensais : quelle chance vous avez de vivre avec un tel génie !

Petra ouvrit la porte d'entrée d'un geste sûr.

— Au revoir, monsieur, et à très vite.

À cause de ses mocassins trempés par la neige, Philippe ne s'attarda pas longtemps et grimpa dans la berline bleue qui l'attendait. Petra prit le temps de regarder la voiture disparaître avant de faire quelques pas et respirer calmement. L'air glacé lui brûlait les poumons. Tout était gelé. La lumière était blanche, perçante. Une lumière agressive, méchamment crue. Une neige éclatante recouvrait les moindres détails de son jardin : les branches, les pousses, l'herbe.

Elle se souvenait : *L'homme est un type bien, 7 h 29*, oui, c'étaient de bons moments ! Tout avait commencé à quelques rues, non loin de là.

Depuis la fenêtre de sa chambre, elle pouvait apercevoir le toit de son tout premier atelier, une remise sommairement rénovée dans une arrière-cour très banale, juste à côté du marchand de glaces italien. Il y avait à peine assez d'espace pour y dormir et y travailler. Là-bas, elle avait eu vingt ans. Elle souffla sur la vitre pour y dessiner une petite croix au-dessus du toit vert. Elle avait déménagé de nombreuses fois, Berlin, Paris, Cologne, Barcelone, pour se retrouver, à cinquante-cinq ans, à cent mètres à vol d'oiseau de ses vingt ans.

Petra gagnait sa vie au-delà de ses espérances. Acheter un tableau des Wolf était un investissement sûr, et sa valeur sur le marché la gênait presque. Mais pour combien de temps encore… Cet engouement soudain pour leur vie l'inquiétait, cela ne présageait rien de bon.

Elle pianota un message sur son téléphone. « Il faut qu'on se voie, une histoire de biographie. Viens, STP. Réponds-moi. » Une minute plus tard, elle recevait deux messages coup sur coup : « Je fais au plus vite » et « Une biographie ? *Mazel Tov !* », suivis de près d'un : « Ah… merde. »

En route vers l'hôtel, Philippe essuyait ses chaussures avec le bout de sa manche, faute de mieux, pour éviter que le gel n'attaque le cuir. Il n'avait pas réussi à approcher Peter. Si près du but… Il avait quand même eu un aperçu de son intérieur, de son atelier, ça pouvait lui donner des pistes pour étoffer la psychologie du bonhomme. La maison était un peu bourgeoise. Pour autant, elle était décorée avec simplicité. Beaucoup de meubles retapés, des murs nus, des couleurs chaudes et un simple parquet qui devait coûter une blinde, du genre grosses lattes en bois massif.

Son téléphone sonna. C'était Stéphane, le coauteur de la biographie, celui qui avait travaillé sur von Tute et Czetov.

— Alors ?

Philippe avait décroché machinalement sans penser à ce qu'il allait dire.

— Alors ça s'est bien passé.

Il n'en dit pas plus.

— Ça va, Philippe ?

— Oui, oui. Juste un peu crevé, il fait un froid de gueux ici.

Le silence s'étira. Chacun attendait que l'autre prenne la parole.

— Alors, comment il est ?

Stéphane ne parvenait pas à masquer son impatience.

— Qui, Peter ? Ah, tu sais, je l'ai à peine vu. J'ai surtout parlé avec Petra. Qu'est-ce qu'elle est rigide, cette nana... On dirait une vieille maîtresse d'école.

Stéphane eut un rire rassurant.

— Oui, apparemment c'est une dingue. Mais lui ? Tu l'as trouvé comment ?

— Bah, comme d'habitude. Il était loin, je ne lui ai pas beaucoup parlé. Il est... taiseux...

— Il a fait son reclus ?

— Voilà, c'est ça.

— Il a aimé ? Tu lui as montré quelle version, la française ou l'allemande ?

— Écoute, j'ai surtout vu avec Petra... Bizarrement, elle a lu la française et pas l'allemande, alors que ça m'a coûté un bras de la faire traduire.

— Mais lui, il n'a rien lu ?

— Non... Pas encore, il était dans son atelier, tu sais. Mais j'ai laissé les deux versions pour lui.

Stéphane n'en revenait pas. Il répétait que c'était fou, que Philippe avait fait le trajet depuis Paris pour les rencontrer, tout ça pour « revenir bredouille ». Il le plaignait, un peu longuement d'ailleurs, et son empathie devenait vexante.

— Tu sais, il a un vrai problème, des phobies paralysantes. Petra m'a confirmé.

— Nan mais il exagère ! fit Stéphane.

— Je ne sais pas. On fera avec. J'ai réussi à contacter un mec, Rüdiger quelque chose, qui l'a bien connu quand il était à l'Est. J'ai rendez-vous avec lui demain...

— Ah oui, tiens-moi au courant, je suis justement en train de plancher sur son passage à l'Ouest, y a toute une période que j'ai pas.

— Comment ça ?

— Y a un truc pas clair, j'y comprends rien.

Ça n'était pas un vrai mensonge. Sinon, comment expliquer que lui, Philippe Museau, directeur de la maison Lézard de minuit, se soit fait planter par Peter, alors même qu'il dédiait aux Wolf une biographie qui leur rapporterait, à lui et à sa femme, pas mal de fric et encore davantage de visibilité ? Il inspecta son portable et s'aperçut avec effroi que son tweet matinal balancé euphoriquement du taxi avait été repris plus d'une centaine de fois. Son « *Finally meeting Peter and Petra Wolf today!* » était même devenu son plus gros carton après l'épisode Banksy. Il chercha une phrase elliptique qui pourrait tout et rien dire, juste de quoi stabiliser les commentaires et calmer les retweets. Mais maintenant qu'il avait provoqué l'attente, il ne pouvait plus se défiler. Il avait beau chercher, rien ne venait. Il se donna une heure pour trouver quelque chose de percutant. Pour l'instant, un « *So inspiring* » accompagné d'une vue du fleuve sous la neige ferait l'affaire sur Instagram.

De son côté, Petra était soulagée d'en avoir fini avec Philippe et ses questions. Assise sur le rebord de la baignoire, elle observait patiemment le niveau de l'eau monter. Puis elle ferma les yeux. Elle repensait à ses débuts : c'était dans le train de 7 h 29, justement, en septembre 1987, qu'elle avait fait cette rencontre décisive. C'était à cette date qu'elle s'était liée aux Wolf à tout jamais. D'où la célèbre série dénommée *7 h 29*, dont la plupart des tableaux avaient été vendus à un collectionneur new-yorkais, un type d'Europe de l'Est richissime dont le père avait déposé le brevet du premier Sopalin, conçu d'après une idée de sa femme. Un détail qui l'avait marquée.

À l'époque, Petra quittait très tôt son petit deux-pièces pour aller travailler à Mayence. Elle savait bien que le fin fond de la Hesse n'était pas idéal pour les plasticiens. Cologne ou Francfort, à la limite. Mais le mieux aurait évidemment été de retourner à Berlin.

Et là, trente ans après, les pieds dans son bain, Petra repensait à ce moment où elle avait vu Vera et Peter pour la première fois. Avant leur rencontre, les jours s'enchaînaient et rien n'était jamais mieux que la veille. Et puis il y avait eu ce jour-là avec son air de rien, ce jour qui avait transformé le cours de sa vie.

Elle glissa dans son bain. Elle aurait tout donné pour quelques heures de ses vingt-cinq ans. Submergée par la nostalgie d'un bonheur qui n'existait probablement pas à l'époque, Petra voyait une série de visages aller et venir dans sa mémoire. Elle joua à les convoquer, à retrouver quelques souvenirs et à ressentir une petite peine tout à fait ordinaire. Elle se remémora la chaleur de Peter, le regard perçant de

Muriel et la drôlerie de Vera. Vera et sa voix insupportable. Tous les trois avaient été le cœur de son existence pendant les quelques années qui avaient façonné sa vie d'adulte.

Un message de Victor Hallworth, son agent à New York qui s'occupait du marché nord-américain, était marqué d'un drapeau rouge. Il commençait à perdre patience. Victor avait piqué sa toute première colère lorsqu'il avait pris connaissance, par hasard, du projet de la maison d'édition française. Il s'était senti floué. *Putains d'Européens,* avait-il pensé, *ils m'ont fait un bébé dans le dos.* Quand on réussit des transactions de plus d'un million de dollars pour quelques pièces, « la moindre des choses est de travailler en confiance », avait-il écrit à Petra dans son mail. Il voulait parler à Peter, désormais. Malgré les explications habituelles de Petra, Victor, qui s'en était toujours gentiment contenté, ne souhaitait cette fois-ci pas en rester là. Il était en pleine négociation avec le Met et, depuis que la rumeur de leur biographie s'était répandue comme une traînée de poudre, tout se jouait désormais sur la présence du couple, avant, pendant et après le vernissage. C'était devenu la seule et unique condition posée par le Met. Désormais, le musée ne se satisferait plus de la seule Petra.

Victor avait tout accepté pendant quinze ans : les absences, les rendez-vous téléphoniques ratés, les excuses mal ficelées. Mais depuis la biographie et les interviews accordées par Peter à tout-va, il s'était senti trahi. Sa réputation en prenait un coup et il ne pouvait l'accepter. Matthew, son assistant, l'avait vu entrer dans une colère noire, il avait balancé l'énorme cendrier en verre de Murano sur le miroir Art déco de la salle de réunion. Huit mille dollars partis en morceaux, c'était dire.

Petra cliqua sur « répondre », resta un long moment les yeux sur le curseur, mais rien. Elle n'avait rien à dire. Elle attrapa son téléphone et tapota un deuxième message à l'adresse de Vera : « Dis-moi vite quand tu viens, STP. »

Elle aurait voulu prévenir Muriel aussi, mais ça faisait si longtemps. Elle devait toujours lui en vouloir après l'histoire du portrait.

À l'hôtel, Philippe Museau se sentait humilié. Il n'avait pas su jouer de son charme. Peut-être était-ce une question d'âge, elle devait être trop vieille pour ça.

Il dîna seul dans un restaurant à côté de son hôtel de Sachsenhausen, un quartier classe sup branché de Francfort. Il avait pourtant le guide de la ville dans sa poche mais il n'était pas d'humeur touristique. Il devait plancher sur son entrevue du lendemain. À côté de son plat, il y avait toute la documentation préparée par son coauteur, Stéphane, et son assistante, Candy.

Il fallait en savoir plus sur Peter, plus que ce qui était déjà connu. Sa période RDA et son évasion, c'était de l'archi-mâché. Il fallait quelque chose de personnel, quelque chose qui n'avait jamais été révélé. Philippe marmonnait devant son assiette. Il avait fait chou blanc avec Petra à Biebrich. Il n'avait pas su lui parler, il n'avait pas réussi à ouvrir une brèche dans ce mur qu'elle dressait entre eux et le monde. Après plusieurs gorgées de bière, il se força à reconnaître qu'il avait foiré. Mais il allait faire autrement, changer de stratégie, il fallait être tactique. Toute son attention se focalisait à présent sur le rendez-vous du lendemain qu'il avait obtenu avec ce Rüdiger Kneff. Ça ne s'inventait pas un nom pareil. C'était un ami du couple, que Peter avait rencontré pendant sa détention en 1986 et 1987 à Berlin Est.

Philippe replongea dans ses dossiers en essayant d'attraper ses pâtes à la sauce sans regarder son assiette. Il lisait et relisait ses notes : « Naissance de Peter en 1960 à Potsdam, parents apparemment membres actifs du Parti. » Aucune trace de son enfance et aucun moyen de contacter qui que ce soit. Philippe surligna « Enfance à Potsdam » en notant sur le côté qu'il fallait absolument se débrouiller pour récolter un minimum d'anecdotes. Un prof, un camarade de classe, un voisin ou une amoureuse, n'importe quoi mais quelque chose de cette période.

Il poursuivit sa lecture. Après deux ans passés à étudier à la Hochschule für Grafik und Buchkunst à Leipzig, Peter avait décidé contre l'avis paternel de rejoindre sa sœur à Berlin Est où il avait terminé ses études à l'Akademie der Künste. Comme nombre de ses confrères, il s'était installé ensuite dans le quartier de Prenzlauer Berg, qui n'avait rien du quartier couru d'aujourd'hui. C'était gris, austère et mal chauffé.

Comment avait-il rencontré Petra ? Philippe n'avait que la version qu'il tenait de Martin Grangier, la nouvelle tête du Pompidou qui s'autoproclamait expert ès Wolf. Selon ses dires, Petra était une amie de la sœur de Peter, une certaine Muriel. C'est ce que Grangier aurait raconté lors d'une petite sauterie sur l'art allemand de l'après-guerre à laquelle il avait été convié. Il avait passé tout le cocktail à pérorer tranquillement, un verre de blanc tiède à la main. Philippe n'y était pas allé en réalité, la scène lui avait été rapportée par Candy.

Toujours d'après Grangier, Muriel et Petra entretenaient à l'époque, et depuis des années, une correspondance qui n'avait aucun secret pour les services de la sécurité intérieure. Avaient-elles été sur écoute ? Peut-être. Tous les trois ? Sûrement. Les liens avec l'Ouest attisaient toujours la suspicion. Au milieu des années 1980, Peter était soudainement devenu un artiste dissident, un « inofficiel » comme on dit. C'est ce qui lui avait permis d'avoir une cote exponentielle sur le marché de l'Ouest. Contrairement à ses collègues, il avait eu la bonne idée de brûler publiquement sa carte du VBK, le Verband Bildender Künstler der DDR, une sorte d'union nationale des artistes officiels de la RDA. Sans cet acte symbolique, il serait peut-être toujours en train de peindre dans un deux-pièces humide de Prenzlauer Berg, pauvre, inconnu et vilipendé pour avoir vécu sa vie d'artiste entretenu par le Parti.

Le serveur s'approcha et Philippe en profita pour commander un café avec un verre de whisky. Il lui manquait des bouts, il lui manquait des pans entiers. Comment Peter était-il devenu dissident ? Était-ce à cause des liens que sa sœur avait avec l'Ouest ? Quelle était la nature des relations entre Muriel et Petra ? Pourquoi Grangier parlait-il de lettres *passionnées* ? Comment deux personnes nées dans les années 1960 pouvaient-elles se rencontrer alors que le Mur séparait les deux Allemagne depuis leur naissance ?

Beaucoup de zones d'ombre demeuraient, et Philippe voulait une biographie parfaite. Il repensa à ce que Stéphane lui avait dit pour le rassurer : on n'est pas obligé de tout expliquer.

Philippe rangea tous ses papiers dans sa besace et posa sur la table *D'une Allemagne à l'autre*, le journal de Günter Grass écrit en 1990 : il fallait se replonger un minimum dans les ambiances thématiques et géopolitiques de l'époque. Il n'était pas très calé en RDA, et l'important restait de ne pas avoir l'air d'un con.

Le lendemain matin, Philippe s'envola pour Berlin. Il ne pensait plus qu'à son rendez-vous avec Rüdiger. Il avait le cœur battant d'un premier rencard, était tout en sueur alors que le thermomètre affichait – 5 °C. À la sortie de l'aéroport, la première bouffée d'air le frigorifia de l'intérieur. Il se sentait prêt à tout tenter pour que sa rencontre se passe mieux cette fois-ci. Il héla un taxi et eut toutes les peines du monde à se faire comprendre du chauffeur : « Boxa-jenère-chtrasseu », c'était imprononçable. Au bout de la troisième tentative, il finit par montrer l'adresse inscrite sur ses documents.

Le rendez-vous était fixé dans un café de la Boxhagener Straße, un café comme on en voit partout dans le nord de l'Europe, convivial mais pas trop, grand mais pas trop, avec des tables en bois et des luminaires en acier brossé. En entrant, il retira ses gants et chercha du regard un homme de l'âge de Peter, la bonne cinquantaine. Parmi la petite assemblée assise sagement dans le café, il y en avait un qui pouvait bien être celui qu'il cherchait. Attablé à sa gauche en train de lire un journal, il y avait un type avec les cheveux poivre et sel et une veste d'un magnifique jaune moutarde : oui, c'était sûrement lui. Les autres étaient trop jeunes pour s'appeler Rüdiger et frôler les soixante piges.

Philippe s'approcha timidement et lança un :

— *Hello, Rüdiger?*

L'homme leva les yeux vers lui et fit non de la tête.

— *Sorry.*

La déception immobilisa Philippe quelques secondes. À peine avait-il eu le temps de reprendre ses esprits qu'une femme arriva derrière lui, un peu essoufflée, en le bousculant avec un carton à dessin. L'homme à la veste moutarde était visiblement content de la voir. Il lui sourit en pliant son journal et se leva pour l'escorter vers le fond de la salle. Il avait tout l'air de travailler là. Dans son élan, il posa la main sur le bras de Philippe, comme pour lui dire de se pousser un peu. Philippe s'exécuta. Il resta quelques minutes debout, là, au milieu de ce no man's land, à se demander s'il allait s'asseoir ou pas. En plus il n'y avait personne derrière le comptoir, il ne savait même pas à qui passer commande.

Depuis l'autre bout de la salle, le type à la veste jaune gardait sur Philippe un œil concerné. Soudain, il siffla dans sa direction, avec deux doigts dans la bouche comme le font les entraîneurs. Il lui montra la porte.

— *Here, Rüdiger, look!*

Quelqu'un s'approcha de Philippe : cette fois-ci c'était le bon.

Philippe lui sourit comme il aurait voulu sourire à Peter la veille et il lui serra chaleureusement la main.

— *Hallo! Schön, Sie zu treffen.*

— *Hello! Yes! Very pleased to meet you*... Enchanté !

Ils passèrent quelques secondes à se regarder en se serrant la main, et Philippe poursuivit :

— *Do you know if the translator is here?* Le traducteur est là ?

— *Ach, translator, ja, nein. Kein Deutsch?* Parler allemand ?

— Non, *no, nicht Deutsch.*

Rüdiger lui montra une table près de la grande baie vitrée.

Philippe avait hésité avant de passer par un interprète pour l'interview. C'était l'idée de Stéphane. Selon lui, c'était plus simple, chacun pouvait parler dans sa langue et dire finalement plus de choses que dans un anglais incommode.

Rüdiger fit un signe à l'homme en veste jaune pour lui commander deux bières. Tous deux échangèrent des « bonjour » de loin, l'autre gars avait tout l'air d'être le patron. C'était un peu tôt pour boire une bière mais Philippe avait un besoin urgent de ne pas déplaire, surtout pas à un ami de Peter. Rüdiger était grand, avait les cheveux courts et blanchis, les yeux gris clair. Ses habits sentaient la lessive et il portait une montre de plongée. Juste avant que la gêne ne s'installe vraiment, une jeune femme s'approcha d'eux : c'était l'interprète. Ils pouvaient enfin commencer l'entretien.

Philippe écouta chaque mot pendant plus de deux heures. Il prit soin de tout enregistrer sur deux supports différents, par précaution. Rüdiger avait parlé un moment de son quotidien avec Peter à Hohenschönhausen, la prison de la Sécurité d'État. Ils étaient compagnons de cellule mais ils ne se parlaient pas, ou très peu. Tout le monde savait qu'il n'était pas rare de partager sa cellule avec un indic de la Stasi. On pouvait fréquenter des personnes pendant des années, rire avec elles, se marier avec elles, être incarcéré avec elles, tout en restant sur ses gardes. Tout le monde se méfiait de tout le monde et on ne se confiait pas facilement. En bon mec de l'Est, Rüdiger n'avait par conséquent rien de particulier à raconter sur Peter.

Philippe comprit que les questions directes et frontales n'allaient rien donner. Il choisit de passer par des voies détournées et laissa Rüdiger digresser sur le Berlin d'avant : les gens, les habitudes, les tensions de l'époque.

C'est à ce moment-là que Rüdiger raconta son arrestation en décembre 1986. Son travail avait « porté préjudice aux valeurs de l'État », selon la formule consacrée.

Philippe ouvrit grand les yeux, il n'avait jamais rien entendu de pareil.

Rüdiger continuait. En tant que membre du VBK lui aussi, il bénéficiait comme tout le monde d'un salaire et d'une protection sociale. Il répondait aux commandes et peignait là où on le lui demandait. En 1986, on l'avait envoyé dans une usine de Werdau, en Saxe, pour travailler sur une toile immense en l'honneur des ouvrières. Il s'était mis à la tâche et, malgré les réactions enthousiastes des femmes qui y étaient représentées, les délégués responsables du contrôle des œuvres avaient décrété que le visage des ouvrières ne reflétait pas les valeurs du socialisme. Elles avaient le teint gris et l'air fatigué. Leurs traits étaient tirés et leurs cheveux, défaits. Sur la tête de deux d'entre elles, des mèches rebelles semblaient se dresser en épi, portées par un souffle qui venait d'on ne sait où. Les machines sur lesquelles elles travaillaient ne brillaient pas beaucoup et, à l'arrière-plan, une partie du mur de l'usine pouvait paraître délabrée. Mais ce n'était pas cet aspect sombre de l'usine qui avait causé la perte de Rüdiger, non. Cette image réaliste de l'environnement ouvrier serait passée. La peinture avait été qualifiée de hautement subversive pour d'autres raisons. Le Parti n'était pas dupe et avait intercepté le message caché : le manque de fenêtres symbolisait une dénonciation de l'enfermement de la Nation. L'élan dans les cheveux des ouvrières était un appel au soulèvement. Comme nombre de ses collègues, Rüdiger s'était retrouvé du jour au lendemain démis de ses fonctions. L'ensemble de sa production fut passé au crible et le jugement fut sans appel : il était un ennemi de l'État.

— Heureusement pour moi ! À l'époque, j'ai cru que je ne m'en remettrais jamais, mais une fois le Mur tombé c'est ce qui m'a sauvé la vie. J'ai des amis artistes, peintres, des personnes incroyables qui se sont fait traîner dans la boue par des petits connards de l'Ouest qui ne connaissaient rien à rien. Sous prétexte qu'ils étaient au VBK, c'était des vendus. Mais c'était des artistes, de vrais artistes, des gens complexes avec une vision.

Le regard de Rüdiger alla se perdre dans le velours de la veste jaune qui s'affairait derrière le bar. Il avala d'un trait le reste de sa bière et leva son verre vide dans sa direction. Le patron lui répondit en allemand.

Rüdiger sourit, reposa son verre et ses esprits.

— Qu'est-ce que l'Ouest retient : Peter Wolf ! Je ne juge pas, je dis juste qu'il correspond bien à la vision binaire d'aujourd'hui. À un besoin simpliste d'avoir un héros. C'est tombé sur lui.

Il tourna lentement le cadran de sa montre de plongée avant de poursuivre :

— Vous voulez savoir ce qui se passait au VBK ? Une fois que je me suis fait virer, un de mes amis, qui avait l'air d'un parfait camarade, soit dit en passant, cet ami m'a mis sur une combine qui m'a permis de vivre décemment quelques années. Deux fois par an, je devais accueillir en toute discrétion un marchand d'art, quelqu'un de l'Ouest, et lui faire faire le tour de tout le milieu. C'est à cette époque que j'ai recroisé Peter.

— Qui était ce marchand d'art ?

Philippe tenait là une information totalement inédite.

— J'ai oublié son nom, un Hans Degfer, ou Derfger quelque chose, un nom un peu belge, de la Marchtzig Galerie. Elle était connue à l'époque. Je ne sais pas ce que ce type est devenu. Mais quelle rigolade, faire une « balade » avec un *Wessi,* un mec de RFA, ça passait pas inaperçu. Tout respirait l'Ouest chez ce mec, sa démarche, son regard, même la façon dont était taillée sa barbe. Je ne parle même pas des vêtements. Un tissu de l'Ouest ça se repérait à cent mètres. À chaque fois, on finissait par attirer l'attention et on se faisait suivre.

— On vous arrêtait ?

Rüdiger leva les yeux devant la naïveté de Philippe.

— Ça dépendait, je téléphonais à mon ami du VBK, qui lui-même téléphonait à quelqu'un et tout s'arrangeait dans la minute.

— Et Peter dans tout ça ?

— Je vous l'ai dit, je l'ai recroisé à ce moment-là. Il venait de terminer ses études et on sentait bien qu'il cherchait des lieux alternatifs. C'était un jeune en colère comme il y en avait plein d'autres. On traînait dans les mêmes lieux, mais à vrai dire je n'y avais pas prêté plus attention que ça.

— Mais vous avez été ensemble à Honshon… Enfin, en détention, non ? Comment était-il ?

Rüdiger resta un petit moment silencieux. « Et Peter ? Et Peter dans tout ça ? » Philippe n'avait que lui à la bouche. Rüdiger haussa les épaules.

— Si vous voulez du nouveau sur Peter, si vous voulez quelque chose que les autres n'ont jamais raconté, parlez de tous ces artistes de RDA. C'est bien plus intéressant que de savoir ce que Peter a bien pu me dire quand on était en taule. Vous savez, je rage quand j'entends qu'il y avait une culture monolithique d'État et toutes ces conneries… Vous croyez vraiment que rien ne s'est passé en dehors du figuratif ? C'est tellement loin de la réalité…

— Oui, bien sûr.

— Vous ne croyez pas que l'idéologie pépère et prospère n'a jamais eu d'influence sur le travail de vos collègues de l'Ouest ?

Philippe écoutait, gravement. C'était la première fois qu'on lui présentait les choses aussi frontalement. À écouter

Rüdiger, Peter n'était pas le dissident révolutionnaire brûleur de symboles que l'on se plaisait à décrire depuis trente ans. Il était juste un gars aussi empêtré que les autres dans son époque, et pour comprendre Peter il fallait comprendre la complexité de la RDA, c'était devenu évident.

— Mais Peter dans tout ça ? Vous le situez comment ?

— Demandez-le-lui. Moi, je ne parle pas des autres à leur place.

Philippe décida de jouer une dernière carte.

— Dites-moi quelque chose sur lui, je ne sais pas... Dites-moi où il a grandi par exemple... Ce que faisaient ses parents... Vous savez ?

Rüdiger sourit et leva les yeux en direction du bar. Une toile de quatre mètres sur deux recouvrait une grande partie du mur derrière le comptoir. Philippe l'avait à peine remarquée en entrant, la toile était si grande qu'elle se fondait complètement dans le décor.

— Vous voulez quoi, fouiller dans son enfance ? Pour quoi faire ? Étaler son intimité devant des gens qui, soyons honnêtes, s'en foutent ?

— Dites-moi où le trouver !

— Mais vous ne comprenez pas ce que je viens de vous dire...

Philippe s'en défendait. Il n'eut pas le temps de finir sa phrase que Rüdiger l'interrompit une nouvelle fois en faisant non de la tête. L'interprète ne savait plus qui traduire, ils parlaient en même temps. Au lieu de continuer à traduire Philippe, elle s'était ravisée et avait pris le parti de traduire les propos de Rüdiger, elle avait perçu qu'il avait la priorité naturelle dans l'échange.

— Vous voulez un vrai scoop ? Vous voyez cette toile ?

Philippe suivait les yeux de Rüdiger, attentivement.

— La grande, là ?

— Elle est de Peter. J'étais là quand il l'a peinte.

— De Peter ?

Philippe crevait d'envie de se lever et de la regarder de plus près. Il fixa la toile, longuement. Ça devait valoir une fortune ! Il chercha un signe, la touche personnelle qui lui permettrait de reconnaître le style : un coup de pinceau, une récurrence dans ses névroses, n'importe quel indice propice à une authentification sauvage. Il plongea littéralement dans le tableau, il ne voyait plus rien autour de lui.

Rüdiger continuait. Il riait un peu, conscient de son petit effet.

— Je sais, elle vaut peut-être 100 000 dollars maintenant. Elle a pris la fumée, le froid et la friture pendant trente ans, mais elle est bien de lui.

Rüdiger commanda deux autres bières au patron et s'inquiéta de savoir si l'interprète avait soif. Philippe ne disait plus rien. C'était pas 100 000 dollars qu'elle valait cette toile, c'était cinq fois plus au minimum, il était un peu à côté de la plaque sur ce coup, le Rüdiger.

L'Allemand de l'Est était d'humeur à se raconter, l'effet de la bière matinale, ou peut-être parce que ça lui plaisait de parler à un étranger…

— Il l'a peinte ici pour fêter le jour où on a racheté la galerie en 1990.

— Quelle galerie ?

— Vous êtes à la Galerie 43, c'était bouillonnant à l'époque. C'est un café maintenant, enfin un café-galerie. Les gens viennent boire des coups et oublient un peu. *C'est la vie,* ajouta-t-il en français.

— Vous pouvez prouver qu'elle est de lui ?

Rüdiger se mit à rire.

— Pourquoi je vous mentirais ? Je ne veux pas la vendre.

Philippe se leva en regardant autour de lui. En effet, il y avait bien des tableaux et des sculptures posés çà et là dans le café, un peu comme dans une galerie. Il devinait même une salle derrière l'escalier qui semblait être un lieu d'exposition. La jeune femme qui l'avait bousculé avec son carton à dessin s'y tenait, debout au milieu de la pièce, en pleine conversation avec le type à la veste moutarde. Ils se déplaçaient en montrant du doigt des objets sur des socles.

Sans dire un mot, Philippe s'avança et photographia sous tous les angles la grande toile. Il était perplexe, rien dans sa facture ne ressemblait à ce qu'il connaissait du travail de Peter Wolf. C'était une toile d'une taille très importante. C'était le seul point commun évident avec le travail habituel de Wolf. Le reste était déroutant, absolument abstrait. Il y avait ici et là quelques collages naufragés d'une figuration noyée dans la matière. Comme une vague qui emportait tout sur son passage, sans structure, sans intention particulière. Wolf était pourtant connu pour énoncer clairement la couleur, dans la brutalité directe de son coup de pinceau. Mais là rien de tout ça, on était même à l'exact opposé. Restait cependant le pouvoir du tableau, il semblait vous happer avec la même force que les plus beaux Wolf. Un Wolf vous happait n'importe qui, du môme au dentiste, en passant par la ménagère, c'est pour ça que certains les méprisaient.

Il avait réussi à prendre en photo tous les coins et recoins de la toile, et en avait profité pour élargir son horizon et regarder autour de lui. Il demanda la permission de photographier les lieux et passa une vingtaine de minutes le nez en l'air et l'œil ravi. Philippe ne connaissait pas la Galerie 43, mais si Rüdiger avait utilisé l'adjectif *fameuse*, c'est que ça devait être quelque chose. Il sentait qu'il tenait de quoi aller plus loin.

Quand il eut fini son inspection, il retourna s'asseoir auprès de Rüdiger et de l'interprète en dissimulant tant bien que mal une certaine satisfaction. Après quelques gorgées de bière pour se remettre du choc de sa découverte, les histoires de Rüdiger lui revinrent en tête.

— Mais vous l'avez vraiment fait exprès ?

Rüdiger ne comprenait pas.

— De quoi parlez-vous ?

— De votre tableau, votre fresque. Vous avez vraiment voulu dénoncer tout ce que le VBK vous a reproché ?

Rüdiger considéra Philippe longuement, il venait d'un autre monde. Il regarda l'interprète d'un air entendu. Elle venait de l'Est, elle aussi, c'était subtil mais il l'avait compris… Quelque chose dans ses intonations, qu'elle ne cachait pas.

Elle lui sourit, prête à continuer.

— Ces femmes étaient magnifiques. J'ai voulu garder leur émotion intacte, leur volonté. J'ai déplacé les limites du réalisme à l'extrême, pour qu'il soit total et implacable, comme ces machines d'acier. C'était notre vie et il y avait une beauté qu'on ne retrouvera plus. Elles faisaient tenir le système debout sans le savoir. C'est elles qui avaient le vrai pouvoir. Sans elles, la production, le pays, le Parti, rien n'aurait pu fonctionner. Je n'ai jamais refait quelque chose de semblable. J'y ai mis tout ce que j'avais.

Il vida sa troisième bière en retenant son émotion.

— J'ignore où est cette toile. Elle a disparu.

Petra sentait comme un mouvement dans son entourage. Ce « *Finally meeting Peter and Petra Wolf today!* » balancé par le Français avait enflammé la curiosité des gens, enfin, surtout des gens *bien*. La simple mention du prénom de Peter dans le texte en disait très long sur l'exploit de l'avoir rencontré. Philippe Museau avait été retweeté par toute l'artosphère. On en avait glosé surtout de l'autre côté du Rhin et même souligné la performance sur France Culture en pleine matinale. C'était un gros coup de com dont Petra n'avait pas du tout saisi les conséquences. *Si ça l'amuse*, pensait-elle, *laissons-le tweeter ce qu'il veut*. Son credo depuis quinze ans était de ne jamais intervenir, de laisser dire, et bien souvent ça marchait : on finissait par se lasser.

Ce n'était pas sur ce terrain qu'il était possible de récolter les réactions des Wolf. Ils étaient officiellement reclus et vivaient « à l'ancienne ». Il avait été possible de garder cette posture pendant un moment, se disait-elle, mais il fallait se rendre à l'évidence : ça ne tenait plus face aux ogres de l'info en continu.

Les choses s'étaient compliquées le 17 décembre, soit cinq jours après le tweet. Christian Maier, un blogueur suisse d'une notoriété encore restreinte, avait posté un article au titre racoleur : « *Who's afraid of Peter Wolf?* » Maier laissait entendre qu'il avait approché le couple lors de la grande exposition de Berne :

> « Cet homme est d'une timidité imposante [...]. Son regard sur ses contemporains est aussi aiguisé que sa peinture. Ses mots sont choisis et nous renvoient à l'essentiel. Si d'autres ont l'habitude d'un discours conceptuel parfois éculé pour justifier leurs productions, lui et sa compagne ont un seul et même mot d'ordre : "le figuratif pour ce qu'il est, pour ce qu'il se doit d'être", l'art sous sa forme la plus pure comme une réponse évidente. Parfois violents, parfois conceptuels dans ce qu'ils nous donnent à penser, ils ne montrent pas, ils représentent, leur peinture est un schème qui figure moins qu'il ne dénonce... »

Philippe était devenu vert de rage à la lecture de ce post. « Ses mots sont choisis et nous renvoient à l'essentiel... » Ça voulait dire que le Suisse avait entendu des mots sortir de la propre bouche de Peter, qu'il avait entendu le son de sa voix, donc qu'ils avaient eu une conversation... Comment un petit blogueur du Tyrol avait-il pu approcher aussi simplement Peter et Petra ? Il se repassait le film de son après-midi avec Petra : qu'avait-il fait de travers pour subir un accueil aussi glacial ?

Une fois de retour à Paris et moins d'une semaine après le post du yodleur, Philippe avait été invité à dîner chez

Grangier, fraîchement nommé à la tête du Pompidou. Grangier avait réuni autour de lui une vingtaine d'invités aux CV plus épatants les uns que les autres. C'était de l'art que de convier autant de personnalités compatibles – c'est du moins ce qu'il pensait. Autour d'une table sobrement décorée, bien calé dans des chaises à 500 euros pièce, chacun paradait à tour de rôle et en toute humilité le temps de son anecdote.

Après avoir fait le tour des sujets d'usage, la tentation de gloser sur les dernières nouvelles à la une des *timelines* avait pris le pas sur le *small talk* courtois. C'est ainsi que le blogueur suisse arriva sur la table en même temps que les huîtres en provenance de l'île de Ré. Et là, chacun y alla de son commentaire. Certains saluaient l'exploit de « l'empêcheur de penser en rond ». D'autres ne manquaient pas de relever l'inconscience du néophyte, la chance du débutant, le bol de cocu. La discussion faillit s'envenimer à cause d'une galeriste lyonnaise dont le ton assuré agaçait grandement Philippe, c'était presque de la provoc.

Il ne pouvait pas perdre la face devant eux. Il se devait de commenter publiquement la *prouesse*. Mais que dire ? S'étonner que ce petit merdeux ait réussi à rencontrer Peter ? Non, il valait mieux détourner la conversation, traiter le sujet autrement. Philippe décida d'aller sur le terrain de ce qu'il savait. Ah, les Wolf ! Il parla de la timidité légendaire de Peter, raconta sa phobie sociale, conséquence évidente de mois d'emprisonnement à Hohenschönhausen – il s'était entraîné à le prononcer rapidement –, en n'omettant pas de préciser « la prison de la Stasi ». Ce système avait fait de la vie de Peter un enfer. Parce que, oui, Peter avait vécu les écoutes, les trahisons, la délation. Philippe confia une anecdote de Rüdiger en l'attribuant à Peter pour l'occasion. Non pas par goût du mensonge, mais parce que « ce genre de choses arrivaient à tout le monde », comme le lui avait dit Rüdiger lui-même.

Face à l'assemblée attentive, Philippe raconta que, lorsqu'il vivait près de la Karl-Marx-Allee à Berlin-Est, Peter était traqué par la sécurité intérieure. Pas de façon offensive ni violente, non, mais tout en douceur. Il avait cru devenir fou à cause de son vélo. Tous les matins, ses deux pneus étaient systématiquement à plat, pas crevés mais à plat. Il les regonflait et partait travailler. Quand il avait fini ce qu'il avait à faire, il remontait en selle, et là encore ses pneus étaient à plat. Il était allé voir à trois reprises un réparateur qui lui avait dit que tout allait très bien. Au début, ça l'avait fait sourire. Mais la petite plaisanterie lui faisait perdre du temps. Et au bout de plusieurs semaines, il devint presque fou. Quand Peter s'était confié à ses amis ou à ses collègues, en insinuant que quelqu'un devait lui dégonfler ses pneus tous les jours, ils avaient ri en se moquant gentiment de lui. C'était devenu une blague : pouvait-on imaginer la Stasi engageant des agents rien que pour dévisser des chambres à air ?

— La Stasi avait d'autres chats à fouetter que de dégonfler des pneus, non ?

La galeriste lyonnaise se servit un verre à ras bord.

— Quel pays de fous…, renchérit un des conservateurs du Louvre. Tiens, je veux bien encore un peu de champagne, merci.

Tout le monde riait autour de la table. « Quel pays de fous… »

Tout le monde riait, sauf Philippe, qui restait grave.

— Lui, ça ne l'a pas fait rire en tout cas, dit-il.

Et il reprit le cours de son histoire.

Peter était devenu paranoïaque. Un jour de colère, il avait décidé d'en découdre avec ses dégonfleurs. Il avait garé son vélo juste en face de sa fenêtre dans l'idée de le surveiller discrètement toute la nuit. Il était entré daredare dans son appartement et s'était posté bien en face de la fenêtre en prenant la précaution d'éteindre les lumières pour ne pas éveiller les soupçons. Il était resté des heures sans bouger, à regarder vivre ses voisins d'en face sans aucun succès. Il avait veillé jusqu'au petit matin comme ça. Fatigué, à bout de nerfs, il s'était relevé pour vérifier l'état de ses pneus. Et là, bingo : ils étaient dégonflés. Il hurlait dans la rue : « Mais comment ils ont fait ?! », il ne s'arrêtait plus de crier. Une fois calmé, il s'était précipité à l'atelier de réparation avec son vélo sous le bras. « Ils sont juste dégonflés, pas de fuite », lui avait répondu la mécanicienne, les mains toutes noires.

La tablée écoutait l'histoire et regardait avec amusement et un poil d'embarras Philippe mimer la scène : il n'avait honte de rien.

— Il n'avait pas tort ! Une fois que les archives de la Stasi ont pu être consultées, Peter a compris. Il y avait bien quelqu'un de la Stasi qui lui dégonflait ses pneus, matin et soir, de jour comme de nuit.

— Quel peuple quand même… Pourquoi faire une chose pareille ? s'offusqua une galeriste de la rue Louise-Weiss qui avait l'air de bien connaître tout le monde autour de la table.

— Justement, c'est logique, rétorqua la Lyonnaise, quand tu es trop occupé à ne pas devenir fou, tu n'as plus le temps de jouer les agitateurs.

— C'est certain que ça marque, ce genre de choses, avait conclu Grangier en se resservant un peu de blanc. Je comprends pourquoi il ne fait plus confiance à personne. Et ça n'a pas l'air de s'améliorer en vieillissant !

Philippe continua son monologue quelques minutes encore, avec une grande sincérité.

Oui, il comprenait Peter, il était fasciné par son choix de vie. Il aurait aimé avoir, lui aussi, le courage de vivre exactement comme il aurait voulu vivre, sans se faire emmerder par les convenances sociales. Comme Peter, loin de tout.

Flatté par les nombreuses questions des invités, Philippe continuait sa dissertation sur les Wolf avec une certaine ardeur. Il racontait la vie en Allemagne de l'Est comme si c'était la sienne. Son séjour avait complètement modifié sa vision du couple. Il se sentait proche de cet homme « sensible et traqué », de cet « emmerdeur de génie », et voulait préserver ce « fort respect » qu'il avait pour lui. La tablée acquiesçait en silence. C'était rare d'entendre dire du bien de quelqu'un.

Puis un type à sa droite, un galeriste du Luxembourg un peu étriqué dans sa chemise, se lança dans une critique systématique des Wolf, disant qu'ils avaient choisi la facilité dans leur peinture, que ça faisait trente ans que l'Allemagne de l'Est n'existait plus et qu'il fallait « passer à autre chose ».

Philippe se retenait, mais le Luxembourgeois persistait en enchaînant sur une critique acerbe de « l'art nazi ». Pour lui, la peinture en Allemagne de l'Est et celle du IIIe Reich, c'était « blanc bonnet et bonnet blanc » parce qu'on ne pouvait pas « créer dans un système politique dictatorial ». Dans ce contexte, toute forme d'art était « *de facto* inexistante ». S'ensuivit un débat sur l'art et la liberté puis sur la liberté de l'art qui enfonçait, voire défonçait toutes les portes ouvertes en dépit du potentiel intellectuel réuni autour de la table.

Philippe réfléchissait en silence au nouveau virage qu'il souhaitait prendre pour son projet tout en se remémorant sa rencontre avec Rüdiger. Il avait perçu comme une faiblesse dans sa voix, un déraillement, lorsque l'artiste avait évoqué les ouvrières et sa toile disparue de Werdau.

Il eut comme une fulgurance : Rüdiger avait raison depuis le début ! Philippe comprit qu'il était passé à côté de cet homme, même s'il avait été assis en face de lui pendant bien une heure dans ce café berlinois. Oui, ça devenait évident. Philippe allait défendre la peinture est-allemande. Il plia sa serviette. Voilà. Ce n'était plus Peter *versus* l'Allemagne de l'Est mais bien Peter comme élément clé pour la compréhension de l'art est-allemand. Il en tartinerait son livre, il leur clouerait le bec à tous ces ignares, et même aux autres. L'art existait bel et bien en Allemagne de l'Est, il l'avait compris grâce à Rüdiger. Encore fallait-il changer de perspective et reconsidérer le point de vue. Cette nouvelle façon de traiter son sujet l'enthousiasma. À contre-courant des Germanopratins, de Bruxelles et d'ailleurs.

Il avait eu vent de quelques universitaires qui pourraient l'aider à formaliser la partie la plus complexe de son manuscrit. Dans son élan, il avait découvert qu'un colloque avait eu lieu en 2009 à l'université de Lille sur le sujet. Il avait demandé à son assistante de décortiquer le programme et de noter le nom de chaque intervenant. Elle était parfaite pour ce genre de mission : elle était thésarde, elle avait les codes et savait comment approcher cette faune-là.

Il s'en alla fumer sur la terrasse en maudissant ce galeriste qui avait dit pis que pendre des Wolf. Il savait bien qu'on lui en voulait encore pour Banksy, ils étaient jaloux. Contrairement à ce qui se disait, le succès de la maison n'était pas un hasard. Philippe avait eu le nez, il avait trouvé l'angle génial pour parler d'un inconnu à des inconnus et il allait transformer l'essai avec les Wolf.

L'humidité de la nuit lui serra soudainement la gorge. Philippe releva le col de sa veste pour ne pas avoir froid. Il posa son verre sur la rambarde du balcon et se mit à observer les voisins qui vivaient leur vie dans l'immeuble d'en face. Certains regardaient la télé, d'autres s'affairaient autour du lave-vaisselle, les enfants se lavaient les dents avant d'aller se coucher. Rien d'extraordinaire.

Philippe pensa à sa vie à lui. Et lui dans tout ça, qu'allait-il bien pouvoir faire au milieu de toute cette RDA ?

Ce projet l'embarquait dans un monde qui, à l'évidence, existait encore, et de façon très étrange. D'après ses calculs, si tout se passait bien, la biographie sortirait en même temps que les ouvrages consacrés au trentième anniversaire de la chute du mur de Berlin : 1989-2019, la vie faisait vraiment bien les choses. Depuis toujours, il avait le don de trouver le compromis idéal entre l'art et le marketing. À ce sujet, Candy disait qu'il faisait de « l'éducation populaire », avec du fric en plus. Ça lui parlait bien, d'autant qu'il tenait vraiment à ce projet. C'était plus qu'un coup professionnel. Maintenant, il y avait un peu de sa vie là-dedans.

Il se mit à penser à Peter et à Rüdiger. Il se surprit à se comparer à eux. Son problème majeur résidait dans sa putain de tranquillité. Rien ne l'avait jamais confronté à la possibilité d'une réponse héroïque. Rien. Malgré ses tentatives d'une vie plus aventureuse, son existence avait toujours été pénarde, faite de mariages et de divorces ordinaires, de conjonctures confortables et de galères finalement surmontables.

Philippe en prenait son parti, ça irait pour ce soir.

Il écrasa sa cigarette dans le pot du yucca et retourna s'asseoir à table.

Hilary Brown était elle aussi de la partie, chez Grangier. Coincée entre le Luxembourgeois et une femme au nom tchèque imprononçable, elle observait Philippe en train de fumer sur la terrasse. *Quel drôle de type. Un peu touchant aussi*, pensait-elle.

Journaliste au *Vanity Fair* américain et fraîchement débarquée à Paris, elle avait pour mission d'assurer à la version française du magazine tout le mordant de la version d'origine. Et du mordant, Hilary en avait. Mais ce soir, perdue au milieu de ces Français trop occupés à se couper la parole, elle ne comprenait ni les subtilités ni les vacheries balancées entre les lignes. Son français académique la freinait. Elle qui avait la parole si acérée dans sa langue maternelle se sentit tout à coup cruellement limitée. Dès qu'elle ouvrait la bouche, quelqu'un la stoppait dans son élan.

Derrière les bonnes manières d'usage, personne ici n'était vraiment poli, personne ici ne montrait vraiment de considération à son égard.

Mais quelque chose se passait ce soir-là, elle le sentait. Alors elle tenait bon. En bonne Américaine, elle souriait, la rage contenue derrière une rangée de dents impeccables. Son instinct lui disait d'écouter de ses deux oreilles, dont l'une avait le tragus traversé par un anneau d'argent qu'elle n'enlevait jamais, en souvenir de ses années rebelles.

Elle n'avait pas tout plaqué à New York pour rien. Fini les interviews de mannequins ou de comédiens contre-la-guerre-et-les-militaires, en short-piscine à L.A. Elle en avait fait le tour pendant quinze ans. Tellement le tour qu'elle avait la nausée chaque fois qu'elle approchait une fille de vingt ans pesant moins de quarante-cinq kilos.

Paris signifiait s'épanouir dans un magazine ayant une ligne éditoriale qui lui convenait. Il ne s'agissait pas tant de suivre les tendances que de les devancer en écoutant les bruits du monde. Il fallait qu'elle trouve rapidement un sujet autre qu'un énième ersatz de *Bridget Jones à Paris.* Ici et maintenant, il y avait de l'électricité dans l'air et des choses à en tirer. *Heureusement, parce que le temps met beaucoup de temps à passer,* se disait-elle en français. Hilary était seule. Aucun allié pour surmonter son ennui.

Une fois les huîtres, le sauté de veau et le fromage engloutis, elle fit comme tout le monde et refusa la salade de fruits. Alors que la fin du repas n'avait pas officiellement sonné, la Lyonnaise, un peu éméchée, eut la bonne idée de commander un taxi pour « rejoindre quelqu'un ». Hilary lui emboîta le pas sans réfléchir, soulagée de ne pas partir la première et de rentrer enfin chez elle.

Une douche plus tard, au chaud sous sa couette, elle nota sur son carnet les noms et les sujets attrapés au cours de la soirée :

Petra et Peter Wolf
Philippe Museau : biographie ?
Éditions Lézard de minuit
Christian Maier (Mayer ?), blogueur suisse
Degreef : agent Wolf – Berlin
Victor Hallworth : agent Wolf – NY

— Il va y avoir la rétrospective du Met à New York. Il y a aussi une biographie en route, c'est le moment de faire un papier sur les Wolf.

Le rédacteur en chef fut ravi. Hilary présentait enfin un sujet comme il en attendait d'elle. *Les Wolf, oui, pourquoi pas ?* pensa-t-il. Il lui suggéra d'ouvrir son angle avec un topo sur l'esthétique de l'Est, une sorte de mise en abîme qui fleurait bon l'air du temps. Il adorait sa propre idée et lui proposa un supplément entièrement dédié au design *made in* RDA.

— De plus en plus de gens en sont dingues. Comment on appelle ça, déjà ? L'Ostalgie je crois. Le plastique, l'acrylique, le formica, le communisme, c'est un mix génial qui rappelle le défilé de Lagerfeld à Cuba et les bonnes vieilles années de guerre froide. Kennedy beau comme un dieu devant le mur de Berlin : « *Ich bin ein Berliner* », tu t'en souviens ? Je sais pas pourquoi, mais ça me fait penser à Alexander McQueen, oui, il avait tout compris dans son dernier défilé... Je vais en parler à Lisa, attends, je note. C'est bon ça, non ?

Hilary l'écoutait se satisfaire de son idée.

— McQueen était communiste ?

— Mais non, enfin, dis pas n'importe quoi...

Il haussa les épaules.

Il était tellement enthousiaste qu'il n'imposa aucune *deadline* et conclut par un :

— Avec un truc pareil, on peut jouer sur plusieurs éditions. Oui, c'est bon ça !

Hilary n'était pas forcément emballée par la vague nostalgique du plastique est-allemand, ni ne savait comment caser Kennedy ou McQueen dans tout ça, mais le challenge de rencontrer Peter Wolf en personne était à sa taille.

Elle accepta le pack design RDA + Peter Wolf, et commença par le commencement, c'est-à-dire son réseau.

La première personne à laquelle elle pensa fut une amie journaliste, Eileen McGuirre, du *Times*, avec qui elle avait fait du yoga à Tribeca. Elle se souvenait qu'Eileen avait partagé huit ans de sa vie avec une Française qui l'avait quittée le jour où elle avait accepté un poste à la Fondation Cartier. Elle s'en souvenait bien pour avoir écouté patiemment, avant et après chaque séance de yoga, l'ensemble de ses déboires par le menu. Eileen lui avait donné le nom et le numéro de téléphone de cette ex, Soledad José. Elle pouvait l'appeler de sa part, la distance avait apaisé les rancunes et elles étaient finalement restées en bons termes.

— Attention, lui dit-elle avant de raccrocher, son prénom, c'est Soledad. Ça se prononce à l'espagnole, mais elle tient à son nom de famille français : José, sans la jota. C'est le *José* français, comme dans *Marie-José,* tu vois ?

Soledad José, Philippe Museau, Christian Maier, Degreef, Victor Hallworth. Ça lui faisait maintenant cinq noms, cinq personnes à contacter pour lancer ses recherches. Tout reposait sur sa capacité à travailler rapidement.

Elle rangea son sac dans le tiroir de son bureau et alluma son ordinateur. En premier, il fallait trouver des photographies ou des images des Wolf. Elle cliqua de site en site, nota des références et lut le blog de Maier. Il y avait beaucoup de données à traiter. Pour connaître la cote de ces artistes, par exemple, il fallait se connecter à un site particulier avec des codes d'accès. Qui n'était pas de la partie ne pouvait y accéder facilement. Elle appela un ami à la rescousse, mais lui non plus n'en savait rien. Il l'aiguilla vers une de ses collègues, qui la redirigea vers une certaine Clothilde, qui, elle, connaissait la personne clé.

Elle put enfin accéder au site des cotes. C'était un vrai business, et les Wolf figuraient dans le *top five.* Elle vérifia en balayant quelques autres noms qui lui venaient en tête, pour comparer. Tout devenait plus clair et elle comprit pourquoi tant de personnes gravitaient autour de cette affaire. En revanche, elle ne trouva aucune photo de Peter sur Google Images.

Pourtant, depuis quelques semaines, l'enthousiasme général pour les Wolf dépassait les sphères professionnelles habituellement concernées et chacun y allait de sa petite anecdote sur le couple. Si bien qu'un simple « Peter Wolf » enregistrait sur Internet un nombre record de requêtes. Les algorithmes des moteurs de recherche proposaient le blog du Suisse en premier lien. Le site Lézard de minuit arrivait en milieu de file, et celui du Met paraissait avoir raté un train. Alors que le musée avait, lui aussi, de si grands projets avec les Wolf…

De l'autre côté de l'Atlantique, à New York, l'agent de Petra, Victor Hallworth, était sur le point de déjeuner avec Sven Sön, directeur des collections du Met. Victor était accompagné de Matthew, un thésard qui gagnait sa vie en gérant les affaires courantes de l'agent. C'était son assistant, en quelque sorte. Un bien pour un mal, parce que ce boulot clairement alimentaire ne faisait que l'éloigner du jour de sa soutenance.

Victor Hallworth, malgré sa fin de quarantaine fine et affûtée, n'était pas serein. Il savait ce qu'allait lui demander Sven Sön et ça ne l'enchantait pas.

Le rendez-vous se déroulait au Fanelli's, à Manhattan, un endroit idéal pour déjeuner sans être interrompu par le quidam en quête de reconnaissance.

L'assistant commanda une bouteille d'eau pétillante. Victor était nerveux et siffla son verre d'un trait. En bon agent, il sentait bien que quelque chose était en train de se passer. Il regardait Sven, inquiet. Le directeur avait fait débourser au

Met plus de 4 millions de dollars depuis sept ans pour l'achat de plusieurs Wolf. Il avait misé sur eux puisque c'était une valeur sûre. Sven était le premier à avoir réussi à rassembler plusieurs pièces majeures pour une collection permanente. Il avait également été à l'origine d'une saison consacrée à l'art politique dans laquelle le couple était à l'honneur. Une de ses œuvres, *ReneGate,* fut imprimée à cette occasion sur une banderole promotionnelle de plus de trente mètres carrés qui recouvrait une partie de la façade du musée. Sven Sön était passé tant de fois devant que son iris avait imprimé l'image dans le tréfonds de son inconscient, et ce, même s'il prétendait qu'il n'en avait pas…

Le directeur de collections du Met avait eu vent de ce qui se passait en Europe autour des Wolf. Il avait lu le blog du Suisse et suivi les réseaux sociaux. L'annonce de la biographie de Philippe Museau l'avait pris de court. Il avait, lui aussi, le projet d'en publier une pour l'exposition, histoire de compléter la couverture médiatique de son événement. Non pas que la petite maison française pût faire de l'ombre à la machine du Met, mais ça le contrariait dans ses projets. Il voulait en faire une première mondiale et, d'après ses échos, Philippe Museau était en passe de le doubler.

Il tapota du pouce le bord de son assiette vide. Il repoussa nerveusement son verre d'eau.

— Comme je vous l'ai déjà dit au téléphone, je les veux tous les deux, Victor, vous m'entendez ? Tous les deux.

— Je comprends, mais c'est compliqué, ils vivent reclus au fin fond de je ne sais quel Land en Allemagne.

— Je m'en fous, je veux Peter. Je le veux *lui*. Je veux une publication du genre « conversation croisée » qu'on distribuera à tous les pékins venus voir l'exposition. Un livret de papier glacé de dix pages : Peter, Petra et moi. En photo, main dans la main, côte à côte. Je veux qu'ils soient présents tous les deux le jour de l'ouverture. Peter, je le veux ici, en photo, avec moi. C'est pas compliqué à comprendre, si ?

Victor écoutait, impuissant et la bouche crispée. Il regarda son assistant en levant les sourcils, ce que Sven Sön ne manqua pas de remarquer.

— Vous levez les sourcils ? Ça vous fait rire peut-être ? Mais tous les artistes seraient dingues du tapis rouge que je leur fais, à ces deux-là. C'est simple, c'est très simple…

Victor avait tenté de rebondir, mais Sven était trop occupé à s'énerver pour entendre quoi que ce soit.

— C'est simple, poursuivit Sven, si je n'ai pas ce que je veux, j'engage une procédure contre lui, contre vous et contre le monde entier si nécessaire !

— Je comprends votre agacement, Sven, mais essayons de rester raisonnables.

Sven Sön s'étouffa avec une bouchée de pain arrivé tout droit d'une boulangerie française de l'Upper East Side.

— Raisonnables ! Mais vous vous moquez de moi ? (Il toussa.) Je suis la cause principale de la cote délirante de ces deux-là, et ils vont parader et se prendre en photo avec je ne sais quel Belge tout droit sorti d'on ne sait où ! Non… Je viens de me rendre compte que tout le monde connaît le bonhomme sauf moi. Hier encore, j'ai reçu un coup de fil d'une journaliste de *Vanity Fair* au sujet de l'expo. Je dois la rencontrer dans quelques jours, et elle va sûrement me poser des questions sur Peter. Normal, c'est son job. Mais moi, je suis censé lui dire quoi ?

— Dites-lui que Peter Wolf souffre de phobie sociale...

— Et administrative, je sais, mais il a dû suivre un nouveau traitement, parce que ça a l'air d'aller mieux !

Victor s'essuya le coin de la lèvre avec le pouce avant de reprendre :

— Sven, vous savez, je trouve étonnant tout ce qui se passe autour de Peter en ce moment. Je veux dire : ce type est un ermite, personne ne l'a jamais vu, et là, soudain, tout le monde en parle. C'est très étrange. J'y crois pas à tout ça..., ajouta-t-il en se tournant vers son assistant.

— Comment ça, vous n'y croyez pas ?

Sven était à cran. Victor se racla la gorge à son tour.

— Il ne veut voir personne depuis des années.

D'un coup, il se rendit compte de ce qu'il venait de dire et tenta de se rattraper. Trop tard, Sven Sön embraya, l'œil plus incisif que jamais :

— Vous voulez me dire que vous ne l'avez jamais vu ?

Matthew vit les mâchoires de Victor se crisper.

— Victor, vous êtes en train de me dire que vous représentez ces artistes sur le marché américain, et que vous ne les avez jamais rencontrés ?

— Vous savez comment ils sont : certains occupent tout l'espace et d'autres s'excusent d'exister. Moi, je respecte les névroses de mes clients. Si ça me permet de bien vendre, je ne veux surtout brusquer personne !

— Ah, vous m'avez fait peur Victor, j'ai pensé un moment que vous n'aviez jamais vu un seul de ses cheveux.

L'assiette de Victor était à peine entamée, mais il n'avait pas le cœur à manger. Sa chemise trempée de sueur lui collait au dos. Il savait très bien qu'il fallait satisfaire Sven Sön. Ce type était capable de faire et défaire la carrière de n'importe qui sur deux ou trois continents. Son carnet d'adresses était sidérant, il avait même dîné à la Maison-Blanche avec deux présidents différents.

Il y avait beaucoup d'argent en jeu, mais pas seulement, il y avait aussi et surtout l'image et la réputation de Sven. Rien que pour ça, il ne fallait pas perdre son sang-froid.

— Je vais faire mon possible, Sven, faites-moi confiance.

— Je ne fais confiance à personne et vous le savez.

À défaut de pouvoir hurler son mécontentement aux Wolf, Sven avait décidé de malmener Victor, et cela devant son assistant. Il prit sa voix la plus froide en fixant Matthew :

— Et notez bien, jeune homme, je mets illico les avocats du Met sur le coup et je vous trouverai n'importe quel prétexte à la con si je n'ai pas ce que je veux. (Puis il fit face à Victor.) À bon entendeur !

Victor Hallworth eut un rire nerveux. Sven se leva bruyamment, fit grincer sa chaise et la remit tout aussi bruyamment en place avant de s'en aller, sans un regard pour Victor, sans finir son assiette et bien sûr sans se retourner. Victor le regardait s'éloigner. Il tapotait du bout des doigts les boulettes de mie de pain dispersées sur la table. Il était trempé, livide. Matthew ne l'avait jamais vu dans un état pareil.

De retour chez lui, Victor se rua sur ses téléphones pour envoyer des messages tous azimuts. Il fallait trouver une solution au plus vite. C'était suicidaire de laisser Sven un peu trop longtemps contrarié. Sans même y penser, il dévissa le bouchon d'une petite bouteille de whisky et n'en fit qu'une gorgée. Il avait du mal à se concentrer. Puis il s'assit au bord de son lit. Fallait attaquer et, s'ils ne répondaient pas dans les vingt-quatre heures, trouver quelque chose.

Il appela Petra trois fois de suite. Comme d'habitude, elle ne décrocha pas. Il lui laissa un message après l'avoir répété à haute voix : il venait de rencontrer Sven Sön, et le rendez-vous avait été pour le moins houleux. L'honneur que leur faisait le Met, via, et il tenait à le souligner, son intermédiaire, impliquait « une participation active dans le temps promotionnel ». Victor prit la liberté d'ajouter que c'était ça ou rien. En clair : Peter devrait se montrer un peu plus coopératif que d'habitude.

Il se releva, fit les cent pas entre son lit et la petite commode sur laquelle était posé un écran plat. *Faut qu'ils arrêtent de me prendre pour un con, moi aussi.*

Pendant ce temps, Hilary Brown ne perdait pas le sien. Elle avait accumulé une série impressionnante de documents et d'articles. Ça lui donnait envie de passer à la vitesse supérieure. Elle en voulait plus. Elle voulait le passé des Wolf, leurs débuts, la genèse, mettre la main sur leurs premiers travaux, qu'elle imaginait cachés au fond d'un grenier familial. Elle envisageait une série d'interviews de tous leurs proches : amis, famille, enseignants. Avaient-ils entraperçu leur carrière phénoménale ? En étaient-ils fiers ?

Elle voulait rencontrer tous ceux qui avaient pu croiser leur route. D'ailleurs, où et comment s'étaient-ils rencontrés ? Il n'était jamais question de ça dans les pages qu'elle avait pu lire. Elle prit son carnet et nota : *Archives, école, famille ?*

Puis elle s'arrêta d'écrire. REAGAN. Elle voyait Reagan. Qu'est-ce qu'il venait faire là ? Ronald Reagan devant le mur de Berlin : « *Mr Gorbatchev, open this gate. Mr Gorbatchev, tear down this wall.* » Oui, elle s'en souvenait bien. Elle l'avait vu à la télévision. Son père opinait du chef pendant tout le discours, dans leur salon marron. Reagan, les chars russes,

ses parents, la menace communiste, la moquette marron abîmée devant la porte de l'entrée… C'était au début de son adolescence. En pleine résurgence de sensations qu'elle avait envie d'oublier, elle eut un petit frisson dans le dos.

Elle reprit vite son Moleskine et inscrivit en lettres capitales : *STASI.*

Parce que en tout état de cause, si l'histoire du vélo dégonflé entendue chez Grangier était vraie, Wolf devait avoir un dossier en bonne et due forme quelque part dans les archives.

Elle attrapa son téléphone et appela sa mère. Elle voulait lui parler de son nouvel article, comme ça, pour voir sa réaction. Son père avait toujours détesté les communistes. En bon conservateur qu'il était, il détestait pas mal de choses mais surtout les communistes, les gauchistes, les syndicalistes, les Cubains, donc tous les Latinos ; les Chinois, donc tous les Asiatiques ; les Russes et donc toute une partie de l'Europe. Sa mère était moins politisée mais du genre très croyant, et son incompréhension naturelle se portait spontanément sur les homosexuels. C'est comme ça qu'à quinze ou seize ans, après avoir embrassé Suzy H. en secret et au regard de la chamade qui lui emportait le cœur, Hilary avait très vite compris que sa route allait être plus sinueuse que prévu.

Elle referma son Moleskine et mit Reagan de côté.

Le lendemain soir, elle retrouva Martin Grangier dans un petit restaurant de la rue des Écouffes. Hilary avait compris qu'il en savait pas mal sur les Wolf et qu'il était la personne idéale pour le début de son enquête. Grangier avait accepté fort sympathiquement de l'aider – de toute façon, il n'aimait pas déplaire.

Il renseigna Hilary sur le parcours universitaire des Wolf. Selon ses sources, Petra avait fait ses classes dans la plus pure tradition ouest-allemande. Peter, lui, venait de Potsdam. Il avait ensuite intégré l'école des Beaux-Arts de Leipzig pour finalement venir s'installer à Berlin Est. C'était justement ce qui faisait l'essence de leur peinture. « La rencontre duelle d'un seul et même peuple. Une énergie brute, conceptuelle, qui se confronte à la rigueur et à la force du trait. Et c'est cette opposition constante qui nourrit leur travail, voyez-vous. »

Leur peinture était un livre ouvert que Grangier n'avait aucun mal à déchiffrer. Il y percevait leurs rapports les plus intimes et les plus conflictuels, et lui, l'expert, savait très bien reconnaître le coup de pinceau de l'un voire l'idée de l'autre.

— Je vais vous poser une question qui pourra vous paraître… idiote. Est-ce que vous dites ça aussi en français ?

— Oui, on dit ça… Allez-y !

— Avez-vous déjà rencontré Peter et Petra Wolf ?

— Bien sûr, quelle question !

— Quand était-ce ?

— La dernière fois, c'était il y a peut-être deux ans.

— Peter était présent ?

— Non, il n'y avait que Petra. J'aime beaucoup Petra. J'ai énormément de respect et d'amitié pour elle.

— Et Peter, quand est-ce que vous l'avez vu pour la dernière fois ?

— Il y a peut-être quatre ans. À l'époque, je travaillais à New York, nous venions de faire l'acquisition du tableau *Transversales,* qui a fait beaucoup de bruit et qui a été saccagé d'ailleurs par la ligue des… Comment s'appellent ces dingues ?… Vous savez, ces ligues d'extrême droite qui cassent tout en faisant la messe en latin.

— Je vois, dit Hilary en prenant des notes. Chez nous, ils ne parlent pas latin.

Elle lui sourit en baissant les yeux. Elle avait un créneau de parole et tenait à le garder.

— Comment est Peter, physiquement, je veux dire ? J'ai réussi à avoir quelques photos de Petra, mais Peter n'a jamais été filmé ni photographié. Ce qui me paraît incroyable de nos jours…

— Oui, eh bien, écoutez, il est grand, brun, très gentil. Réservé. Il souffre de phobie administrative…

— Il est *socialophobic,* oui, j'en ai entendu parler.

Grangier sourit devant le néologisme naïf, conquis par ce seul mot.

— Oui, mais c'est un immense artiste. Sa peinture est révolutionnaire, je crois qu'on en prendra pleinement la mesure dans les années à venir. Contrairement à certains qui sont *surévalués,* et je vous le dis dans les yeux, lui restera parce qu'il a réellement transcendé le figuratif. Vous connaissez son travail ?

— Oui, un petit peu. Pouvez-vous m'en dire plus sur lui ?

— Laissez-moi réfléchir. Ce que je vais vous dire est personnel. Il a un tatouage dans le dos qui date de sa jeunesse en RDA : *Nur wenn ich träume, bin ich frei.* Vous avez des notions d'allemand ?

— Pas du tout.

— Ça veut dire, en gros : « Je ne suis libre que dans mes rêves... » On a oublié ce que ça devait être de vivre en RDA. Moi, je ne sais pas comment j'aurais fait à la place de ces gens. Mais là n'est pas la question. Il paraît que c'est l'homme qui l'a tatoué qui l'a dénoncé. Un tatoueur à la petite semaine. Peter a encré sa subversion dans sa chair. Après ça, il n'y avait plus de retour possible. Ça l'a conduit tout droit en prison. Il paraît que cette phrase est devenue culte, que beaucoup de personnes se la sont fait tatouer après ça.

Hilary prenait des notes, fascinée par cette histoire d'encrage de la subversion. *Retrouver le tatoueur, lui demander pourquoi,* inscrivit-elle.

— À quelles autres occasions avez-vous rencontré Peter ?

— C'était à New York et puis Berlin, oui, pour l'exposition Georg en 2011... C'est bien ça.

— Mais qu'est-ce qu'il faisait, comment il était ?

Grangier regardait au loin.

— Je crois qu'il est malheureux, que cet homme est malheureux.

— Vous avez vu son tatouage ?

Grangier sourit.

— Non, je n'ai jamais vu Peter Wolf en maillot de bain sur une plage...

Mais Hilary ne riait pas, concernée par la santé psychique de son nouveau sujet.

— Pourquoi est-il malheureux ?

— Il buvait beaucoup lorsque je l'ai vu. Je trouvais que Petra lui parlait mal, elle a toujours été très froide avec lui.

— Vous lui avez parlé ?

— Bien sûr ! Mais je ne me souviens plus de la teneur exacte de notre conversation. Cet homme parle peu et ce qu'il dit est très… elliptique.

— Qu'est-ce que vous voulez dire ? Il est malade ?

— Il est énigmatique, en quelque sorte.

— Et Petra ?

— Entre vous et moi, je crois qu'elle reste avec lui pour profiter de sa lumière. Il a une dette envers elle, elle l'a sorti de RDA en risquant sa vie. Ces deux-là sont liés par un pacte dont on n'a pas idée. Elle le tient comme ça depuis toujours. Vous comprenez ? Je crois que sans lui elle serait restée prof d'arts plastiques au fin fond de l'Allemagne. Sans elle en revanche, il serait sorti de RDA de toute façon, puisque son évasion date de 1988.

— Savez-vous comment il s'est évadé ?

— Oui, c'est très connu, mais voyez par vous-même leur *Die* ou *Der Mauer,* tout est dit dans l'installation.

— *Die Mauer.*

Elle nota la référence. Le dîner avançant, le regard de Grangier devenait insistant. Elle n'avait pas du tout envie de passer la nuit avec lui et, manifestement, il faudrait le lui faire comprendre rapidement.

— J'ai une autre confidence à vous faire et elle vaut cher !

Il tentait une approche en tapotant de l'index le dessus de la main de Hilary. Elle retira son bras de la table et fit mine de chercher quelque chose dans son sac.

— Ils sont en train de se séparer !

— Ils vont se séparer ? reprit-elle, étonnée.

— Oui, c'est inévitable. Je ne peux pas vous dire d'où ça vient, mais la nouvelle devrait bientôt sortir.

Il y eut un silence. Elle ne les connaissait ni l'un ni l'autre mais elle avait de la peine pour eux. Leur vie était un roman : de l'art, le mur de Berlin, une histoire d'amour, un tatouage, une évasion, une séparation... Tout cela allait faire un papier génial. Si elle avait eu la possibilité de choisir une bande-son de l'article, elle aurait choisi *Heroes* sans hésiter. Elle se souvenait d'une interview dans laquelle Bowie parlait de cette chanson. C'était pendant ses années berlinoises, elle pouvait presque le voir, Bowie : il était en train de fumer une clope en regardant par la fenêtre de son studio d'enregistrement et il avait été happé par la vue de ces deux ados en train de s'embrasser, avec le Mur et les miradors en toile de fond. C'était beau, ça l'avait ému et il en avait fait une chanson.

La rêverie de Hilary s'arrêta tout net. Cette fois, ce n'était pas Reagan qui revenait la tourmenter, mais le supplément spécial sur le design en RDA qu'elle avait promis à son rédacteur en chef. Elle n'y connaissait rien en vintage formica et elle avait toujours détesté ce penchant des pays riches pour la désuétude matérielle des pays pauvres. Elle ébaucha mentalement une liste des personnes associables au projet. Il y aurait bien une stagiaire qui passerait par là, susceptible de faire l'affaire. Fallait juste trouver un angle de départ et donner des directives à la fille.

La soirée prenait le virage que Hilary redoutait depuis une demi-heure. Elle aurait aimé en savoir davantage sur les Wolf, mais Grangier enchaînait les verres de rouge et ne voulait plus rien lâcher. Il avait bien vu qu'elle ne riait pas à ses blagues, et il avait beau fanfaronner, ça ne servait à rien avec elle. Cette petite Américaine boutonnée jusqu'au cou le pillait habilement, et pour pas un sou.

Petra sentait que les choses commençaient à se compliquer. Aux arrivées du terminal 2 de l'aéroport de Francfort, elle fixait les passagers à travers les portes vitrées et la vit enfin arriver.

Vera. Comme d'habitude, on ne voyait qu'elle. Elle portait un manteau de laine beige foncé et balançait les bras avec une grâce folle, toujours aussi impeccablement coiffée.

— Viens que je t'embrasse. Tu m'as tellement manqué.

Petra se souvenait de la voix de son amie, à quel point elle pouvait être atypique. Ça faisait plus de trente ans qu'elles se connaissaient toutes les deux, Vera avait même été le tout premier agent des Wolf à leurs débuts, en 1990.

— Toi aussi, Vera, tu m'as manqué.

— On va trouver une solution. J'ai dit à Muriel de quitter son quotidien épouvantable de mère au foyer pour se replonger un peu dans la vraie vie, ne serait-ce qu'une semaine. J'avais à peine envoyé mon mail qu'elle m'a téléphoné au moins dix fois de suite.

Petra était rassurée, elle avait envie de revoir Muriel aussi.

— Elle arrive quand ? Il faut aller la chercher quelque part ?

— Non, surtout pas, tu sais bien qu'elle adore louer des voitures énormes et suivre les GPS, ça lui donne l'impression qu'elle peut encore diriger quelque chose dans sa vie.

— Tu es affreuse, Vera !

Elles étaient dans le parking souterrain et marchaient vers la petite voiture blanche de Petra.

— Je repense souvent à ta Mitsubishi, tu sais, j'en ris toute seule, dit Vera.

— Moi, je me souviens de la tête que tu as faite quand tu m'as vue monter par le coffre !

— Celle-là est bien mieux ! Un luxe infernal, c'est quoi, ce bois… Du merisier ?

Vera pointa du doigt le tableau de bord.

— Oui. Et là aussi !

Petra empoigna le levier de vitesse.

— Mon Dieu, c'est une hybride. Je veux la même.

Petra lui sourit.

— Je te la donne, si tu en as besoin.

— Ah, Petra, quand je te vois, j'ai l'humeur romantique. Tu m'as toujours fait cet effet-là. J'ai une féroce envie de déclamer du Dorothea Veit rien que pour toi.

— Dorothea qui ?

— VEIT, espèce d'inculte ! C'est moi, l'Américaine, qui dois te donner des cours de poésie allemande ?

— Tout ça à cause de ma voiture ?

Petra démarra le moteur, elle regarda Vera avec attention.

— Faut qu'on tienne trois jours sans s'engueuler, tu sais ?

— Je suis une incorrigible optimiste, je mise sur une semaine. Et tu tiendras parce que tu as trop besoin de moi !

Une demi-heure de route plus tard, le temps qu'il faut pour aller de Francfort à Wiesbaden, le portail automatique en fer forgé de la maison aux volets verts s'ouvrit enfin. Une fois sortie de la voiture garée sous son abri, Vera alluma sans tarder une cigarette. Il y avait de la neige partout mais il faisait chaud au soleil.

— Restons dehors pour prendre une bière, proposa Petra. Je vais chercher des coussins et des couvertures. Laisse ta valise dans le coffre, on la sortira tout à l'heure.

— Non, non... Je tire un peu sur ma clope et après je vais la rentrer au chaud. Je vais en profiter pour mettre mes bottes fourrées. Sans ça, dans cinq minutes, je n'ai plus d'orteils.

— Installe-toi dans la chambre bleue. Tu sais, celle qui est à gauche.

Pendant que Vera rentrait ses affaires, Petra balaya la neige accumulée sur la table du jardin, avec une petite brosse. Elle prit trois chaises en fer et posa des coussins épais et des plaids en polaire sur chacune. Vera réapparut tout emmitouflée.

— C'est mon moment préféré. La température de la bière est parfaite, dit Petra.

— Tu sais la meilleure ? Une de mes amies, qui est au Pompidou depuis quinze ans, m'a dit que le nouveau directeur, qui par ailleurs est une grosse enflure, s'autoproclamait expert ès Peter !

À soixante-neuf ans et toute de cachemire vêtue, Vera adorait toujours ouvrir ses bières avec le cul d'un briquet plat.

— Qui ça, Grangier ? Mais cette histoire devient ubuesque. Je ne comprends pas pourquoi il y a toute cette folie en ce moment.

— Petra, tout le monde s'emballe parce que tu as attendu trop longtemps. Tu n'as pas voulu m'écouter.

— Personne n'a jamais vu ni Banksy ni Hamato et ça ne pose pas de problème.

— On n'en sait rien, rétorqua Vera en jouant avec son briquet.

Elle alluma une cigarette. Petra but une longue gorgée. Elle cherchait ses mots, ne sachant pas trop comment formuler ce qu'elle avait à dire. Ça ne venait pas, rien ne sortait. Alors elle inspira longuement, l'air froid la glaçait jusqu'au fond de son être. Elle se lança :

— Tu vas… m'aider ?

Vera sourit et posa sa main sur la sienne. Ses extrémités gelées l'empêchaient de sentir la peau de son amie. Vera cachait son émotion comme elle pouvait. Après un silence rempli de tout ce qu'on n'ose pas dire, elle lui dit que oui, qu'elle allait l'aider et qu'elle trouverait une solution.

Petra avait rencontré Vera quand elle avait une vingtaine d'années, grâce à Muriel, la sœur de Peter. Toutes trois formaient un trio des plus étranges. Vera – qui s'appelait en réalité Annette – avait quinze ans de plus que tout le monde et guidait sa petite troupe du haut de son extravagance et de son autorité naturelle. Elle avait eu du flair et elle avait largement contribué à lancer la carrière des Wolf.

C'était une femme excentrique souvent qualifiée d'agaçante à cause de sa voix. On racontait qu'elle avait eu une aventure avec Lou Reed à l'époque de la Factory. Elle entretenait le mystère en donnant suffisamment de détails pour que sa légende reste plausible. Les fétichistes du Velvet, des gars qui se donnaient encore l'air de Lou Reed quarante ans après, lui demandaient régulièrement des interviews et à une époque l'avaient presque traquée. De source sûre, elle avait tourné dans les premiers films expérimentaux de Warhol. Des bobines de super-8 en attestaient. Et puis elle s'en vantait systématiquement quand elle avait un peu bu, ce qui arrivait souvent.

Petra savait que Vera n'avait jamais exagéré sa vie new-yorkaise. À Londres, en 1995, alors qu'elle se croyait seule dans l'appartement de Vera, Petra avait ouvert une armoire contenant tout un tas de vieilleries, des papiers, des boîtes de toutes les tailles, quelques trente-trois tours et un vieux tourne-disque qui attendait qu'on le fasse un peu tourner. Petra avait soulevé le couvercle de protection en plastique et s'était aperçue qu'il y avait un disque en place. Elle avait appuyé sur un gros bouton et soufflé machinalement sur le diamant avant de le déposer sur le vinyle. Un grésillement chaud avait alors envahi la pièce, suivi de près par la voix de Nico. Petra s'était laissé entraîner par la mélodie, qu'elle n'avait pas entendue depuis des lustres. Elle avait fredonné quelques notes en ouvrant les tiroirs et les petites boîtes empilées dans l'armoire. Il y avait de vieilles photos en noir et blanc, et elle avait cru reconnaître Vera toute jeune entourée de types en noir, aux cheveux un peu sales. Il y avait aussi une pile de petits mots griffonnés : *To Annette with love...* Elle les avait parcourus un par un. Puis soudain il y avait eu un bruit derrière elle. Elle s'était retournée, un peu honteuse, prise sur le fait. C'était Vera, debout, des sacs de courses à la main et les larmes aux yeux.

« Ce n'est rien, avait lâché son amie en passant la main sur son visage. Laisse, c'est juste que je ne m'attendais pas à entendre sa voix. »

En trente ans d'amitié, c'était la seule fois où Petra avait vu Vera pleurer.

Mais ce matin-là c'était Petra qui pleurait. Assise sur sa chaise de jardin en plein hiver, un plaid sur les genoux, elle marmonnait en se mouchant bruyamment.

— J'ai peur de tout perdre. Je rêve sans arrêt de Peter, ça me rend folle. Je le vois partout, je l'imagine partout... Hier, il y avait ce Français chez moi, tu sais, pour la biographie. Eh bien, je te jure qu'à force de lui dire qu'il était dans l'atelier j'avais vraiment l'impression de l'entendre. C'était très étrange.

Vera répéta qu'elles trouveraient une solution.

— Ça tourne mal. Je vais tout perdre..., reprit Petra comme si elle ne l'avait pas entendue.

— Tu as de quoi vivre pour dix autres vies... Tu ne vas rien perdre.

— Si, je peux perdre ma réputation, mon travail. Je suis foutue. Je fais quoi à cinquante-cinq ans, moi ?

Elle se moucha à nouveau.

— Tu feras autre chose, ou la même chose. T'as encore toute ta vie devant toi.

— C'est gentil, Vera, mais j'ai plus vraiment la vie devant moi.

Petra se tut et regarda Vera qui souriait en coin. Elle ne la voyait pas vieillir. Elle ne se voyait pas vieillir non plus, d'ailleurs.

— J'ai rêvé que j'allais en prison.

Vera se leva, excédée.

— Mais non, tu ne vas pas aller en prison ! Tu dramatises toujours tout. On va se renseigner et on va finir par trouver, je te dis.

— Et on en fait quoi de Peter ? (Petra éclata de rire.) Je vis, je parle, je peins Peter Wolf, et quoi d'autre… Je tue Peter Wolf, maintenant ?

— Arrête, Petra.

Vera ne l'avait jamais vue comme ça. Froide, presque distante. Loin de cette petite chose mal assurée qui avait passé sa vie à lui demander conseil. Il fallait calmer le jeu. Attendre Muriel, tout mettre à plat. Elle savait comment faire diversion.

— Si ça se trouve, Banksy est une vieille gouine ashkénaze de soixante-deux ans…

Petra leva sa bière et but le reste de la bouteille d'un trait.

— Ce serait vraiment la meilleure chose qui puisse lui arriver !

Un bruit venu de la rue stoppa leur conversation. Ce devait être un voisin. Petra alluma une cigarette qu'elle tendit à Vera. Une minute après, quelqu'un klaxonna devant le portail de la maison : c'était Muriel qui arrivait enfin. Ses deux ados confiés à Frank, son mari, et à sa belle-mère ravie de la « soulager » pour l'occasion, elle avait pris la route aussitôt.

Muriel avait rencontré Frank dans la première galerie où elle avait travaillé en arrivant à l'Ouest. Au départ, personne n'avait parié un kopeck sur leur couple et encore moins sur leur vie de famille. Mais, à la surprise générale, elle avait troqué la vie hors normes qu'elle avait eue à l'Est contre une existence bien rangée où même les torchons étaient repassés. Tout le monde s'attendait à la voir craquer, mais elle avait toujours tenu bon. Certains jours, elle semblait même prendre un malin plaisir à jouer son rôle de femme de droite – « Encore mieux que dans un essai de Dworkin », disait Vera.

— Pourquoi tu ne rentres pas ta voiture dans le jardin ? lui demanda Petra à travers la vitre, alors qu'elle se garait.

— Parce que la rue, c'est fait pour ça, lui répondit-elle en ouvrant la portière. Comment vas-tu ?

Elles se tombèrent dans les bras.

— Tu n'as pas changé. Tu m'as tant manqué.

Muriel inspecta chaque pièce de la maison en arrivant.

— Tu as fait beaucoup de travaux, c'est beau. Où était ton appartement, avant ?

Petra s'excusait presque d'avoir racheté la maison mitoyenne. Son atelier était toujours au même endroit, elle avait seulement fait abattre la cloison de son ancienne chambre pour avoir plus d'espace pour peindre.

Après avoir fait le tour et posé ses affaires, Muriel s'installa dehors auprès de son amie. Du haut de son mètre quatre-vingts, elle dominait tout le monde. Elle passa la main dans le dos de Petra, inspecta sa colonne vertébrale en la prenant de part et d'autre, entre le pouce et l'index.

— Oh là là, il y a des nœuds…

Muriel prenait ces nœuds très à cœur.

— Oui, j'en ai plein le dos.

Vera s'avança vers elles avec une bouteille de champagne à la main qu'elle posa sur la table du jardin.

— Enfin réunies ! Je vais nous chercher de quoi manger, je n'ai pas envie de finir ivre morte dans deux coupes… Je fouille tes placards, tu permets ?

— Grouille-toi, faut trinquer ! lui lança Petra.

À force d'entrer et sortir de la maison, Vera laissait des traces de pas humides sur le parquet, que Petra décida d'ignorer. Pour ne pas perdre le fil de la conversation et se faire entendre, elle criait depuis la cuisine. Elle réapparut tout sourire avec une quiche découpée sur une assiette.

— Muriel, tu vas rire, ou pleurer… Tu sais ce que m'a dit Petra tout à l'heure ?

Vera faisait toujours ça : se moquer ouvertement des choses qui posaient problème. C'était à double tranchant, parce qu'elle heurtait immanquablement la sensibilité des concernés.

— Attention, ça va te plaire ! Petra von Hellermann, ici présente, m'a dit de sa petite voix malheureuse qu'elle craignait pour sa… quoi… Ah oui, pour sa réputation !

Et elle s'assit, un bout de quiche à la main.

Mais ça, ça ne « plaisait » pas à Muriel. Attentive au moindre signe de fragilité, elle regarda Petra avec inquiétude.

— Oui, avoua Petra, c'est vrai, j'ai l'impression que ça va mal tourner… J'ai plein d'emmerdes. Je sais aussi très bien ce que vous allez me dire, mais j'ai pas le courage de le faire. J'ai plus le courage de le faire.

Elle siffla sa coupe d'un trait avant de s'en servir une autre. Elle poursuivit :

— Et je connais vos raisonnements et vos discours. Mais pour moi, c'est sérieux, il va falloir m'aider. Parce que, là, c'est ma vraie vie dont il est question.

— On est là pour ça, déclara Vera.

Elle lui serra la main et prit celle de Muriel.

— Je sens qu'on va devoir aller un peu plus loin que prévu, les filles, ajouta-t-elle.

Il y eut un long silence.

— Rentrons, il fait trop froid.

Très tôt le lendemain, la sonnerie du téléphone retentit dans la maison.

— Qu'est-ce que c'est que cette sonnerie ? hurla Muriel. De quoi réveiller un mort !

Elle enfila une veste en laine avant de descendre pour le café. Petra et Vera petit-déjeunaient dans la cuisine.

— Pour une fois que j'ai pas les enfants, je peux même pas cuver tranquille !

Muriel bâilla bruyamment en tentant de mettre de l'ordre dans sa chevelure brune. Elle avait les cheveux en bataille de son frère.

Ses deux amies n'avaient pas bonne mine.

— Ça va pas, les filles ? Vous vous êtes engueulées ?

Vera fit non de la tête.

— Pourquoi vous tirez cette tête, alors ?

— Je suis convoquée au commissariat de Francfort, lâcha Petra d'une voix blanche.

Muriel reposa son bol de café.

— Tu es convoquée au… Mais pourquoi ?

— Peter.

— Quoi, Peter ?

— Ils font une enquête.

— Une enquête sur quoi ?

— Au sujet de sa disparition, répondit Vera en esquissant un sourire entendu.

— Sa disparition, comment ça ? C'est pas possible…

Muriel s'assit sur le tabouret de la cuisine.

— Je le sentais venir, dit Petra. Depuis cette histoire de biographie, tout le monde m'emmerde.

— Mais qu'est-ce que tu vas leur dire ?

— J'en ai strictement aucune idée… Qu'il est parti.

— Tu es convoquée aujourd'hui ? Sous quel prétexte ? Il ne faut pas un mandat ou quelque chose d'officiel ?

— Calme-toi, Muriel. Elle n'est pas inculpée, elle est simplement convoquée. Comme témoin, c'est tout. Y a pas de drame.

— Pas pour l'instant…, murmura Petra.

— Il n'y en aura pas.

Muriel se servit un deuxième bol de café.

— Ça change nos plans, non ?

Vera se leva et s'approcha du grille-pain.

— Disons que ça les modifie un peu. Mais crois-moi, à nous trois, on a quoi… Cent quatre-vingts ans d'expérience ?

Elle trancha du pain.

— Est-ce qu'il y a un corps ?

Elle se retourna vers ses amies en posant la question et en les pointant du bout de son couteau.

— Non, y a pas de corps, reprit-elle. Si y a pas de corps, y a pas de mort, donc... Y a pas de problème ! Vous m'entendez ? AUCUN !

Elle disposa tranquillement ses deux tranches dans le grille-pain en acier brossé et continua à découper le pain en marmonnant en anglais.

— Tu en coupes trop, Vera.

— Quoi ?

Muriel se rapprocha d'elle.

— On ne mangera jamais tout ça ce matin. D'une, on a la gueule de bois, et de deux, on est trop stressées pour avaler quoi que ce soit.

— Dis-moi, Muriel, tu vas pas me dire que, toi, avec tout ton passé, tu stresses aujourd'hui ?

Muriel sourit à Vera. Non, elle n'était pas stressée. Elle disait ça pour rassurer Petra, par sympathie. Vera avait toujours fantasmé son passé. Elle le trouvait romantique. Certes, elle avait eu quelques moments assez *confidentiels* comme on dit, mais rien de très surprenant pour quelqu'un qui venait de l'Est. Et puis c'était il y a longtemps.

La voyant sourire, Vera se pencha vers elle et lui chuchota :

— Donne-lui des conseils, tu dois bien avoir des trucs qui pourraient lui servir, non ? Regarde-la : c'est n'importe quoi, elle va craquer.

Muriel prit le temps d'observer Petra. Effectivement, elle était blême. Toute blonde, toute pâle, toute frêle dans son vieux pull du matin. Elle se surprit à ressentir un élan d'amitié, un vrai. Elle voulut l'entourer de ses bras, lui dire que ça allait s'arranger, mais sa pudeur l'en empêcha. C'était drôle, pensa-t-elle, elle l'avait jalousée un temps, au moment précis où elle l'avait vue tomber amoureuse de son frère Peter. Mais tout ça c'était du passé. Il fallait la sortir de ce méchant pétrin.

— Allez prendre votre douche, on va se préparer et on part en fin de matinée. Plus vite on aura réglé cette affaire, plus vite on passera à autre chose, lança Muriel.

Petra siffla son bol d'un trait. Elle aurait fait n'importe quoi sur commande ce matin-là, prête à se laisser porter.

— On se rejoint dans une demi-heure ici. Habille-toi très simplement. Mets des boucles d'oreilles moches et des fringues pastel !

Petra la regarda, étonnée.

— Pourquoi pastel ? Pourquoi des boucles moches ?

Vera pressa le pas.

— Vas-y ! Hop ! *Schnell!* Qu'est-ce que t'attends ?

Muriel improvisa une explication.

— C'est élémentaire, ma chère, tout commence par le costume. Tu vas jouer le rôle qui ira bien avec ton discours. C'est pas un jour normal, mets du pastel. T'as pas un vieux pull pastel ?

Petra accueillit l'injonction avec tout le sérieux du monde. Du pastel, oui, elle devait bien en avoir quelque part.

Vera souriait et réitéra la question, ça l'intriguait elle aussi :

— Mais pourquoi du pastel ?

— Mais enfin, les filles, dit Muriel, le pastel, ça se voit pas, c'est la seule couleur qui rend transparent. C'est la couleur idéale pour se fondre dans le mur.

— Alors je crois que j'ai ce qu'il faut... On se retrouve ici dans une demi-heure, conclut Petra, en montant se préparer.

Muriel ramassa les bols pour les rincer.

— T'es sûre de ce que tu fais ? lui demanda Vera en allumant une cigarette.

— Oui.

— Et c'est quoi cette histoire de pastel, sérieusement ?

Muriel sourit.

— C'est rien, juste pour détourner l'attention, faire baisser la tension...

— Ah... Si ça marche...

— Évidemment que ça marche !

— Dis-moi, tu crois que je pourrais vous filmer ?

Muriel haussa les épaules.

— Vera, s'il te plaît ! T'as passé ta vie à nous filmer, tu crois que c'est le moment ?

— Vous me faites confiance, non ? Tu crois qu'elle acceptera ?

Une demi-heure passa et Petra réapparut la première dans la cuisine, vêtue d'un jean clair et d'un spencer bleu très pâle sur une chemise blanche. Elle n'avait plus cet « air perdu ». Vera descendit à son tour. En remarquant le choix judicieux de la couleur du vêtement, elle lui lança d'un ton royal :

— On dirait la reine d'Angleterre. C'est parfait comme ça ! Petra, tu es super-belle !

— Arrête, Vera, c'est sérieux, s'écria Muriel.
— Mais je suis sérieuse !
Muriel regarda Petra droit dans les yeux.
— Rappelle-toi : tu ne sais rien, tu attends et tu te donnes trois secondes avant de répondre quoi que ce soit. D'accord ? Les flics, ça le sent toujours quand on ment. Pour pas mentir, vaut mieux ne rien dire, compris ?
— Oui, compris.
— Et avec ta veste, c'est parfait.
— Ah bon, tu crois ?
Vera s'approcha, posa la main sur son épaule bleu ciel.
— C'est Muriel quand même, elle connaît ces trucs-là, n'oublie pas d'où elle vient !
— Ça suffit, Vera ! Bon, Petra, comment il s'appelle le flic qui t'a appelée ?
— Euh… Quelque chose comme Apfeltorte. Je vous jure, c'est pas une blague, ajouta-t-elle.
— Comment tu peux vivre avec un nom pareil ? C'est une blague ?
— On ne se déconcentre pas, reprit Muriel. Ce type est sûrement moins bête que son nom. Avec un patronyme pareil, tu dois tellement en baver que tu dois être un vrai salaud… Petra, de quand date votre dernière production, à Peter et toi ? Ta dernière connue, je veux dire, officiellement ?

Petra resta silencieuse. Elle avait conclu avec Victor Hallworth, son agent américain, une transaction très confortable avec le Met, mais c'étaient de vieilles pièces qui dataient des années 1990. Les dernières en date avaient été négociées par Degreef, son agent en Europe. Ça remontait à quatre ou cinq ans environ.

— C'est parfait, dit Muriel, c'est absolument parfait. Tu vas dire que tu t'es fâchée avec lui et qu'il n'est plus jamais revenu.

Petra ne comprenait pas. Fâchée avec qui ? Elle n'était pas à l'aise avec les mensonges en général. Pour être plus exact : elle n'était *plus* à l'aise, elle avait trop menti. Son capital mensonge s'était tari. Ça devenait de plus en plus dur d'improviser, même pour un petit mensonge de rien du tout.

— Il faut toujours mentir près de la vérité, asséna Muriel.

— Si tu dis que vous vous êtes fâchés, séparés, ça peut laisser entendre tout un tas de choses. Non, il faut que tu dises que Peter avait le mal du pays et qu'il est retourné à Berlin. Mais que toi tu préfères rester ici, parce que... je sais pas... ta mère est malade.

— Non, c'est impossible, Vera, je peux pas dire ça.

— Pourquoi pas ?

— Enfin Vera, ma mère est morte il y a quinze ans. T'as oublié ?

— Ah oui...

— Tu vas dire que vous vous êtes engueulés et qu'il t'a quittée. Mais s'il te plaît, Petra, ne parle pas de moi, surtout.

— C'est vrai qu'elle est morte, putain j'avais oublié, marmonna Vera en allumant sa caméra.

Muriel se précipita, la main sur l'objectif.

— Ne lui parle pas de moi ou de Frank, s'il te plaît. Et toi, tu ne vas pas filmer maintenant ?!

Vera prit la parole derrière sa caméra :

— Si son Apfeltorte lui en parle, elle ne pourra pas faire autrement, ma chérie. Tu fais partie de l'histoire.

Elle dégagea la caméra et la tourna vers Petra.

— Fais ce que tu peux, tu seras bien. Parle le moins possible, c'est tout.

Elles montèrent dans la voiture. Muriel conduisait, une main sur le volant et l'autre sur le levier de vitesse. À l'arrière, Petra se concentrait, soucieuse, le visage fermé. Vera, elle, fixait le paysage en tirant sur sa cigarette électronique, ce qui la faisait tousser encore plus que ses habituels cigarillos. Elle se disait qu'il allait falloir prolonger son séjour auprès de Petra. Elle se sentait impliquée, responsable en quelque sorte. Cette histoire de convocation la perturbait. Elle qui d'ordinaire maîtrisait tout, prévoyait tout... Ça allait trop vite, il fallait être rapide et elle se sentait moins efficace que d'habitude. L'âge, peut-être. La fatigue, sûrement.

Dehors, tout était blanc sauf le ciel, d'un bleu criant. On n'entendait que la voix monocorde du GPS.

Lorsqu'elles arrivèrent devant le bâtiment de la police, Petra sortit seule de la voiture et demanda à ses amies de l'attendre dans un café au bout d'une rue perpendiculaire. Elles obtempérèrent en silence. Après tout, s'il fallait boire un thé, elles iraient boire un thé.

— Ça va bien se passer, lui dit Muriel.

— Oui, je sais. Ça ira.

En fouillant dans son sac à la recherche du papier sur lequel étaient notés l'étage et le numéro de bureau, Petra entra dans un grand bâtiment gris, une construction typique des années 1950. Un policier en uniforme lui demanda la raison de sa venue. Après quelques vérifications, il lui indiqua quel escalier prendre.

Petra restait calme. Elle respirait par le ventre.

Elle frappa à la porte du bureau B255 en souriant devant le nom qui y était inscrit. Ce n'était pas Apfeltorte mais Horst, ce qui n'avait absolument rien à voir avec les tartes aux pommes. D'où lui était venue cette idée d'Apfeltorte ? Elle n'en savait rien. Ce retour à un nom banal la rappela à la morosité des lieux. Non, ce n'était pas une plaisanterie, ces murs étaient réels et ce gris partout l'était tout autant. Ce qu'elle allait dire ou faire aujourd'hui aurait des conséquences : pénétrer dans ce bureau marquait le premier round d'un match qui s'annonçait difficile.

Une voix grave lui répondit :

— Entrez.

Elle inspira profondément.

— Bonjour, je suis Petra Wolf…

— Entrez, entrez !

Un homme d'une cinquantaine d'années, chemise en jean et veste bleue, se leva et fit le tour de son bureau. Il déplaça une chaise à son intention et la disposa bien en face de lui.

— Installez-vous. Merci d'avoir fait aussi vite.

Petra s'assit, déposa son sac à ses pieds en regardant autour d'elle.

— De rien. Que c'est petit ici !

Petra ne souriait pas. Elle ne voulait pas être docile, et elle savait ne pas l'être.

— Alors, alors...

Le policier faisait mine de s'affairer. Il regarda sous ses dossiers, derrière lui, dans ses tiroirs pour finalement pianoter sur son ordinateur.

— Ah oui, voilà. Frau Wolf...

Il bredouilla quelques phrases incompréhensibles.

— Hum, oui. Il s'agit d'un signalement... Celui de la disparition de Herr Peter Wolf, comme vous le savez sûrement. (Il leva les yeux vers elle.) C'est bien votre mari ?

Petra le regarda sans rien dire. Elle n'était pas surprise, il fallait bien s'y attendre un jour ou l'autre.

— Comment vous dire...

Petra hésita encore quelques secondes, amorça plusieurs débuts de phrase sans conviction, le temps de décider quelle partie de son histoire elle pouvait raconter sans être inquiétée. Mais Horst la stoppa net dans ses atermoiements. Il ne l'entendait pas ainsi.

— Frau Wolf, avant que nous nous embarquions sur une piste dangereuse, sachez que j'ai déjà plusieurs éléments sous la main. Je ne peux évidemment pas vous en dire plus. Mais si ce que j'ai là ne correspond pas avec ce que vous me dites... Nous partirons du mauvais pied, vous et moi.

Petra l'écoutait sans rien montrer de son inquiétude. L'inspecteur ouvrait, refermait et déplaçait ses dossiers avec une certaine nonchalance. Il souleva une pile qui contenait plusieurs dizaines de pages.

— Madame, si j'étais vous, je dirais ce que je sais, tout simplement.

Il reprit sa posture de flic affairé et lut quelque chose sur son ordinateur. Voulait-il l'intimider ? Elle ne savait pas. Puis il se mit à sourire, les mains tendues vers elle. À présent, il jouait au gentil flic.

— Dois-je prendre un avocat ?

Horst leva les yeux au ciel.

— Bien sûr, vous pouvez prendre un avocat pour faire vos courses aussi, si ça vous chante.

Il laissa passer quelques secondes, avant de se reprendre.

— Pour l'instant, vous ne craignez rien, vous n'êtes accusée de rien. Vous êtes entendue en tant que témoin.

Petra pesait chaque mot qu'elle venait d'entendre, chaque mot qu'elle allait prononcer.

— Pour répondre à votre première question, non, ce n'est pas mon mari.

Elle fit une petite pause, décroisa les bras.

— Wolf est un pseudonyme. Mon nom est von Hellermann, Petra von Hellermann.

Horst fit rouler sa chaise de vingt centimètres en arrière avec un sourire satisfait.

— Voilà qui commence mieux ! Je préfère ça. D'ailleurs, je le savais déjà. Vous n'êtes pas mariée à Herr Wolf.

— Non.

— … Vous n'êtes pas frère et sœur et n'avez pas de lien de parenté non plus.

— Non plus, non.

— Pourquoi vous appeler Peter et Petra Wolf, alors ?

— Par provocation.

Horst fronça les sourcils. Il tendit une main vers elle, l'incitant à poursuivre.

— Provocation de quoi ?

— Par provocation politique. C'était une provocation politique, à l'époque… On avait hésité à mettre les deux *o* de Virginia Woolf. Vous comprenez ? Vous savez qui c'est ?

Elle se ravisa et toussa poliment pour éviter une réponse.

— Oui, je sais qui c'est…, marmonna Horst.

Il toussa à son tour en se recalant dans son siège.

— En quoi était-ce une provocation politique ?

Petra sourit, elle avait vu juste : en fait, il ne pigeait pas.

— C'était il y a vingt-cinq ans. Mais c'est tout à fait légal, j'ai payé pour avoir le droit d'utiliser ce nom. Cherchez donc dans vos…

Elle désigna de la main l'ordinateur posé sur le bureau.

— Je le sais, oui. Je voulais simplement voir si je pouvais vous croire.

Il laissa passer une minute sans dire un mot.

— Savez-vous, Frau… Hellermann, qu'une procédure a été lancée suite à une plainte pour la disparition jugée inquiétante de Peter Wolf.

— Oui, c'est ce que vous m'avez dit au téléphone ce matin.

— Vous n'avez pas l'air inquiète du tout.

— Non. Pas du tout.

— Ah… Et je peux savoir pourquoi ?

— Parce que c'est un… sauvage qui aime avoir la paix.

— Oui, c'est ce que j'ai cru comprendre. Du moins, c'est comme cela que la plupart des gens le décrivent.

— Quand l'avez-vous vu pour la dernière fois ?

Petra redoutait cette question. Elle fit mine d'essayer de se souvenir.

— Oh ! c'était il y a longtemps, peut-être trois ans.

— Vous savez, je me suis renseigné sur vous. Je sais que vous travaillez ensemble. Je sais que vous avez des intérêts communs. J'ai vu le prix de vos peintures, c'est pas donné, dites donc !

Petra écoutait, impassible.

— Vous êtes la crème de la crème depuis quoi… trente ans ? Et vous me dites que vous n'avez aucune nouvelle de lui depuis trois ans ?

Elle fit oui de la tête.

— Dommage, c'était bien parti.

Il souffla et marmonna de nouveau. Petra restait attentive. Elle tentait d'en dire le moins possible. Horst faisait rouler sa chaise vers le mur et regardait ses collègues s'affairer dans le bureau d'en face. Il imposait le silence et le rythme de l'entretien.

— Je vais être franc : je ne vous crois pas. J'ai là une dizaine de témoignages de gens qui prétendent vous avoir vus ensemble. Par exemple, le 12 décembre dernier, d'après Internet, un certain Philippe Museau est venu chez vous à Biebrich. Un peu plus tôt dans l'année, vous avez été vus en public à la grande exposition de Berne. Un dénommé Grangier maintient avoir déjeuné avec vous il y a quelques mois, et enfin une certaine Breimaier prétend avoir parlé à M. et Mme Wolf il y a six mois pour préparer une rétrospective à New York... Ce n'est qu'une partie du dossier, madame, je vous fais grâce des dizaines d'autres témoignages. Mais vous êtes là devant moi pour apporter le vôtre. Comprenez que je sois très étonné de vos réponses.

Petra leva les yeux au ciel.

— Ce n'est pas possible. La dernière fois, c'était il y a deux ans.

— Vous avez dit trois, il y a cinq minutes.

Il venait de la coincer, premier point pour lui. Elle inspira calmement.

— Soyez direct. Qu'est-ce que vous me reprochez, au juste ?

Horst continuait d'aller et venir sur sa chaise à roulettes, un tantinet agaçant. Il leva à son tour les mains vers le ciel.

— Rien, pour l'instant, rien. Mais cette histoire prend une tournure bien complexe...

Petra acquiesça.

— Si vous pouviez vous montrer disponible et coopérative le temps de l'enquête, ça jouerait en votre faveur, croyez-moi.

— Ah, il y a enquête ?

— Bien sûr. S'il y a disparition avérée, alors il y a enquête.

Horst lui montra son sac à main en se levant, pour lui signifier la fin de l'entrevue.

— Bien sûr.

Elle mit son manteau et se pencha pour attraper son sac.

En se relevant, elle s'arrêta un instant et osa poser la question sur l'origine de la procédure. Horst lui répondit que ça venait d'un certain Sven Sön, « le directeur de collections d'un musée de New York, vous connaissez ? ». Bien sûr, qu'elle le connaissait. Elle lui demanda si ce Sön était en droit de faire ça, déranger la vie des gens alors qu'il n'était pas de la famille.

— Naturellement, il a le droit. Il est très bien conseillé, Mr Sön, il a plein d'avocats, deux à New York et deux ici.

D'ailleurs, Horst n'aimait pas la tension de plus en plus pressante au sujet de cette affaire. Il avait toujours détesté qu'on lui impose ses priorités. Avec le foin médiatique orchestré par ses avocats, ce Sven Sön avait été capable de faire remonter le dossier très haut.

— Ah, j'oubliais ! Avant de partir, pouvez-vous me confirmer que c'est bien Peter Wolf sur cette photo ?

Il glissa vers elle un portrait en noir et blanc d'un homme brun, aux sourcils épais et à la tignasse en bataille. Petra ne s'y attendait pas. Elle ne put s'empêcher de toucher la photo, de la prendre entre ses mains. Elle se retenait d'en caresser les contours, de suivre les traits du visage. Quelques larmes lui montèrent aux yeux.

— Où avez-vous eu cette photo ?

L'émotion la submergeait. Il en existait d'autres, alors, des portraits de Peter !

— Je ne comprends pas. D'où tenez-vous ce portrait ?

— C'est bien Peter Wolf sur cette photo ? répéta Horst.

— C'est bien lui. Oui. Mais d'où vous tenez cette photo ?

— D'un vieux dossier..., répondit-il calmement.

Petra sortit du bureau en s'essuyant les joues. Horst considéra que ces larmes avaient toute leur place dans son compte rendu. Il resterait néanmoins critique : c'était un vieux loup, on ne le bernait pas facilement.

Le regard de Petra von Hellermann n'avait été ni agressif ni inquiet, et sa réaction avait tout d'une réaction spontanée. Elle avait regardé la photo avec tendresse, voire une certaine nostalgie. Ça ne ressemblait pas aux réactions habituelles de ceux qui avaient quelque chose à se reprocher. Mais le flic était perplexe, il n'avait pas réussi à la cerner.

Il la regarda s'éloigner dans le couloir. À bien y réfléchir, elle avait disparu avant même qu'elle ne sorte de son champ de vision. Elle avait à peine été là.

Horst se leva, longea le couloir et passa la tête dans un bureau.

— Ziedler ? Tu en es où sur Wolf ?

Un quadra beau comme un astre et tout de cuir vêtu finissait une conversation téléphonique, tout en imprimant plusieurs documents qu'il classait dans une pochette cartonnée.

— Ce type est introuvable.

— Je sais, je sais. (Horst soufflait.) Tu as quoi, toi ?

— Toi d'abord ! Ça a donné quoi avec la femme ? Et la photo, c'est bien lui ?

— Oui... C'est bien lui.

— C'est pas elle qui nous l'a envoyée ?

— Non, c'est pas elle.

— T'es sûr ? Tu crois pas qu'elle nous joue la comédie ? Parce que si c'est pas elle, c'est qui ?

— Je te dis que c'est pas elle.

— Bon... Et sinon l'entretien a donné quoi ?

Horst, qui squattait le bureau de son collègue pour cette affaire, s'assit.

— Rien de plus que ce qu'on savait déjà. C'est pas sa vraie femme, c'est pas sa sœur, c'est vraisemblablement pas sa mère non plus... Je ne comprends pas pourquoi elle n'a rien dit quand elle a vu la photo.

Il ajouta, presque pour lui-même :

— Y a un truc qui colle pas. (Il se gratta la tête.) Je la sens pas, et pourtant je l'aime bien.

Ziedler écouta son collègue tout en se replongeant dans sa paperasse. Puis ils restèrent silencieux environ une heure comme ça, chacun à son bureau. Soudain, Ziedler devint rouge, un peu comme un gamin qui se fait choper. Horst s'en inquiéta.

— Ça va ?

Ziedler mit la main devant sa bouche et s'exclama :

— C'est incroyable ! Ça vient de lui. Ce type est un héros !

— Raconte, qu'est-ce que t'as ?

Ça faisait des jours que Ziedler avait commencé à rassembler toutes les informations sur les Wolf via les sites officiels des galeries, les réseaux sociaux et l'avocat allemand de Sven Sön. Il prit quelques pages dans sa main et déclama avec fierté :

— Naissance à Potsdam en 1960, rien de particulier sur l'enfance, études d'art à Leipzig, puis à Berlin-Est. Il se serait ensuite installé dans le quartier de Prenzlauer Berg – oh ! que c'est original. Après, il y a une histoire de carte avec le VBK, je sais pas trop ce que c'est. Je maîtrise pas encore cette partie mais j'y travaille. Bon, toute cette période-là est à vérifier. Par contre, on m'a donné tout à l'heure le nom d'un type en France que je dois absolument contacter.

— Tu parles français ?

— Non. Mais il parle peut-être anglais.

— Un Français ? Tu rêves. Comment il s'appelle, ton gars ?

— Grangier.

— Tu ne m'apprends rien, il est sur la liste de ceux qui vont devoir déposer. Tu parles d'une piste... Bon, et pourquoi tu dis que c'est un héros ?

Ziedler sourit, gêné. Il ôta son blouson et remonta la manche de sa chemise. Le long de l'avant-bras, il avait fait tatouer en petites lettres carrées : *« nur wenn ich träume, bin ich frei »*.

Horst le regarda, perplexe. Il attendait le lien entre son affaire et ce tatouage.

— J'ai grandi à Berlin-Ouest... (Il poursuivit timidement.) Le Mur est tombé quand j'avais quinze ans. Mon oncle et mes cousins étaient de l'autre côté, à l'Est, à même pas cinq cents mètres de chez nous. La première fois que j'ai vu cette phrase, c'était sur une photo, ça m'a parlé, ça me parle toujours. Merde alors, je savais pas que ça venait de lui…

Horst était sidéré devant ce manque de pudeur. Ziedler se dévoilait en direct, là, à quarante-et-plus-que piges, en plein milieu d'une affaire. C'était plus fort que lui, Ziedler était happé par ses souvenirs. Peut-être parce qu'il se remémorait tout ce qui s'était passé ce soir-là, cette nuit du jeudi 9 novembre 1989. Comme tout le monde, il n'y avait pas cru. Comme tout le monde, il avait entendu la conférence de presse de Schabowski à la radio. Comme tout le monde, il s'était rendu avec sa mère vers les points de passage pour voir si c'était vrai et, comme tout le monde, il s'était finalement dirigé vers la porte de Brandebourg avant de se figer devant le spectacle inouï de tous ces gens debout sur le Mur. Du haut de ses quinze ans, Ziedler avait saisi la portée symbolique de ce moment. Pour lui, seuls les gens capables d'enjamber ce mur sauraient quoi faire de l'avenir. Les autres, ceux qui n'accomplissaient pas cet acte physique à cause de leur âge ou de leur torpeur, vivraient dépassés toute leur vie.

Mais son vrai souvenir de l'Est n'était pas tout à fait cette image-là. Son Est à lui, c'était les demandes d'autorisations spéciales que sa mère s'évertuait à remplir pendant des mois pour rendre visite à sa famille. Chaque année, il y avait l'angoisse de ne pas les voir aboutir mais aussi la tristesse lorsqu'elle les obtenait. Qu'elle y aille ou non, de toute façon, elle était malheureuse. Pour lui, toute cette époque se résumait à ce double-fond de valise où sa mère enfouissait les plus beaux trésors que l'Ouest pouvait offrir aux siens. Trésors qui se devaient de respecter plusieurs critères : être incassables, utiles et peu volumineux. C'était une quête incessante.

Ziedler reprit ses esprits tout en cherchant un document qu'il venait d'imprimer. Il le montra à Horst.

— Il s'est enfui grâce à sa femme, enfin, grâce à cette Petra. Il a fait partie de ceux qui sont passés par la Hongrie en mai 1989 et qui se sont réfugiés dans les ambassades de Budapest.

— Mais Petra vient de l'Allemagne de l'Ouest, comment est-ce qu'ils auraient pu se rencontrer ?

— Je sais pas, répondit Ziedler en tournant les feuilles recto, verso, puis re-recto de l'ensemble de ses documents. Rien n'est indiqué là-dessus.

Horst écouta en hochant la tête, les yeux toujours rivés sur son tatouage.

— Ça ne me dit pas où il a bien pu passer aujourd'hui. (Il tapota nerveusement le bureau de Ziedler.) Comment tu vas lui parler, à ton Français ?

Ziedler remit sa manche pour recouvrir son bras tatoué.

— Je sais pas…

Petra marchait le long de l'avenue pour rejoindre Vera et Muriel. En passant devant le café, elle jeta un œil par la vitrine. Elles étaient en pleine discussion. Vera avait allumé sa petite caméra, et Muriel répondait à ses questions, en plan fixe, coutumière de l'exercice. Depuis leur table bien au chaud, elles aperçurent Petra derrière la vitre et lui firent un signe de la main.

Vera posa sa caméra et se décala pour lui faire une place.

— Alors ?

C'était un *alors* à l'unisson, calme et posé, qui aurait pu se contenter d'un sourire en guise de réponse.

Petra enleva son manteau, attrapa la cigarette électronique de son amie et toussa après la première inspiration.

— Ils ont la photo de Peter.

Petra se tourna vers Muriel, guettant sa réaction.

Muriel ne réagit pas. Elle ne disait rien et attendait la suite du récit.

— Quelle photo ? demanda Vera.

— Ils ont la vraie photo de Peter, continua Petra en fixant Muriel. L'authentique.

Muriel laissa tomber sa tasse sur la table, une large tache se répandit sur la nappe blanche.

— La photo, *ma* photo, celle de *mon* frère ?

— Oui. Je sais pas d'où ils la tiennent.

Hilary attendait impatiemment son rendez-vous avec Sven Sön, le directeur de collections du Met. C'était la première fois qu'elle revenait chez elle depuis son emménagement en France. Ça ne lui manquait pas plus que ça. Pourtant, en foulant le sol de l'aéroport, elle avait repensé à Jean-Paul II, bouche sur le bitume à son arrivée en Pologne. Elle aurait fait tout pareil si elle avait été papesse.

Depuis qu'elle avait réussi à contacter Sven Sön, elle travaillait sur son entrevue avec acharnement. En bonne stakhanoviste, elle avait étudié tout ce qui avait pu paraître dans la presse en trente ans sur le couple Wolf, en français, en anglais et en espagnol. Avec trois langues, elle couvrait une grande partie des médias internationaux. Seul hic : elle ne maîtrisait pas l'allemand et c'était bien sa faiblesse dans ce dossier. Elle avait réussi à approcher un étudiant en traduction et l'avait rémunéré avec quelques-uns de ses cadeaux de presse. Elle avait dû sacrifier pour la cause deux sacs Vanessa Bruno, une combinaison en soie Sabbia Rosa, un Guerlain et tout un stock de crèmes de nuit bourrées de parabène qu'on s'arrache en Corée. En échange de quoi le garçon lui avait traduit de l'allemand vers l'anglais – et en un temps record – une dizaine de textes et de coupures de presse dont elle voulait connaître précisément le contenu. Toute la vie médiatique des Wolf passée au peigne fin.

Elle avait relevé quelques petites incohérences qu'elle avait décidé d'élucider. À quelques heures de son rendez-vous avec Sven Sön, il fallait qu'elle organise ses pensées pour y aller en douceur. Tout le monde savait qu'il était furieux contre les Wolf, et il était de notoriété publique qu'il avait le procès facile. Contrarier Sven Sön était risqué, comme l'attestait l'affaire des Giacometti. Au début des années 2000, un collectionneur un peu fou lui avait « prêté » deux pièces de sa collection. On n'a jamais su qui avait vexé l'autre ni pourquoi, mais les deux sculptures trônaient toujours dans le salon de Sön, et les ayants droit du collectionneur décédé attendaient toujours de les récupérer. L'entourage de l'entourage avait laissé entendre que Sön avait séduit la femme du collectionneur, ce qui d'après d'autres entourages était faux puisqu'il aurait plutôt, semble-t-il, visé le collectionneur.

Juste avant de s'envoler pour les États-Unis, Hilary avait recruté Aminata et Justin, deux stagiaires qu'elle avait réussi à débaucher respectivement des pages « Mode » et « Accessoires ». Elle pouvait enfin leur refiler le bébé du supplément « Design en RDA ». Aminata et Justin avaient trouvé une mine d'informations en français, dont un site dédié à l'Ostalgie, véritable encyclopédie concernant les produits du quotidien des Allemands de l'Est. De clic en clic, ils avaient débarqué à pieds joints dans l'histoire d'un pays dont ils avaient vaguement entendu parler. Ils n'en revenaient pas. « C'est dingue, avaient-ils raconté à la rédaction, on est faits pour ce boulot, on est nés tous les deux en 89 ! » Pour motiver sa troupe, Hilary leur avait promis un voyage à Berlin avec Éloïse, une photographe pigiste qui jouissait d'une petite notoriété rock. Cette nouvelle avait accru leur intérêt pour le projet et enflammé leurs envies d'ailleurs, de rencontres nocturnes et de lieux atypiques.

Hilary était donc partie à New York sereine, soulagée d'avoir trouvé les bonnes personnes pour s'occuper de toute la partie du boulot qui ne présentait que peu d'intérêt pour elle.

La veille de son entrevue, elle avait passé la soirée chez son frère, à Williamsburg. Elle avait avalé une soupe miso et s'était mise au lit assez tôt avec ses notes et les traductions qu'elle avait emportées avec elle. En parcourant le carnet dans lequel elle avait consigné un compte rendu minutieux de son entretien avec Grangier, elle s'aperçut que quelque chose clochait. Grangier lui avait raconté que Petra avait aidé Peter à fuir en 1988, mais elle venait de lire dans un article du *Frankfurter Allgemeine Zeitung* que Peter avait apparemment profité d'appuis pour passer à l'Ouest vers le mois de juin 1989, en bifurquant par la Hongrie, quelques mois seulement avant la chute du Mur. Elle se demanda comment il était possible de se tromper aussi grossièrement sur ce qui était considéré comme « l'acte fondateur » d'une carrière. Cette question la tourmentait suffisamment pour qu'elle décide de reprendre intégralement la lecture de l'article, intitulé « L'évasion romantique ».

> La fuite des Wolf ressemble à celle de nombre de leurs compatriotes est-allemands. C'est au début de l'année 1989 que Peter et sa sœur ont eu vent de l'ouverture du rideau de fer grâce à leur correspondance régulière avec leur amie ouest-allemande Petra von Hellermann. La rumeur d'une situation politique instable entre Gorbatchev et la Hongrie s'était répandue, et Peter et sa sœur se sont décidés au début de l'été 1989 à tenter leur chance. À l'époque, le gouvernement hongrois avait soudainement pris ses distances avec l'ensemble du bloc socialiste et avait déclaré qu'il souhaitait démanteler l'ensemble du réseau frontalier. Dès le début des vacances d'été, une vague de plusieurs centaines de citoyens est-allemands s'apprêtaient à quitter le territoire national vers la Hongrie. Épaulés par Petra, qui restera toujours discrète sur ses précieux contacts sur place, les Wolf feront partie des premiers réfugiés de l'ambassade de RFA à Budapest. Devant le chaos des frontières non encore officiellement ouvertes et craignant que l'instabilité politique ne provoque un dur retour en arrière, les trois compagnons de liberté jouèrent leur va-tout en prenant un dernier risque. Malgré le danger que représentaient les centaines d'espions de la Stasi dépêchés sur place et moyennant une certaine somme, Petra persuadera un maréchal-ferrant hongrois de modifier l'arrière de sa voiture pour y cacher un corps d'adulte entre la banquette arrière et le coffre. Elle fera ainsi deux allers-retours entre la Hongrie et la Yougoslavie, la première fois avec la sœur et la seconde avec Peter.

Hilary nota le nom du journaliste : un certain Detlev Lindström. Elle rechercha rapidement sur Internet pour voir s'il était toujours en activité au *Frankfurter Allgemeine Zeitung*, mais elle ne trouva rien. Le papier datait de 1996. Lindström était peut-être déjà à la retraite. Elle googla à tout hasard son nom, assorti de la mention « journaliste ». Toutes les propositions la renvoyaient vers le *Rock&Folk* anglais. Il y tenait apparemment la rubrique « *Who the Fuck Is...* », dans laquelle le journaliste brossait un portrait au vitriol de toutes les icônes du moment. Tout le monde y avait eu son compte. De Mick Jagger à Pavarotti en passant par Beyoncé. Un peu plus bas, elle vit qu'il avait aussi écrit une biographie non rééditée de Marianne Faithfull, en 2001.

Quel était son lien avec les Wolf et comment avait-il eu ces informations sur leur évasion ? Les avait-il rencontrés ? Elle ajouta son nom à la longue liste de ceux qu'elle devait contacter.

Hilary s'endormit avec l'extrait du *Frankfurter* entre les mains.

Elle tenait quelque chose.

Le réveil sonna à 7 heures. Jack, son frère, râlait parce que, rentré à 4 heures complètement soûl, il était agressé par le moindre bruit. Et dans ce petit deux-pièces, Hilary en faisait forcément, du bruit, avec la douche, le séchoir à cheveux, les « zip » de la trousse de maquillage et les « pschitt » du parfum. Elle voulait être parfaite pour sa rencontre avec Sven Sön. Avant de partir, elle prépara un mug de café pour Jack et le lui posa sur sa table de nuit.

— C'est encore mieux de se rendormir après un bon café, lui chuchota-t-elle.

Elle partait conquérante, avec ses bijoux fétiches et son petit ensemble noir dans lequel elle se sentait toujours impeccable. Avec ses seins invisibles sous sa chemise, elle en jetait, vraiment. Ça lui plaisait d'être plate comme une limande. Un coup de rouge sur ses lèvres et le tour était joué.

Elle arriva devant le Met avec vingt minutes d'avance, impatiente. De tous les gens importants qu'elle avait rencontrés, Sven Sön était le plus important. À cause de son poste, évidemment, mais aussi à cause de tout ce qu'il déclenchait depuis son bureau. Sven Sön était connu pour ses relations partout dans le monde, des plus alternatives aux plus sélectes.

Elle s'avança, parfaite et souriante, vers les hôtesses d'accueil, pile à l'heure. On la fit patienter dans un bureau où chaque centimètre carré de moquette avait dû coûter 5 000 dollars. Elle regarda sa montre : 11 heures. Puis 11 h 10, 11 h 15, 11 h 20. Elle n'aimait pas ça, mais elle attendait. Pas le choix.

Sven Sön entra dans le bureau suivi de sa secrétaire. Une brune au chignon parfait qui restait sur le pas de la porte, disciplinée, attendant les ordres.

— Café ? Thé ? *Matcha latte* ? On a tout ici, lui dit Sven Sön avant même de lui serrer la main.

Hilary avait hâte de démarrer l'entretien. Sven, de son côté, était fuyant.

— New-yorkaise et parisienne, à ce que j'ai cru comprendre ? Ah, j'adore Paris…

Il fallait laisser passer les généralités sur Paris pour se jauger. Dans ces circonstances-là, il était de mauvais goût de dire qu'il fait bon vivre avec un croissant à Montmartre. À éviter absolument. C'était là que s'entassaient les banalités, du genre « Paris devient sale et il ne s'y passe plus rien ». Et, juste après, avec une nonchalance de fin de phrase, l'un des deux devait clore par l'immanquable : « Ça ne vaut pas Berlin. »

C'était exactement ce que Sven Sön était en train de raconter à Hilary Brown. Et elle, elle patientait, acquiesçant d'un sourire poli avant d'entrer dans le vif du sujet.

— *So, miss Brown,* parlez-moi plutôt de votre projet sur les Wolf. C'est quoi, une sorte de numéro spécial d'après ce que j'ai compris ?

— Juste quelques pages, une couverture.

— Vous prévoyez une interview ?

— Dans l'idéal, oui, mais je n'ai toujours pas de réponse de leur part.

Ça rassura Sven, il aurait été fou d'apprendre le contraire.

Il lui sourit comme on sourit à un néophyte. La pauvre petite, elle attendait une réponse des Wolf ! Il hocha la tête en attendant ses questions.

— Mister Sön, je voulais vous rencontrer parce que vous avez une grande expertise de leur travail. J'ai très envie de faire une présentation didactique de leur œuvre en la recontextualisant pour les lecteurs de *Vanity Fair.* Vous êtes la personne idéale pour ça.

Sven Sön approuva en silence.

Il ne la contredisait pas, elle ne disait donc pas de conneries. La seule raison pour laquelle Sven avait accepté de rencontrer une petite journaliste de rien du tout, c'était qu'il ne savait rien, lui, sur les Wolf. Leur peinture, d'accord, il la connaissait comme personne. Mais *eux* ? Il espérait en apprendre d'elle. Elle poursuivait :

— Je sais que vous préparez une rétrospective. Nous pourrions naturellement faire écho à votre événement.

Sven Sön la coupa net :

— Je n'ai pas besoin de publicité. Surtout venant d'un journal qui perd régulièrement des parts de marché depuis deux ans.

Hilary contourna l'obstacle.

— La version papier, oui, légèrement, mais la numérique monte en flèche. J'aimerais trouver un moyen de faire référence à votre rétrospective.

— Je suppose que vous avez vu Grangier ?

— C'est exact.

Il leva les yeux au ciel. Pour lui, Grangier était une sombre arnaque qui jouissait d'une renommée surfaite. Il ne comprenait pas comment cet homme pouvait avoir un tel parcours.

— Pour comprendre leur travail, il faut comprendre leur vie. D'où ils viennent, leur trajectoire, leur histoire et l'histoire avec un grand H. J'avais organisé il y a quelques années une exposition sur l'art et la politique. Voyez-vous, pour le grand public, c'est exactement ce qu'ils incarnent. Mais pour moi ils vont au-delà.

— Est-ce que l'art n'est pas toujours politique ?

Il sourit une deuxième fois devant tant de naïveté. Elle le tenait.

— Vous permettez que je vous enregistre ?

Il agita la main dans sa direction.

— Allez-y.

Il lui proposa de poursuivre l'entretien hors du bureau pour lui faire découvrir ses « Wolf à lui ». Sa vanité l'emportait sur son emploi du temps archi-blindé. Qu'importe, on l'attendrait.

Ils prirent un escalier monumental qui menait vers une enfilade de salles dédiées aux différents courants du XXe siècle. *Die Mauer* fut le premier tableau qu'il lui présenta. Le plus simple, le plus accessible, selon lui. C'était une toile immense de trois mètres de large sur deux mètres de haut. Hilary fut tout de suite conquise par la force et le mouvement qui s'en dégageaient. Elle était aspirée.

— Fascinant, n'est-ce pas ?

Elle ne disait rien.

— Vous avez devant vous la confrontation de deux écoles, de deux pratiques artistiques. Tout y est, c'est une démonstration magistrale de la réconciliation de deux extrêmes. À l'arrière-plan, il y a très clairement le classicisme violenté de l'école de Leipzig, que vient renforcer le trait plus moderne de la tradition ouest-allemande. Vous voyez ?

Il frôla dangereusement le tableau dans sa démonstration. Son geste était plein de fougue. Hilary Brown le regardait s'animer. Elle voyait tout ce qu'il voulait lui montrer.

— C'est un appel à la liberté, enchaîna-t-il. C'est LE symbole de la réunification. C'est tout simplement incarné.

Saviez-vous que Helmut Kohl l'avait offert à Ronald Reagan ? Et que Reagan l'a ensuite offert au tout premier musée américain près de Checkpoint Charlie, à Berlin ? Les deux hommes ont d'ailleurs laissé leur signature au dos de la toile.

Reagan avait signé ce tableau… Quelques centimètres la séparaient d'une trace de son ancien président. Quelques centimètres et trente ans. Un gouffre palpable, une proximité déconcertante avec le passé. L'histoire, la grande et la petite, et la sienne au milieu. REAGAN. Elle reprit ses esprits.

— Comment est-il arrivé ici ?

— C'est la propriété des États-Unis ! Le musée américain de Berlin était trop petit, et certaines œuvres ont été rapatriées en 1997.

— D'accord. C'est entre le témoignage historique et l'œuvre d'art. Comme le Mur, d'ailleurs. Saviez-vous qu'ils rénovent les fresques du Mur au coton-tige ?

— Oui, je sais, c'est un de mes collaborateurs qui a formé leurs restaurateurs. Le *street art*, on a cette culture-là en commun avec Berlin.

Hilary ne quittait pas la toile des yeux.

— Comment travaillent-ils ensemble ?

— C'est une question tout à fait légitime, qui a son intérêt pour comprendre l'œuvre.

Sven prenait beaucoup de plaisir à répondre aux questions de Hilary. Il poursuivait, heureux d'étaler son savoir. Il finissait par en oublier sa colère de ne pas pouvoir mettre la main sur Peter.

— Il est vrai qu'il faut avoir l'œil exercé pour discerner la force de chacun, mais, voyez-vous, j'arrive à ressentir la violence de Peter dans les tréfonds de ce travail.

Il cogna sur sa poitrine à deux reprises.

— Je le sens, là.

Hilary écoutait et se demandait si cette rage qu'il semblait attribuer à Peter ne pouvait pas aussi venir de Petra. Cette dualité, ce contraste systématique qu'expliquaient la plupart de ses interlocuteurs en attribuant à Peter « la violence » et à Petra « la résilience salvatrice » lui semblait un peu simpliste. N'avaient-ils donc rien d'autre à proposer, ces historiens de l'art ? Elle se lança :

— Et si c'était l'inverse ? Vous ne pensez pas que Petra pourrait avoir été à l'origine de cette violence ?

Il sourit.

— Non, soyez sérieuse. Il n'y a qu'un homme qui s'est battu pour sa liberté qui peut générer autant de puissance physique dans son travail.

Hilary Brown était effarée. Avait-il conscience de ce qu'il venait de dire ?

Elle réfléchit une minute avant de s'aventurer sur un terrain qu'elle savait miné, elle remit son sac en cuir végétal bien haut sur ses épaules et convoqua sa voix la plus douce.

— Qu'entendez-vous par là ? À quoi rattachez-vous la puissance physique ici ? À l'homme ou à la liberté ?

— Aux deux, évidemment ! Ils sont intrinsèquement constitutifs l'un de l'autre.

— Mais est-ce que la violence et la rage ne pourraient pas venir de Petra aussi ?

— Non, non ! L'art féminin est bien différent. D'ailleurs, c'est ce qui fait toute la portée de l'œuvre des Wolf. C'est le yin et le yang, le noir et le blanc, l'actif et le passif, le dominant et le dominé… donc l'homme et la femme, pleinement ! C'est universel. Ils transcendent cet état de fait depuis toujours ! C'est en prenant des positions radicales dans leur pleine dualité qu'ils dénoncent un appareil politique qui va bien au-delà de la politique puisqu'ils s'attaquent tout autant à l'esthétique. Leur confrontation n'est jamais en opposition !

Sven Sön s'emporta avec justesse. Tout sonnait juste en lui, même lorsque ses phrases étaient dénuées de sens. Il maîtrisait l'exercice. Tant et si bien qu'il pouvait dire tout et son contraire, et même n'importe quoi, avec un tel aplomb que c'était son interlocuteur qui se remettait en cause quand il n'avait pas tout compris.

— Ça me paraît très binaire comme critique, voire un peu sexiste, non ?

— Non, vous ne comprenez pas ! Et puis, s'il vous plaît, ne me faites pas ce mauvais procès, à moi qui ai initié il y a vingt ans la réflexion autour de la question : « L'art a-t-il un sexe ? » Je suis bien au-delà de ces considérations. Vous me parlez de cet exemple précis. Je vous réponds sur ce travail précis.

Elle décida de changer d'angle d'attaque et l'interrogea sur l'évasion de Peter.

— Petra m'a raconté son évasion. C'était il y a longtemps maintenant, je n'ai plus tous les détails en tête, mais ils sont passés par la Hongrie, je crois.

Enfoncé dans son discours habituel, Sven Sön en oubliait que c'était d'elle qu'il espérait obtenir du nouveau.

— À quelle date ? Je crois que Grangier a parlé de 1988, mais j'ai lu dans un article du *Frankfurter Allgemeine Zeitung* qu'ils avaient profité de la vague de l'été 1989. Savez-vous lequel des deux a raison ?

Sven Sön savoura l'instant.

— Aucun des deux ! Je crois que c'était plutôt en 1987, d'après mes souvenirs de notre collaboration pour l'exposition sur l'art et la politique.

La Hongrie, l'ambassade de RFA et le passage de la frontière yougoslave dans une voiture. Le récit changeait tout le temps.

Hilary suivait son hôte, le fil quasi invisible du micro tendu vers lui pour enregistrer ses analyses éclairées de chaque Wolf qui se trouvait sur leur parcours. Sa sensibilité ne s'était jamais portée spontanément sur la chose artistique. Elle ne vibrait pas dans un musée. Elle n'y allait d'ailleurs que très rarement. Pourtant, sa nature curieuse lui avait toujours permis d'apprécier le « discours sur l'art ». Il lui fallait ça pour y trouver de l'intérêt. En somme, elle faisait partie de ceux qui n'accordent à leurs émotions aucun crédit sans l'aide d'un tiers.

Mais il en était tout autrement ici, et elle en fut la première surprise. Elle ressentait pour la première fois quelque chose de suffisamment fort pour lui donner envie de poursuivre la visite. C'était physique. Peut-être était-ce l'histoire de leur vie qui résonnait en elle et qui modifiait sa perception. Ou bien la muséographie qu'elle trouvait particulièrement réussie parce que les œuvres donnaient l'impression d'être chez elles.

Elle passa une vingtaine de minutes devant *Mensch*. Pour Sven Sön, c'était le plus atypique de leurs tableaux car il y avait de la couleur. Hilary risqua une discussion à propos du titre de l'œuvre. Sven, de son côté, argumenta sur la mise en abîme du mot *Mensch* à l'arrière-plan, qu'on devinait derrière un poteau de fer entouré de roses. Il était admis que ce devait être une métaphore du Parti dont l'ombre planait sur les citoyens est-allemands. Les roses jouaient de leur ambiguïté sur le désir d'être autant que sur le désir de façade.

— Ce sont les roses de Petra, déclara-t-il.

Elle s'avança pour les observer de plus près. Sven Sön se ferma, physiquement. D'un coup, elle ne reconnaissait plus son hôte charmant. Il prit un ton sec, voire méprisant.

— Voyez, c'est elle devant et lui derrière. Pour moi, c'est un révélateur inconscient de leur fonctionnement. C'est une castratrice.

Hilary s'arrêta net et fixa longuement Sven Sön.

— Vous venez de me dire le contraire jusqu'ici. Vous me parliez du rapport dominant-dominé, de l'homme et de la femme. Pourquoi parlez-vous de castration, maintenant ?

Sven Sön la prit par l'avant-bras ; elle remarqua une goutte de sueur qui perlait sur ses tempes.

— Parce qu'elle se venge ! s'exclama-t-il. Elle lui en veut !

— De quoi lui en voudrait-elle ? Elle est allée le sauver au péril de sa vie, non ?

— Parce que c'est lui, le talent. Elle est l'obstacle. C'est évident.

Il revenait sur ses pas en l'entraînant avec lui. Dans chaque tableau, il y avait un paquet d'indices que lui seul avait réussi à décoder.

— Peter a été formé à l'école de Leipzig vers la fin des années 1970, vous vous souvenez ? En plein cœur de la RDA. Il a appris, comme tous les élèves de cette école, à dissimuler ses messages pour échapper à la censure. Il faut voir le figuratif autrement, il faut penser en allégories, connaître un minimum l'utilisation de la symbolique antique en RDA. Vous voyez ce que je veux dire ?

Hilary hocha la tête, nota : *Utilisation de la symbolique antique.*

Sven continua :

— Elle le cache. L'ombre, ici, et regardez la mort, là-haut. Le visage malade. Le poison de Morphée. C'est lui, ici, je le reconnais. Il tient dans ses mains la rose du premier tableau que vous avez vu en arrivant. Là, vous voyez, ce n'est pas la tombe de la RDA mais sa propre tombe. Elle le tue comme l'a tué le Parti. C'est ce qu'il veut nous dire. Ça m'est apparu comme une évidence.

Hilary répéta les derniers mots qu'elle venait d'entendre, pour inciter Sven à poursuivre.

Il se décala de quelques mètres des toiles. Hilary fit de même. Elle attendait la confidence. Soudain, il prit le petit micro que Hilary lui tendait et l'enferma dans le creux de sa main pour l'étouffer.

— Il a disparu.

Elle ne répondit rien.

— Il a disparu depuis au moins un an. J'en suis certain.

— Vous vous rendez compte de ce que vous me dites ? Vous savez ce que je peux faire avec ce genre d'informations.

Sven Sön laissa tomber le fil du micro et retira ses lunettes pour les nettoyer. C'était n'importe quoi, il perdait les pédales, décidément. Il fallait se ressaisir.

Il retrouva un visage plus chaleureux.

— Ne vous en faites pas, je sais exactement ce que je fais. Je sais que vous êtes journaliste. Je vous le redis : Peter a disparu. Je crois qu'elle nous ment. Ses phobies, sa prétendue maladie, c'était vrai, avant. Mais il se passe quelque chose.

— C'est pour ça que vous avez lancé une procédure contre eux ?

Il remit ses lunettes et sourit.

— Ah, nous y voilà, l'interview vache ! Je me disais bien que vous étiez trop mignonne pour être honnête. Alors comme ça, vous êtes déjà au courant !

— Évidemment, ça ne passe pas inaperçu, une nouvelle pareille. Vous ne pensez pas qu'ils se sont seulement séparés ?

Il éclata de rire.

— C'est une idée de Grangier, ça ! Moi, je vous parie que c'est tout autre chose. Vous savez, j'en connais beaucoup qui pensent comme moi.

Sön était comme tous ceux qui détestaient Petra. Du plus loin qu'il s'en souvienne, il l'avait toujours haïe, mais ce sentiment s'était renforcé depuis qu'elle se dressait entre Peter et lui. Sven Sön avait tout prévu. Tout était fait pour que Peter Wolf vienne à lui. Hilary faisait partie de son plan elle aussi, il ne l'avait pas rencontrée pour ses beaux yeux. Il s'imaginait au sommaire de ce magazine, il s'imaginait Peter en train de le lire, ému, il imaginait le magazine négligemment posé chez lui. Il s'imaginait répondre à bien d'autres interviews une fois Peter retrouvé.

Après plus d'une heure d'entretien très intense, Hilary sortit épuisée du rendez-vous. Sven Sön lui avait donné un livre publié par le Met sur les Wolf, ainsi qu'une affiche d'une ancienne exposition du couple. Elle avait eu droit aussi au livret de la fameuse exposition organisée autour de l'art et de la politique, pour lui fermer son petit clapet qui avait osé le traiter de sexiste.

Hilary avait besoin de marcher. Elle descendit la Cinquième Avenue dans un froid glacial et se dirigea sans réfléchir vers une librairie sur Broadway où elle entra, perdue dans ses pensées. Sans grande conviction, elle demanda des références sur la symbolique antique et sur la RDA – pourquoi pas, après tout. À sa grande surprise, la jeune libraire l'emmena au fond du magasin en lui demandant des précisions :

— La symbolique antique, c'est large. Qu'est-ce qui vous intéresse, exactement ? Une partie du monde ? L'Égypte ?

La Grèce ? Plutôt axé sur les animaux ? Les couleurs ? Les religions ? Les nombres ?

Hilary ne s'attendait pas à autant de propositions. Elle fixa les centaines d'ouvrages qui traitaient autant d'approches possibles, sans savoir par où commencer. La libraire nota son désarroi. Sa voix devint plus chaleureuse :

— Qu'est-ce que vous cherchez ? Dites-moi comment je peux vous aider…

Hilary lui expliqua rapidement son histoire d'école de Leipzig en Allemagne de l'Est et la libraire opina du chef. Elle l'emmena dans une autre section dédiée aux livres d'art et, après une dizaine de minutes passées à regarder soit tout en bas, soit tout en haut des étagères, elle lui proposa deux vieux livres d'occasion, dont un en allemand.

— Je peux me renseigner pour voir si celui-là a été traduit en anglais. Mais ça m'étonnerait ! Entre nous, pour ce genre de sujets, je vous conseille Internet, les sites des revues universitaires et les fonds de bibliothèques universitaires.

Hilary savait tout ça, elle n'allait pas lui apprendre son métier. Elle avait seulement besoin de tenir quelque chose de concret entre ses mains. Elle sortit de la boutique avec les deux livres dans son sac à dos et héla un taxi. Il était à peine 13 heures, elle était épuisée par le décalage horaire, la faim, et surtout par l'entrevue improbable qu'elle venait d'avoir avec Sven Sön. *Mais qu'est-ce que je fous avec ce livre en allemand,* Leipziger Schule 1949-1989, *moi ? Stay focused, Hilary,* reste concentrée.

Philippe Museau continuait ses recherches de son côté. Son livre avançait, mais l'annonce de la procédure lancée par Sven Sön avait provoqué un vent de panique dans la maison.

Il avait appris la nouvelle par Candy, son assistante, qui avait abattu un travail de titan depuis qu'on lui avait confié le dossier. Elle-même tenait l'information de Matthew, l'assistant de Hallworth, l'agent des Wolf aux États-Unis. Matthew et elle se connaissaient depuis quelques années et avaient tout de suite sympathisé : ils étaient tous les deux trentenaires, thésards, et se retrouvaient souvent dans les mêmes colloques. À force de se croiser dans un musée ou un amphi, ils s'étaient liés d'une amitié amoureuse, se retrouvant dans un même lit à l'occasion. Elle l'hébergeait quand il venait à Paris, et il lui rendait la politesse quand elle allait à New York. C'était pratique, agréable et sans engagement.

Matthew était venu passer quelques jours à Paris avant de s'envoler pour Francfort. Le soir de son arrivée, il avait retrouvé Candy et lui avait confié autour d'un verre sa nouvelle mission : assurer le lien entre les avocats européens du Met et les plaignants aux États-Unis. Désormais, il travaillait pour Sven Sön et, à vrai dire, ça ne l'enchantait pas tant que ça. C'était même dur. Il avait avoué à Candy que Victor, lui aussi, était entré contre son gré dans la bataille. Comme tout le monde, il n'avait pas pu dire non à Sven Sön. L'agent avait perdu la face publiquement : Petra n'avait jamais répondu à ses messages. Il lui en voulait énormément. Lui qui avait toujours tout fait pour eux... Puis Sven l'avait coincé.

Mais les confidences de Matthew ou les atermoiements de Victor n'attendrissaient pas Candy. Elle était juste perplexe. Son intérêt était ailleurs.

Depuis plusieurs jours, elle s'était rapprochée de son directeur de thèse, Alfonzo Israël, professeur émérite des universités de son État, pour lui demander quelques références sérieuses sur l'art est-allemand en France. Le professeur avait fait le tour de la question très rapidement. Selon lui, il n'y avait que deux personnes valables à contacter, Anthony Auguste, de la Sorbonne, et une autre, une certaine Christa de Doujneff, à l'origine d'un centre de documentation sur la RDA, fruit d'une mobilisation interdisciplinaire très active durant les années 1980. Des milliers de documents y étaient conservés : thèses, mémoires, ouvrages, témoignages. Une autre chercheuse, une certaine Helen Kaufmann, de l'université de Glasgow, semblait également tirer son épingle du jeu et trouvait grâce aux yeux du vieux professeur. Le reste était à aller chercher « à la source », c'est-à-dire au sein des universités allemandes, évidemment. Mais là, ça n'était plus de sa compétence directe.

— Ce n'est pas mon domaine de spécialité, avait dit le professeur. Prenez garde, je crois savoir que ce sont des fous furieux, prêts à toutes les indécences pour avoir la peau de l'autre. Une sombre histoire de désaccords autour de l'émergence des *cultural studies* et de la nouvelle histoire de l'art dans le domaine de la philologie historique...

Candy mesurait l'enjeu. Les *cultural studies* étaient réputées pour dévaster une discipline en deux temps trois mouvements. Une invasion de criquets pèlerins, à côté, ce n'était rien.

— Mais vous, qu'est-ce que vous en pensez ? lui avait-elle demandé.

Le vieux professeur avait levé les yeux au ciel.

— Ce que je pense de quoi ? Des *cultural studies* ou de votre projet ?

Il avait l'habitude de répondre à une question par une autre question, sans pour autant attendre une réponse.

— Tout d'abord, la première réaction raisonnée d'un enseignant vis-à-vis de son étudiante est de la convaincre de finir sa thèse avant de se lancer dans ce bazar. Ensuite, il y a la réalité, et si je comprends bien votre situation, vous avez la possibilité d'en tirer une forme de petite notoriété qui pourrait vous être bénéfique. Alors oui, vous pouvez très bien contribuer au projet des éditions Lézard de minuit, même si ce ne sont en rien des éditions universitaires. Et je pense d'ailleurs que cette expérience sera *in fine* un atout pour votre dossier d'habilitation, si vous considérez l'éventualité de postuler au grade de maître de conférences. C'est une forme de vulgarisation grand public qui ne mange pas de pain, mais c'est malheureusement cela qu'exige l'université aujourd'hui…

Il regardait par la fenêtre, désolé.

— Désormais il faut être *transversal*, montrer son ouverture d'esprit en parlant de ce que l'on ne connaît pas… Si vous saviez le nombre d'âneries que j'ai pu lire ces derniers temps, pondues par des gens tout à fait capables dans leur domaine… Si ce n'est pas malheureux… Promettez-moi de ne jamais en être !

Candy avait promis de rester intègre et rigoureuse dans ses entreprises, main sur le cœur et foi en l'avenir. Elle aurait fait n'importe quoi pour décrocher l'approbation de celui sur qui elle opérait accessoirement, et en toute conscience, un transfert magistral lié en grande partie à son manque de figure paternelle.

Candy délaissait ainsi momentanément ses recherches sur Claude Rutault (*De la matérialité à l'œuvre politique*) pour se consacrer quelque temps aux problématiques artistiques de l'Allemagne de l'Est. Elle gardait en tête les derniers mots de son professeur : « Attendez-vous quand même à quelques levées de boucliers ! Vous connaissez le milieu universitaire. »

Mais c'était un risque à prendre. Elle savait qu'il y avait des mainmises et des postures théoriques qui emportaient l'adhésion générale en dépit du bon sens. L'université était ainsi faite qu'il y régnait un entre-soi ravageur. C'est ainsi que depuis cinq ans elle avait adopté un profil de bon soldat dans l'espoir de mettre toutes les chances de son côté. Pourtant, le consensus la rendait malade. Il fallait beaucoup d'abnégation pour se fader les journées d'études et autres colloques, bien sagement, sans s'offusquer de la complaisance générale face à la gangrène du recyclage sauvage.

Après une nuit avec Matthew aussi prévisible que les précédentes, Candy arriva à la réunion de crise organisée par Philippe un gros dossier sous le bras. Elle avait dégagé les premières tendances sur la question. Le plus dur restait de rendre le sujet accessible sans opérer de simplifications grossières. L'enjeu était de taille et l'entreprise plus subtile qu'elle ne l'avait supposé. Candy avait commencé par lire les principales publications des auteurs mentionnés par son directeur de recherche. Il avait vu juste, c'était un joyeux merdier. La problématique des enjeux politiques venait sans cesse s'immiscer dans la façon dont on évaluait la production est-allemande, mais pouvait-on faire autrement ? Elle avait compris que toutes les toiles de l'Est avaient quasiment fini au placard ou bien au frais dans les réserves des musées. L'opposition « art libre abstrait » *versus* « art de commande réaliste » anéantissait tout ce que l'Allemagne avait su produire dans ses heures fratricides, surtout pour ceux qui avaient été du mauvais côté du rideau.

Les dissidents passés à l'Ouest comme Peter étaient finalement ceux qui avaient fait le plus de mal à leurs anciens collègues, par leur mépris, par leur haine du système, par le fait qu'ils étaient les premiers à vouloir leur peau. Le héros de l'histoire n'était peut-être plus aussi irréprochable qu'on pouvait le penser. Elle espérait seulement, au regard de la promesse qu'elle avait faite, qu'il n'y aurait aucune trace de règlement de comptes personnel de la part de Peter.

Les articles en anglais sur les manigances du VBK, cette forme de parrainage des artistes « officiels », n'avaient plus de secrets pour elle. Ses lectures l'avaient éclairée sur le pouvoir des fonctionnaires de la culture, sur leurs commissions mais aussi sur les ruses employées pour contourner la censure. C'est sur ce point précis qu'elle avait trouvé un angle des plus inspirants : la scène dite « silencieuse ». Entre les officiels et les dissidents, il y avait tout un monde. Un espace perméable qui accueillait les initiatives venant de toutes parts et qui organisait des événements et des expositions sans autorisation. Il y avait donc eu un interstice dans lequel les gens se jouaient du système grâce à un réseau qui ne dénonçait pas, malgré l'infiltration évidente d'agents de la sécurité intérieure. Tous laissaient faire, à plus ou moins grande échelle, pour tout un tas de raisons dont l'une pouvait bien être, pourquoi pas, le respect de la création.

Ce qui était certain, et qui allait plaire à Philippe, c'était qu'en France on ne s'y était jamais intéressé et que l'ouvrage allait être une première, en bonne et due forme. Candy comprit vite qu'il fallait éviter ces écueils, ne pas ramener la production est-allemande à ces considérations binaires. Ça, elle en était persuadée. Mais ce ne serait pas une mince affaire, vu l'obsession des Wolf pour la dénonciation politique.

Philippe attendait dans la salle de réunion, en pleine discussion avec Stéphane, le coauteur. Madeleine Michel et

Gabrielle Stein, respectivement juriste et directrice générale de la maison d'édition, étaient là aussi.

Gabrielle Stein posa clairement le ton : il fallait y aller, mais il fallait y aller avec toutes les précautions nécessaires. La maison ne reculait pas devant la difficulté. Cependant, aucune ligne ne devait être publiée sans avoir reçu l'approbation préalable de Madeleine. Elle ne transigeait pas sur ce point.

Puis ce fut au tour de Philippe. Il raconta rapidement son entrevue avec Petra Wolf. Il fut plus disert sur sa rencontre avec Rüdiger. Candy retrouvait dans ce récit un écho évident de tout ce qu'elle avait lu. Ça la confortait dans son choix.

Philippe révéla ensuite l'existence de la toile inédite peinte par Peter qui trônait dans l'indifférence générale au milieu d'un café berlinois de la Boxhagener Straße. Café qui avait été par ailleurs une « galerie underground » très fréquentée à l'époque du Mur. Philippe parlait de sa rencontre tout en distribuant quelques clichés agrandis au format A4 qu'il avait pris du tableau.

La nouvelle avait scié tout le monde. Il n'y avait pas eu de nouveau Wolf depuis quelques années maintenant. Il paraissait même qu'ils ne travaillaient plus, et selon certains ils n'étaient plus ensemble.

— On boucle la boucle en retrouvant la première toile, pas mal, non ?

L'assemblée acquiesça. Le projet commençait à prendre un tour passionnant.

Oui, c'est pas mal, pensait Candy. À son tour, elle expliqua le résultat de ses recherches et fit un état des lieux de ses contacts. Elle raconta comment elle harcelait la bibliothécaire de la Sorbonne pour que soit mis en place un système de prêt entre son université et le fonds de documentation sur la RDA. Puis elle demanda, sans y avoir vraiment réfléchi, à apparaître officiellement en tant qu'autrice associée. Sa propre audace la surprit, mais elle ne voulait plus être « l'assistante de », elle voulait son nom en aussi gros que les autres.

Silence. Elle attendait une réponse.

— J'allais te le proposer ! dit Philippe. C'est évident, bien sûr, enfin, voyons…

Elle proposa de construire leur ouvrage sur une présentation large de toutes les scènes artistiques de RDA, ponctuée par les travaux des Wolf. Cette option ne plaisait pas à Stéphane, qui plaidait pour une biographie standard, elle-même ponctuée de faits politiques et historiques saillants.

— La petite histoire dans la grande ou la grande dans la petite ?

Stéphane restait sur l'idée de rendre l'ouvrage accessible au plus grand nombre.

Philippe proposa de placer un chapitre intitulé « L'art en RDA » à la fin du livre. Mais il restait l'épineux sujet du tableau. Fallait-il en parler, le garder secret, comment l'articuler dans le récit sans avoir de certificat d'authenticité ? Allait-on pouvoir en faire un argument promotionnel ? Un inédit !

Candy reprit la parole. Pour elle, la question était avant tout de savoir comment gérer une biographie sans véritable contenu. Elle penchait pour un regard extérieur avec un minimum d'apports sur le plan personnel.

— Et puis on ne sait pas comment cette affaire va évoluer. Moi, je serais prudente et resterais sur la ligne artistique. On fait un recensement chronologique de leurs tableaux qu'on intègre à la problématique de l'existentialisme artistique en RDA. Et là tu as ton idée de miroir à laquelle tu tiens tant, Philippe. On va miser sur les témoignages comme celui de Rüdiger et sur les quelques pistes que j'ai. On peut finir sur le tableau inconnu de Peter Wolf. Ou alors on pourrait intégrer la galerie de Rüdiger et présenter la scène artistique underground. Puis on clôt avec lui et le tableau. Clap de fin. On nous a tellement reproché de nous vendre avec Banksy, de n'avoir qu'un objectif commercial, qu'on ne nous attend pas du tout sur ce genre de sujets.

Ça parlait bien à Philippe, il avait encore en tête les mots très crus avec lesquels Rüdiger qualifiait la vision que l'Ouest avait de leur travail.

— Oui, ça me plaît, déclara Philippe.

Ce n'était pas exactement ce qu'il prévoyait au départ, mais il aimait l'idée. Il reconnaissait à Candy le mérite d'avoir très vite saisi le projet.

Elle s'adressa à Philippe :

— Par contre, il faut remanier tout le premier chapitre, ça ne va plus du tout, et puis il est trop compliqué…

Stéphane croisa les bras en levant les sourcils.

— T'es vraiment sûre ? Ça nous a coûté un max de le faire traduire en allemand…

Elle insista :

— Mais oui, en plus il est… trop alambiqué. Je veux dire : on s'attaque à quelque chose de vraiment complexe, limite subversif. Il va falloir jouer fin et accessible dès la première ligne.

Tout le monde gardait le silence malgré l'expérience collective quelque peu indigeste de la lecture du chapitre introductif. Seule Madeleine Michel osa prendre la parole :

— Je suis d'accord avec Candy, ce n'est pas très percutant. On s'y perd.

Philippe hocha la tête. Elles avaient raison.

— Oui, renchérit-il, c'est mot pour mot ce que m'a dit Petra…

Madeleine sourit, heureuse d'avoir vu juste.

— Il y a toujours l'épineux problème de l'authentification du tableau, reprit la juriste. Deux chemins s'offrent à nous. Le premier : on se rapproche du Met. C'est l'occasion unique de traiter avec eux. On leur apporte le Wolf inédit sur un plateau d'argent pour leur rétrospective de l'an prochain. Bref, on est dans leur camp mais on demande un renvoi d'ascenseur. Si ça marche, c'est un coup énorme pour la boîte.

— On se vend à eux quoi, lâcha Stéphane d'un ton blasé.

— Deuxième option : on continue sans eux. On ne parle à personne du tableau et on sort la nouvelle dans notre coin.

— Et là, adieu retombées médiatiques et opportunités internationales grâce au Met.

Philippe n'était pas à l'aise.

— Si on se rapproche du Met, on prend position très clairement contre les Wolf. Symboliquement… c'est fort.

— Je comprends, dit Stéphane. Mais tu t'en fous des Wolf, non ? Tu n'avais pas l'air très emballé de ta visite chez eux.

— Comment tu comptes expliquer tout ça à Degreef, toi ?

— Qui est Degreef ? demanda Madeleine.

— L'agent des Wolf à Berlin. On l'a supplié durant des mois pour qu'il nous appuie auprès de Petra, et maintenant on change de camp. C'est impossible. Vous ne voyez pas ça comme une trahison, vous ?

— Non, je ne vois pas ça comme ça, répondit Stéphane.

Candy n'avait pas encore d'avis. Elle écoutait.

— C'est risqué de faire bande à part et de porter l'authentification seuls. On en fait quoi, après ? Du tableau, je veux dire ?

— Rien. D'après Rüdiger, personne ne compte le décrocher de là, c'est réglé.

— Attends de voir le fric qu'on va proposer et tu verras si personne ne le décroche.

— Non, je suis sûr de moi. Ils n'en feront rien. C'est pas le genre de gars qui cède à la tentation. Par contre, je sais qui pourra nous aider pour l'authentification : Degreef, justement. Il acceptera, j'en suis sûr. On va lui dire qu'on prépare un livre qui redore le blason de ses clients, il sera ravi. Il aura une bonne nouvelle au milieu de tout ce bordel. Et hop, on en a au moins un dans la poche.

Gabrielle Stein s'affairait sur un document qu'elle venait tout juste d'élaborer. Une sorte de clause de confidentialité concernant le tableau. Chacun devait parapher au bas de la page et y apposer sa signature. Toute divulgation de l'information en coûterait une mise au placard manu militari, et Philippe ajouta qu'il s'arrangerait pour « leur mettre la misère jusqu'à la fin de leur carrière ». Il ne plaisantait pas tant que ça.

— Personne d'autre n'est au courant ? demanda Stéphane, avant de signer.

Il regarda Candy en lui faisant un clin d'œil.

— De quoi tu parles ? C'est quoi ce clin d'œil, Stéphane ?

Stéphane se rapprocha de la table pour finir de parapher son exemplaire.

— Soyons clairs, la miss. Il y a deux équipes : celle du Met et nous. Pas de gaffe, pas d'infos de l'autre côté. Je sais que Matthew et toi, vous êtes bons amis... C'était juste pour te dire de faire attention.

— Oui, mais c'est pas une raison pour me prendre pour une bleue. Je sais faire la différence entre le professionnel et le reste.

Philippe sourit.

— T'as de la chance, dit-il en fixant ses chaussures vernies. Moi j'ai jamais su faire !

Un rire bon enfant envahit la pièce. Le temps pour chacun de signer son document et de le poser avec les autres en tas au milieu de la table. Seule Madeleine ne riait pas.

— Tu es au courant de tout alors ? demanda-t-elle à Candy. Matthew et toi, vous avez dû parler un peu de ça, non ?

Candy soufflait, gênée. Elle ne voulait pas aller sur le terrain des confidences sur l'oreiller.

— Oui... un peu.

— Et… ?

Philippe et Stéphane étaient soudainement redevenus très silencieux.

— Le Met a quatre avocats, deux à Francfort et deux à New York. Victor Hallworth a dû officiellement se constituer plaignant aux côtés du Met. Sven Sön le tient depuis toujours, Victor, c'est son chien, et Matthew n'en peut plus. Il reste encore quelques mois, et après, si tout se passe bien, Sven lui a promis un poste de directeur au musée de Reno. Lui, c'est son truc, l'art primitif.

— Mais quel est le motif ? On ne peut pas porter plainte parce que quelqu'un ne veut pas faire des selfies avec Sven Sön, non ?

Madeleine était effarée.

— Il paraît qu'il devient complètement fou avec cette histoire. Il en fait une affaire personnelle. Matthew a plusieurs théories : la première, c'est que c'est tout bêtement une affaire de cul qui tourne mal. Sven Sön est secrètement amoureux et il s'est pris une veste et il veut leur faire payer cher. La seconde, et c'est celle avec laquelle je suis d'accord, c'est que c'est un problème d'ego. Il ne supporte pas la frustration, il veut son jouet et il ne peut pas l'avoir. Ça le rend malade. Au fond, ce n'est pas si grave si Peter n'est jamais là, non ? Sön ne veut pas Peter pour son éventuelle contribution dans l'élaboration de la rétrospective, non, il veut Peter comme guest-star, comme on demande à une actrice de venir à une soirée Vuitton. Pour dire au monde entier : « Je peux le faire, c'est moi qui ai la plus grosse. »

— Ça c'est envoyé, dis donc ! dit Stéphane en rigolant. Je ne te connaissais pas aussi directe !

— Le jeu du chat et de la souris, c'est vieux comme le monde, ça fait partie de la démarche, ajouta Philippe. On a bien vu avec Banksy. Combien d'artistes se sont planqués pour s'amuser ou parce qu'ils sont à moitié tarés. Tous les Émile Ajar, Vernon Sullivan, les Colette et j'en passe. Qu'est-ce qu'il vient nous emmerder…

— Je crois qu'ils lancent une procédure contre Petra, pas contre Peter, rectifia Candy.

— Contre Petra ?!

— Malin, commenta Gabrielle. Oui, très malin, pour le faire sortir du bois.

Le téléphone de Stéphane se mit à vibrer sur la table en se déplaçant tout seul. Il l'attrapa avant qu'il ne tombe par terre. Il y jeta un coup d'œil et blêmit.

— En tout cas, le *HuffPost* est au courant depuis deux minutes, ils relayent une news du *Zeit*.

Tout le monde s'approcha de l'écran et lut : « Petra Wolf, suspectée de détournement de plusieurs millions de dollars, vient d'être réentendue par la brigade financière de Francfort. »

— Oh merde !

— Remarque, y a pas de mauvaise pub…

Muriel et Vera avaient décidé de prolonger leur séjour à Francfort pour soutenir Petra. De nouveau reçue dans les bureaux de la police, elle avait refusé tout conseil d'avocat, malgré les supplications de ses amies.

« Elle a tort, avait dit Vera. Ils sont trois, et elle est toute seule. C'est parfait pour eux, c'est comme abattre un mur de placo à la boule de chantier. »

Elles étaient au même bar que la fois précédente. Sauf que ce coup-ci, elles avaient commandé des cafés avec un peu de whisky.

— Qu'est-ce qu'elle va dire ? Est-ce qu'elle va oser tout dire ? se demanda Muriel à voix haute.

— Qu'est-ce que j'en sais, moi. Il y a tellement de non-dits maintenant. Dans sa vie, et même entre nous. Tu sais, je n'ai jamais pensé qu'elle irait aussi loin. Au départ, c'était comme un jeu de rôle, une expérience, je sais pas...

— Pour toi, c'était un jeu. Pour nous, c'était différent.

Petra était au deuxième étage du commissariat. Elle faisait face à Horst et Ziedler dans le bureau. Horst n'était pas méchant, il sentait que quelque chose n'était pas très clair et il ne lâchait rien. Lui aussi, il avait épluché tous les documents possibles pour comprendre le couple : les archives, la presse, l'administratif. Il avait même eu accès au dossier d'imposition de Petra. Et là, c'était évident qu'il y avait un malaise.

Petra se surprit par son manque d'émotion. Elle qui se laissait régulièrement submerger affrontait étonnamment le plus grand pétrin de sa vie sans trembler.

Horst tapotait l'accoudoir de son siège en l'observant en silence. Il la trouvait mieux habillée que la dernière fois, avec son pull à col roulé noir et ses cheveux blonds noués en une tresse un peu flottante. Elle dégageait une certaine classe et elle sentait bon. Il reconnut une pointe de vétiver au moment où elle avait passé la porte.

— Parlez-moi de Peter, lui lança-t-il avec un œil curieux.

— Que voulez-vous savoir ? Depuis combien de temps il est parti ? Je ne peux malheureusement que vous redire ce que je vous ai dit la dernière fois.

Elle sentait bon, d'accord, mais Horst n'aimait pas ce ton trop assuré. Sa voix était grave et manquait d'humilité.

— Vous savez où vous êtes ?

Horst eut un regard bref vers son collègue pour lui signifier quelque chose comme : « Tais-toi, je veux garder la main sur l'entretien. » Il attendait patiemment un créneau pour reprendre la parole.

— Vous êtes à la police d'État. La PO-LICE.

— Qu'est-ce qu'on me reproche, au juste ?

Horst souffla et se décala légèrement de Ziedler.

— Beaucoup plus que la dernière fois.

Petra sentit son cœur battre plus fort dans sa poitrine sous l'effet de la surprise. Horst continua :

— Le Metropolitan Museum of Art et l'agence Gold aux États-Unis nous ont alertés par l'intermédiaire de maître Price et maître Klebs sur le non-respect de contrats. Le Met porte plainte pour fraude, usurpation d'identité et usage de faux ; et l'agence Gold, pour non-respect de la clause 4 de votre contrat signé en 2001, pour préjudice moral et pour détournement de la somme de 3,7 millions de dollars.

Petra resta silencieuse. Elle avait blêmi.

— Vous voulez un verre d'eau ?

Elle hocha la tête pour dire oui, se passa la main dans le cou. Son col roulé trop serré la gênait, elle tira dessus pour respirer.

— Je ne comprends pas, dit-elle. C'est quoi, c'est qui, Gold ? Fraude et usage de faux ? Qu'est-ce qui est faux ? Et les 3,7 millions ? À quoi est-ce que ça correspond ?

— C'est très simple. Vous êtes soupçonnée d'avoir usurpé l'identité de Peter Wolf, de signer en son nom depuis 2007 et par conséquent d'avoir malhonnêtement acquis la totalité des revenus qui devaient lui être reversés. Frau von Hellermann, on n'en est plus à la plainte pour disparition. On est maintenant dans une situation beaucoup plus grave pour vous, vous comprenez ? Une disparition, près de 4 millions, les conclusions sont rapides…

Petra ne disait toujours rien. Son calme avait vite cédé à un fourmillement total de ses capacités cognitives. Plus de réflexes et plus de répartie. Un brouillard.

Horst poursuivit calmement :

— Frau von Hellermann, si j'étais vous, je téléphonerais dare-dare à un avocat pour qu'il me sorte de là. Vous comprenez ce que je vous dis ?

Petra garda le silence.

— Le plus simple, évidemment, ce serait de demander à votre collègue Peter de venir ici pour nous en dire un mot, vous ne pensez pas ?

Elle hocha la tête.

— Mais ça risque d'être difficile, n'est-ce pas ?

Elle hocha de nouveau la tête.

— Où est Peter ? Qui est-il ?

Elle resta silencieuse plusieurs minutes. Horst se leva et fit signe à Ziedler de le suivre dans le couloir pour qu'ils se parlent en privé. Ils gardaient l'œil rivé sur Petra.

— On fait quoi ? demanda Ziedler. On la boucle ?

Horst réfléchit.

— Non, on n'a pas assez. Et puis elle n'est pas dangereuse.

Ziedler ouvrit grand les yeux.

— En attendant, on sait pas où elle l'a foutu, son bonhomme…

Horst en était persuadé : il n'y avait pas de sang dans cette affaire. Mais il y avait du secret porté depuis longtemps. Ça, il savait bien le reconnaître.

Ils remplissaient chacun leur mug de café. Horst en prit un à l'intention de Petra, elle devait en avoir besoin. Elle n'avait pas bougé d'un centimètre. La liste des chefs d'inculpation lui avait coupé le souffle. Elle restait immobile, regardait par la fenêtre et cherchait sa respiration. *Et si je partais en courant ?* Elle avait bien essayé de se lever, mais la force lui manquait. Elle s'abandonnait provisoirement à son sort. Au fond, elle n'avait rien fait de mal. Juste quelques coups de pinceau.

Horst et Ziedler réapparurent en traînant derrière eux une odeur de café. Horst lui en tendit un.

— J'ai pensé qu'un café pourrait vous aider à y voir plus clair.

Elle prit la tasse entre ses deux mains, histoire de sentir autre chose que son stress. Elle y ajouta tout ce que Horst avait posé devant elle et chercha du regard de quoi remuer.

Horst demanda à Ziedler de rapporter une cuillère, puis il commença une phrase en même temps que Petra. Leurs voix se mêlèrent.

— Allez-y, dit Horst.

Petra chercha ses lunettes dans son sac.

— Je réfléchis mieux avec mes lunettes.

Il sourit.

— Est-ce que je peux reporter notre rendez-vous ? J'ai changé d'avis, je pense avoir besoin d'un avocat.

— On peut se revoir, bien sûr, mais finissons notre entretien comme prévu.

Il avait décidé de rester cordial. Avec un profil comme celui de Petra, une attitude ferme et polie aurait plus d'effet que toutes les tentatives d'intimidation. Ziedler revint, une cuillère à la main. Il se frottait l'avant-bras, comme si son tatouage le brûlait soudainement.

Horst ne le quittait pas des yeux. Il n'aimait pas l'irruption de ce stigmate familial en pleine affaire. Mais ça allait au-delà. L'histoire des Wolf touchait tout le monde, parce qu'à travers elle le souvenir des mondes perdus venait vous serrer à la gorge et se rappeler à vous sans prévenir.

Car, dans cette affaire, un seul élément était très clair pour Horst : personne n'aimait cette bonne femme et c'en était grotesque. Pendant les dépositions de Grangier, de Sven Sön, de Maier ou de Victor Hallworth, pour ne citer que les principales, Horst avait été sidéré de voir à quel point Petra cristallisait la haine. Elle récoltait la palme des pires saloperies qu'on pouvait balancer. Horst avait remarqué que Ziedler cédait doucement à cette tendance lui aussi, or il avait besoin de son impartialité légendaire.

Qu'est-ce qui clochait avec Petra ? Horst l'observait attentivement attendre en silence, bien en face de lui. Elle n'était ni trop jeune, ni trop belle, ni trop rien, d'ailleurs. Avec son corps et ses rides de quinquagénaire, qu'avait-elle qui pouvait les rendre dingues à ce point ? Était-ce sa réussite, ou le fait qu'elle soit richissime ? C'était sans doute plus banal que ça : elle avait du pouvoir sur un type un peu tordu que tout le monde avait l'air d'adorer.

Mais ça ne lui disait toujours pas où se trouvait Peter aujourd'hui.

Horst retourna plusieurs feuilles posées en vrac devant lui. La piste des collaborateurs de Petra ne donnait rien. Enfin, pour être plus précis, cette piste était trop grosse. Il avait vu ces deux avocats, Price et Klebs, dépêchés par New York avec leur gros dossier tout prêt. Ils se croyaient où ? Dans des réunions de lobbyistes peut-être ?

Il s'était très longuement entretenu avec eux et il avait bien compris que leur attente était démesurée. Mais au-delà des faits que Horst pouvait entendre, ce qui l'insupportait, c'était tout le discours basé sur la rhétorique « des valeurs, de l'engagement moral, de la confiance » que lui avaient servi Price et Klebs. Il n'en pouvait plus. Il en voyait défiler des wagons : des règlements de comptes, des coups bas, des blessures narcissiques vengeresses, sans compter les vieux loups qui se faisaient passer pour des agneaux... Tout ça sur un fond de vieille morale. Vraiment, il s'en méfiait comme de la peste de tout ça. À lui, on ne la lui faisait pas. *Ils pensent quoi, ces avocats, qu'avec leur plainte à large spectre ils finiront par avoir la peau de cette nana ?*

Parce qu'à écouter Price et Klebs les jours de Petra étaient comptés. Ils étaient décidés à n'en faire qu'une bouchée, à la réduire en miettes et à l'accuser de tout. Horst comprit que la photo de Peter n'avait pas atterri sur son bureau par hasard, et il soupçonna les deux avocats de lui avoir fait le coup de l'envoi anonyme. Grossier.

Il fallait faire la part des choses : il y avait l'enquête sur le détournement d'argent et l'usage de faux ; et celle sur la disparition de Peter. On pouvait sérieusement enquêter sur Petra dans la première, mais c'était plus délicat dans la seconde.

Petra n'avait pas bougé d'un centimètre. Elle le regardait la regarder. Ils buvaient tous les trois leur café en silence. Le téléphone sonnait dans les bureaux voisins, on entendait parler, tousser, des portes s'ouvrir et se fermer. Petra reprit doucement ses esprits. Elle connaissait trop bien sa vie pour ne pas savoir ce qu'on lui reprochait. Oui, elle avait menti, c'était vrai, elle avait un peu menti. Un peu travesti quelques éléments de sa biographie. Elle ne savait plus vraiment lesquels, parce qu'elle s'était habituée, à force. Elle s'appelait Petra Wolf et plus vraiment von Hellermann.

Elle était tombée amoureuse de Peter dès qu'elle avait vu sa photo. À l'époque, Muriel l'avait affichée dans son studio à Francfort, et Petra n'en revenait pas d'avoir sous les yeux un type avec un tel regard. Cheveux sombres et bouclés en bataille, un regard qui donnait envie de mourir d'amour et de le suivre. Ce portrait avait tout du Che Guevara défiant l'horizon. Le suivre, c'est ce qu'elle avait fait, d'ailleurs.

« C'est Peter, mon frère », lui avait dit Muriel. Petra n'avait rien répondu. « Il vit à Berlin. » Muriel avait juste omis de préciser Berlin-Est. Et c'est là la part tragique de l'histoire. En bonne fille de l'Ouest, Petra n'avait même pas imaginé qu'il puisse vivre ailleurs. *Encore un qui doit squatter dans un immeuble un peu chaotique de Kreuzberg,* avait-elle pensé.

« Tu le vois souvent ? » Muriel avait pris son temps avant de répondre. « De temps en temps. C'est compliqué, je te raconterai. » Petra n'avait pas voulu en savoir plus. C'était en 1987. Elle était jeune et beaucoup trop timide pour s'immiscer dans l'intimité des gens.

La voix de Horst la rappela au présent. Elle reprit ses esprits. Ah oui, le commissariat, les murs jaunâtres, le café, et l'enquête.

— Je n'ai plus de nouvelles de Peter, dit-elle. Je ne sais pas où il est. Il est retourné à Berlin, sûrement. Depuis très longtemps.

Ziedler intervint sur un ton exaspéré :

— Mais enfin, madame, six personnes vous ont vue à ses côtés il n'y a pas cinq mois de ça !

Petra sourit.

— C'est impossible. Ils mentent. Ils vous mentent. Ils se mentent à eux-mêmes, tous…

Ziedler regarda Horst qui ne disait rien. Il scrutait chaque mouvement de Petra, guettait ses émotions : son regard était droit, sa voix déterminée, elle ne tremblait pas. Elle disait la vérité.

Ziedler reprit la parole :

— Vous me dites que les directeurs du Met, du Pompidou, votre agent aux États-Unis et tous les autres mentent ?

— Oui, répondit Petra. Ils mentent. Ils n'ont jamais rencontré Peter.

Le téléphone sonna, Horst décrocha, et on n'entendit plus que des *oui*, des *non*, des *merci* et des *d'accord*. Immédiatement après, quelqu'un frappa à la porte du bureau et déposa un dossier sur la table. Horst parcourut quelques pages et les remit très vite dans le dossier.

— C'est bien ce que je pensais, marmonna-t-il.

Puis il s'adressa à Petra :

— Vous pouvez partir.

Petra se leva sans broncher, prit son manteau, son sac et se dirigea vers la porte.

Horst l'accompagna et la pria en chemin de rester dans les environs : l'enquête n'était pas terminée.

Ziedler attendit qu'elle s'éloigne pour de bon avant de lancer à Horst :

— C'est quoi ce cirque, y a quoi dans ce dossier ?

— Ce que je craignais… Tiens, regarde par toi-même.

Ziedler prit le dossier à son tour.

— … Merde…

— Comme tu dis. Pas de déclaration de revenus, pas de numéro fiscal, pas de compte en banque, rien. Il n'est inscrit sur aucun registre, pas même sur les listes électorales. Inconnu au bataillon en Allemagne. Idem en Europe. Rien ! Même pas un petit paradis fiscal.

— Il a une phobie administrative, c'est connu.

Horst sourit. Il en avait vu des planqués, des phobiques de toutes sortes et des gros escrocs, mais il retrouvait toujours leur trace quelque part : une facture d'hôpital, une déclaration de revenus, un compte Amex, voire un certificat de décès… Pour Peter, en revanche, ça allait bien au-delà.

— Il a disparu de la circulation depuis 1987… C'est la dernière trace qu'on a de lui.

Horst tendit un papier à son collègue.

— Montre voir ?

Ziedler lut le papier : c'était la demande d'affiliation à la Sécurité sociale de la RFA qui datait de décembre 1987. Une partie du dossier que Peter avait déposé alors qu'il transitait par le camp de Marienfelde à Berlin-Ouest, lieu de passage obligé de tous les anciens réfugiés venant de l'Est. Ils y restaient en général une à deux semaines pour faire état de leur bonne foi et obtenir de nouveaux papiers avant de commencer leur nouvelle vie à l'Ouest.

— C'est tout ce qu'on a trouvé ?

Horst regarda par la fenêtre, il vit Petra descendre les escaliers et remonter l'allée principale. Il ne quitta pas sa silhouette du regard.

— Oui. Au moins, on sait que ce type est bien né un jour et qu'en décembre 1987 il était déjà à l'Ouest.

— Mais ça colle pas.

Ziedler regarda dans ses documents pour mettre la main sur celui qui l'intéressait.

— Non, ça colle pas, comme tu dis. Ça veut dire que la quasi-totalité des infos qu'on a sur lui, c'est du vent.

Ziedler resta un moment silencieux, puis il reprit le papier entre ses mains.

— Merde ! s'exclama-t-il. Ça veut dire qu'il ne pouvait pas être dans les ambassades en Hongrie en mai 1989 et au camp de Marienfelde en décembre 1987 !

— Non, ça colle pas, je te dis. À croire qu'il n'est pas passé par les ambassades, celui-là. Il a dû se débrouiller autrement, et peut-être bien que ça lui vient de là, sa phobie administrative et son envie de disparaître.

— Ils faisaient pas des interrogatoires, à Marienfelde ?

— Si, je crois, répondit Horst. Il faudrait demander son dossier aux archives, et voir aussi du côté des archives de la Stasi.

— Les archives de la Stasi ? Tu rêves… La plupart des gens qui y bossent sont des anciens prisonniers, ils ne filent jamais rien.

— Faut essayer quand même.

— Et puis ça ne nous dira pas où il est aujourd'hui !

— Peut-être pas. Mais peut-être aussi qu'on trouvera des pistes, des contacts. C'est tout ce qu'on peut faire…

— Et par rapport à la plainte ?

— Rien. Comment tu peux justifier un détournement si Wolf vit totalement en dehors du système ? On ne peut vérifier aucun mouvement d'argent ni rien. Si le type n'a pas de statut administratif, c'est mort. Mais je comprends pas pourquoi elle se mure dans son silence. Qu'est-ce qu'elle cache ?

— Tu vois bien qu'elle est louche !

Ziedler leva les yeux vers lui.

— Ou alors… Il est mort depuis longtemps ?

Horst tapota sur la fenêtre, il suivait Petra des yeux.

— Non, elle n'est pas louche, mais elle cache quelque chose, c'est évident.

— C'est elle ou lui qu'elle veut protéger ? C'est ça que je ne saisis pas…, se demanda Ziedler à voix haute.

— En tout cas, pour l'instant, elle ne nous a pas menti. Aucune trace de Peter depuis 1987. Petra était finalement la seule qui leur avait livré des éléments concordant un tant soit peu avec les pistes administratives obtenues jusqu'à présent.

— C'est ça le plus dingue dans cette affaire, marmonna Horst en soufflant.

Hilary avait rendez-vous avec Justin et Aminata, les deux stagiaires chargés du supplément « Design en RDA ». Depuis qu'on leur avait confié le projet, ces deux-là avaient à cœur de mener leur mission dans la droite lignée du magazine : un peu de sérieux, du glamour et une touche vintage. Le voyage à Berlin agissait comme un moteur évident, mais il n'y avait pas que ça. Fini la chasse au *it bag*. Maintenant, ils étaient dans la cour des grand(e)s.

Au matin de leur rencontre avec Hilary, Justin avait invité Aminata pour un petit déjeuner de travail. À deux pas du marché d'Aligre, il s'affairait sur sa machine à café pendant qu'elle le regardait faire, assise bien droite sur un tabouret de cuisine. Il lui tournait le dos en récapitulant l'ordre des sujets envisagés : en premier l'habitat, ensuite les meubles – les *merdes en plastique* – et en dernier lieu la mode. Puis il s'arrêta tout net, se retourna et dit d'un ton grave :

— Il y a un truc que j'ai jamais compris avec le mur de Berlin : qui était enfermé ? Les gens de l'Est ou les gens de l'Ouest ?

Il posait la question avec toute la solennité du monde, affairé entre le réservoir de sa Magimix et le choix d'une capsule.

Aminata s'apprêtait à répondre tout en se rendant compte que ce n'était pas très clair pour elle non plus, cette histoire de mur. Qui était où exactement, et comment ?

— Le Mur encerclait les gens de Berlin-Est… non ? Ça paraît logique. Attends, on va vérifier, j'ai peur de dire une connerie.

Elle plongea illico les deux mains dans ses poches à la recherche de son portable.

— Mieux vaut être au taquet sur le sujet, je veux pas passer pour une conne devant Hilary.

Coup d'œil sur Google, mots clés « mur de Berlin », un clic sur Wikipédia et ils y étaient. Aminata lut les premières lignes à haute voix :

— « Le mur de Berlin… » Bla bla bla… « … est érigé en plein Berlin dans la nuit du 12 au 13 août 1961 par la République démocratique allemande (RDA), qui tente ainsi de mettre fin à l'exode croissant de ses habitants vers la République fédérale d'Allemagne (RFA). Le Mur, composante de la frontière intérieure allemande, sépare physiquement la ville en Berlin-Est et Berlin-Ouest pendant plus de vingt-huit ans, et constitue le symbole d'une Europe divisée par le rideau de fer… » Ah oui, c'est vrai, ce putain de rideau de fer. C'est dingue, écoute ça : « Un nombre indéterminé de personnes… des tentatives de franchissement du Mur. En effet, il apparaît que des gardes-frontières est-allemands et des soldats soviétiques n'hésitèrent pas à tirer sur… »

Justin lui coupa la parole :

— Ouais, mais ça me dit pas si c'est ceux de l'Ouest qui étaient coincés ou si c'est ceux de l'Est. C'était où, Berlin, à l'est ou à l'ouest ? Y a pas une carte sur le site ?

Retour sur Google. Ils avaient leur réponse.

— Regarde, Berlin, c'est tout en haut à droite, donc Berlin-Ouest, c'était genre un petit îlot tout fermé, tout enclavé à l'est.

— OK, c'est bon, répondit Justin, je capte, on peut y aller.

Mis à part cette légère impasse géopolitique, Aminata et Justin avaient travaillé dur sur leur dossier. Ils avaient assemblé un catalogue démentiel de photos sur les intérieurs typiques de RDA. Ils n'étaient pas peu fiers non plus de leurs trouvailles côté mode. Au final, les vieilles marques est-allemandes regorgeaient de pièces qui pouvaient très bien se mélanger et inspirer la tendance. Ils avaient surtout craqué pour le jean Blue Cottino, une pièce unique dont la coupe était risquée mais complètement folle.

— C'était *edgy*, commenta Justin, ils jouaient avec le feu entre le bon et le mauvais goût. Et c'est ça le truc ! Tout dépend qui le porte et avec quoi.

Ça leur plaisait beaucoup.

— Tu mets ça avec un pauvre T-shirt et t'as l'air d'une plouc. Tu fous ça avec des New Marlene ou des Adidas montantes, un petit haut genre le Stella ou le Chanel qu'on a vu hier, et ça change tout.

Aminata était sûre d'elle.

— Ouais, enfin, ça dépend aussi de la taille de ton cul. Si tu pèses dix grammes, de toute façon, tout te va.

— Bon, on a tout ? Le dossier ? Tu prends l'iPad ? On n'ajoute rien ?

Ils sortirent de l'immeuble d'un pas décidé.

— Tu sais que si ça marche, dans un an, le Cottolino sera partout.

— Cottino ! Le Blue Cottino, précisa Justin.

— On tente ? On fait le pari que dans six mois c'est dans *Vogue* ?

Aminata s'arrêta. Elle fixait les gros titres et les couvertures de magazines du kiosque à journaux.

— Oh ! merde !

Elle porta les deux mains à sa bouche.

— Ils vont être fous au bureau...

Justin cherchait la mauvaise nouvelle dans la ribambelle de unes exposées, il ne voyait pas. Il commençait à pleuvoir sur ses lunettes et sur les plastiques qui protégeaient la plupart des journaux.

Elle lut à voix haute :

— « Disparition de l'artiste Peter Wolf : sa femme mise en examen. » Putain, c'est quoi ce truc ?

Aminata se précipita vers le kiosque pour acheter *Libé*.

— Quand Hilary verra ça, elle va être folle. C'est mauvais pour nous.

Ils ne parlaient plus. Ils descendirent en courant les escaliers du métro pour s'engouffrer dans la rame. Aminata se tenait à la barre d'une main, lisant le journal de l'autre.

— Qu'est-ce qu'ils disent ?

— Attends, je lis.

— Lis à voix haute.

— « Coup de tonnerre dans le monde de l'art contemporain. L'artiste allemand Peter Wolf, dont les œuvres hors normes s'exposent de New York à Paris, n'aurait pas donné signe de vie depuis plusieurs mois. Une enquête a été ouverte début février après un signalement pour disparition inquiétante suivi d'une plainte contre X. La police judiciaire de Francfort serait chargée de l'enquête et auditionnerait depuis plusieurs jours les collaborateurs de Peter Wolf ainsi que son environnement familial. D'après nos sources, la plainte aurait été déposée à l'initiative des collaborateurs et proches de l'artiste, inquiets de n'avoir aucune nouvelle depuis plusieurs mois. Toujours d'après nos sources, la femme de l'artiste, Petra Wolf, aurait été entendue à plusieurs reprises. Première surprise dans cette enquête, Mme Wolf n'aurait pas signalé la disparition de son époux, et il semblerait qu'elle soit mise en examen pour détournement, abus de confiance et tentative d'escroquerie… » C'est dingue cette histoire. Viens, on descend.

— Et y a une photo de lui ? Il ressemble à quoi ?

Aminata tourna la page en marchant.

— Non, pas de photo de lui. Juste une d'elle. Regarde.

La photo était récente et avait été prise pendant un vernissage. Petra apparaissait entourée de personnalités dont on avait aimablement flouté le visage. Elle souriait, toute de noir vêtue, une coupe de champagne à la main. Ses cheveux blonds lui glissaient sobrement sur l'épaule.

— Elle a une super peau ! s'écria Justin. Elle a l'air trop douce, regarde !

Aminata approcha le magazine de ses yeux tout en continuant de marcher.

— Ah ouais, j'avais pas remarqué.

Devant l'entrée du bureau, ils poussèrent la lourde porte en verre. Dans les couloirs de *Vanity Fair*, les gens allaient et venaient avec autant de détermination que d'habitude. L'étage était divisé en deux. Dans le couloir de droite se trouvaient les bureaux des journalistes chargés des sujets de société, la direction artistique et la rédaction. Dans celui de gauche, c'étaient les assistants mode, les filles de la beauté, la boutique et la pub. Un réceptionniste vous accueillait et organisait la vie frontalière entre ces deux mondes : ceux qui pouvaient écrire allaient à droite ; et ceux qui savaient s'habiller, à gauche. C'était comme ça.

Le type de la réception leur dit d'attendre dans l'entrée. Aminata remarqua autour d'elle la foule inhabituelle de gens entassés sur les canapés blancs de l'entrée. Après une enquête rapide à droite et à gauche, elle avait appris que le P-DG était attendu pour une réunion un peu particulière avec ces gens que personne n'avait jamais vus. Ils étaient « de la maison », c'était « le numérique », leur avait-on dit. Ils étaient relégués dans des bureaux vers la porte de Montreuil et venaient « revendiquer ». La délégation ne brillait pas par son goût vestimentaire.

— Ils sont fringués comme des éducs spé.

Aminata les jaugea.

— T'es raide, il paraît qu'ils sont payés comme des merdes.

Ils détournèrent le regard, de peur de se laisser embarquer dans des considérations empathiques. La vie avait été difficile pour eux aussi, ils en avaient bavé pour en arriver là et ils n'allaient certainement pas tout risquer par solidarité.

— Fais lire le reste de l'article, demanda Justin.

Elle cala le journal entre eux deux. Chacun pouvait poser les yeux sur l'article et se couper du reste du monde.

> Nous avons rencontré Martin Grangier, ami du couple et directeur du Centre Pompidou. Selon lui, il n'y a pas lieu de s'alarmer : « J'entends beaucoup de choses sur cette histoire. Soyons réalistes, Peter est un éternel voyageur, un rebelle comme on n'en fait plus. Il vit loin de tout et on l'aime pour ça. Fichez-lui la paix ! »

— Merde, merde… Est-ce qu'on parle de la RDA ?

Aminata tourna la page et *Libé* dans tous les sens, mais non, rien pour le moment. Il y avait un passage entier sur les différentes dates possibles où ils auraient franchi la frontière, mais aucune info sur la RDA en tant que telle. Ouf, c'était déjà ça de gagné. Ça aurait été désastreux de travailler sur un sujet qui venait juste de sortir ailleurs.

Hilary arriva enfin et poussa à son tour la grande porte de verre. Elle découvrit avec circonspection le nombre de gens entassés dans l'entrée, repéra rapidement ses deux assistants et fonça droit vers eux, tout en gardant un œil sur son portable qui vibrait d'appels sans doute de la plus haute importance. Elle s'adressa à eux sans un bonjour préalable.

— Venez, c'est de la folie ici ! On va en bas.

« En bas » voulait dire au café-brasserie où la plupart des rendez-vous étaient donnés. Les assistants suivirent sans broncher. Aminata avait hésité à proposer son bureau, mais elle se ravisa : c'était en plein milieu d'un open space.

Attablé devant un double *macchiato*, Justin posa *Libé* bien en vue sur la table.

— On a eu chaud avec cette histoire !

Hilary lui sourit poliment d'un air qui voulait dire : « Ne parle pas de ce que tu ne connais pas », et réorienta la conversation sur l'avancée de leur mission.

— Montrez-moi ce que ça donne.

Elle passa en revue les photos présélectionnées par Aminata et Justin. Elles montraient toujours le même intérieur : un salon marron, avec une table basse à carreaux et un canapé marron, des rideaux en mousseline beige ou marron. Il y avait ensuite les chambres, les lits, les valises, les marques de café, de thé, les Trabant, les Trabant, les Trabant, les ustensiles de cuisine, les coquetiers en forme de poule, les boîtes à œufs durs – parce que y avait pas beaucoup à manger et que les œufs durs, c'était pratique –, les meubles en formica, les verres en gros verre, les vêtements, le Blue Cottino, les barres d'immeubles avec des poussettes dans le gris du ciel, des femmes ouvrières, des hommes pas très propres, des rues vides et des jeunes à vélo.

Elle écoutait silencieusement sans vraiment arriver à se concentrer, les images de sa propre famille venaient l'interrompre, s'en mêler, s'emmêler en remuant allègrement toute la nostalgie des mondes perdus. C'était implacable, à chaque fois qu'elle voyait ce genre de photos, allez savoir pourquoi, elle repensait à son père et à son salon à elle, à sa télé, son école et sa vie d'enfant. Vae victis, *pauvre RDA, avec ton plastique, ton acrylique et ta guerre froide.* Et tout le temps qui a passé depuis.

Elle commanda un irish-coffee sans cette affreuse crème fraîche pour reprendre ses esprits.

Aminata regarda sa montre en douce en écrasant simultanément le pied de Justin… De l'alcool à 11 heures du mat', ça promettait.

— C'est mon pied, dit Hilary. Bon, montrez-moi le livre que vous avez trouvé !

Aminata ne comprenait pas. De quel livre parlait-elle ? Elle observa l'objet de la traîtrise sortir du sac de Justin. Pourquoi ne lui avait-il pas parlé de ce livre ? Qu'est-ce qu'il voulait obtenir en se mettant en avant de la sorte ?

— Tiens. C'est le bouquin du photographe, Stern, dont je t'ai parlé. On peut piocher dans ses photos, la plupart sont libres de droits.

Hilary prit le livre sans conviction et le parcourut rapidement.

— C'est bien, les gars. Maintenant, il faut un sujet de société pour accompagner tout ça, quelque chose pour clore le tout. Pas trop intello, juste assez pour apporter un peu de hauteur.

Hilary parlait en tapotant sur son téléphone, sûrement pour obtenir plus d'informations sur la situation de Petra et avoir de ses nouvelles. Apparemment elle ne trouvait rien et ça l'agaçait. La discussion continuait autour des propositions de jeans et de photographes. Hilary perdait le fil et ne comprit bientôt plus qu'une phrase sur deux. Peut-être parce que ça la fatiguait de fournir un effort constant en français. Et puis la RDA lui fichait un cafard monstre. Ça lui rappelait Reagan. D'ailleurs, elle pensait beaucoup trop à Reagan ces derniers temps, et ça la foutait à terre... La simple vision de vieilles photos de l'Est la plongeait implacablement dans des abîmes de mélancolie, elle qui n'avait pourtant rien à voir avec cette partie du monde. Ce pouvait être des photos de rue toutes bêtes, voire des photos d'amateur qui traînaient sur le Net. Elle y voyait de la renonciation sur chaque visage. Une renonciation qui rongeait férocement chaque centimètre carré de l'image. *Peut-être que c'est un des premiers symptômes de ma crise de la quarantaine ?*

Il lui fallait illico un remontant pour oublier Reagan et le ciel triste des rues de l'Est. Hilary but d'un trait son irish-coffee. Elle se baissa ensuite pour attraper son sac et tomba sur les jambes d'Aminata : elle portait des chaussettes hautes avec trois bandes horizontales genre *roller derby*, comme Farrah Fawcett sur la fameuse photo. Hilary se sentit soudain happée, le visage de Reagan s'éloigna subitement pour laisser place à celui de Suzy, une fille à qui elle n'avait pas pensé depuis peut-être vingt-cinq ans. Suzy avait des cheveux ébène que n'importe qui aurait enviés. Elle avait un teint inquiétant qui venait naturellement cercler ses yeux de noir, mais surtout Suzy savait comment mettre en valeur le creux de ses genoux en portant haut ses chaussettes quand la mode était aux guêtres plissées.

La voix d'Aminata la rappela au présent. Elle devait parler depuis cinq bonnes minutes sans que Hilary y ait prêté attention. Elle parlait de nudisme, de la nudité non érotique ou quelque chose comme ça. C'est la récurrence du mot *nu* qui avait forcé la curiosité de Hilary. Elle tourna la tête vers elle.

— Répète ton idée, s'il te plaît ?

Justin sourit, Aminata ne se démonta pas.

— Je disais que ça pourrait être intéressant de travailler sur la nudité.

— La nudité ? Comment ça, c'est quoi le lien avec notre sujet ?

Aminata reprit sa respiration. Elle avait vu que Hilary était ailleurs et avait mis ça sur le compte des effets de l'alcool matinal et des événements du jour. Elle reprit calmement sa démonstration.

— Je disais que… Apparemment, les gens avaient un rapport hyper-simple à la nudité et il y avait plein de lieux pour se foutre à poil en RDA. Et notre point d'attaque pourrait être : les stéréotypes, le corps, les fesses… Ils s'en foutaient à l'époque parce qu'il n'y avait pas de la pub à tout-va.

— Développe, lui demanda Hilary.

— D'après ce que j'ai compris, il n'y avait aucune pression sur la question des corps. J'ai pas mal lu là-dessus, on pourrait en parler quelque part, le « *naked way of life in GDR* », quelque chose comme ça. En plus, ils campaient tout le temps, genre dans la vraie nature. Comme ça, on fait un sujet un peu drôle mais qui reste critique sur les obsessions d'aujourd'hui.

Hilary hocha la tête façon « oui, pourquoi pas ». Puis Justin intervint :

— C'est sûr que, quand t'as pas un rond, vaut mieux aimer camper à poil…

Aminata leva les yeux au ciel. Il voulait faire le malin.

— Justement, c'est ça l'idée !

— Aminata a raison, répondit Hilary, c'est aussi affaire de culture. Pourquoi pas. On pourrait trouver une belle photo de l'époque, du genre *road trip* à la mode est-allemande. Mais faut trouver un angle un peu glamour là-dedans, pourquoi pas se rapprocher des mouvements néovégans californiens ? Tous à poil dans la Trabant près d'un lac, la tombée de la nuit, un feu de camp, le tout en noir et blanc… Ça fera bien l'affaire. Note ça, Aminata, trouve-moi des photos dans cet esprit mais qu'on n'en voie pas trop quand même. Du *soft nude*. Suggestif. Le design et puis la nudité, le dépouillement. J'aime l'idée… On finit par ça !

Depuis le début, Hilary parlait les yeux rivés sur son écran. Elle parcourait de l'index des pages entières de textos ou de mails à la recherche de quelque chose qui ne venait pas.

— D'accord ! répondit Aminata en souriant.

Les Allemands de l'Est n'étaient pas particulièrement végans mais Aminata n'avait pas eu le cœur de rectifier. C'était l'esthétique du mouvement dont on parlait, on était en plein folklore apolitique.

Hilary reçut une énième notification sur son téléphone, mais, à la différence des autres, celle-là avait retenu toute son attention. C'était la réponse à un mail qu'elle avait envoyé à Soledad José, de la Fondation Cartier. Elle n'espérait plus de ses nouvelles.

Soledad connaissait du monde et semblait disposée à rencontrer Hilary. La nouvelle de la mise en examen de Petra avait l'air de la bouleverser, elle aussi. Elle proposait un rendez-vous dans la semaine. Hilary accepta immédiatement.

Enfin une nouvelle piste s'ouvrait, et Hilary allait bien finir par en savoir un peu plus sur cette histoire. Son portable vibra à nouveau, c'était cette fois le P-DG qui sortait de sa « réunion pénible ». Il lui demandait s'il annulait ou non l'article, parce qu'il ne voulait pas d'ennuis avec les avocats du Met. Hilary le rassura par texto et lui glissa en une ligne qu'Aminata était une valeur sûre.

Puis elle se leva et prit congé de ses assistants.

— La prochaine fois, on lui enverra des textos. C'est fatigant les gens greffés à leur portable, lâcha Aminata en remontant bien haut ses chaussettes rayées.

Muriel avait repoussé le moment de rentrer chez elle, à Munich. Depuis son arrivée dans la grande maison de Biebrich, elle s'était sentie bien mieux qu'avant. Plus une seule crise de panique, plus d'impression de gorge serrée – elle s'en voulait un peu, d'ailleurs. Malgré les emmerdements épouvantables que rencontrait Petra, Muriel se sentait vivre à nouveau, il se passait des choses et c'était bon. Vera l'avait bien remarqué, elle la regardait en coin et reconnaissait des sourires et des expressions qu'elle ne lui avait plus vus depuis longtemps. Mais, ce jour-là, Muriel devait rentrer chez elle pour reprendre le cours de sa vie et gérer sa maisonnée. Son sac était prêt, posé dans l'entrée. Elle buvait une dernière bière avec Petra dehors, en regardant la neige fondre tout autour d'elle. Le bruit des gouttes d'eau rythmait leur conversation. Elles tombaient de partout, du toit, de la table, des réverbères.

— Je vais revenir bientôt. Et puis Vera reste avec toi encore un peu, le temps que tout s'arrange.

Petra lui prit la main.

— Elle m'a encore filmée hier !

— Oh non, mais elle ne s'arrêtera jamais.

Elles riaient ensemble. Muriel reprit :

— Tu sais, je crois que c'est l'œuvre de sa vie en ce moment, elle va le faire son film, elle va y arriver.

— Tu crois ? Remarque, elle doit avoir des centaines d'heures de rushs maintenant...

— Des milliers, tu veux dire ! Ça fait trente ans qu'elle nous emmerde avec ses caméras. On a tout connu avec elle : la caméra de huit tonnes qu'elle portait sur l'épaule, son gros caméscope VHS, les mini-bandes, le fameux Camcorder DVD dont elle était folle, sa numérique et maintenant sa GoPro !

— *Ja, das stimmt!*

Petra mimait le vieux caméscope genre caméra à l'épaule.

— C'est nous qui vieillissons vite ou la technologie ?

— Chais pas..., dit Petra. Mais tu as raison, elle finira bien par y arriver.

— Tiens, la voilà !

Vera passa le portail de la maison, un gros sac de courses à la main. On devinait aussi une dizaine de journaux coincés sous son coude qui manquaient de s'échapper à chacun de ses pas. Petra s'approcha d'elle pour l'aider, prit les journaux et commença à jeter un œil aux gros titres.

— Attends-moi pour ça, Petra !

Petra ne l'écouta pas et se mit à les regarder un par un.

— Attends, Petra, pas tout de suite !

Muriel se leva et arracha les journaux des mains de Petra. Elle restait immobile, les pieds dans la neige fondue, figée par la surprise.

— Bon, je rentre ces putains de courses et ensuite je vous rejoins dehors fumer ma clope ! Mais ne vous énervez pas sans moi, j'ai une idée !

— En tout cas, tu fais les unes…, dit Muriel en refermant son anorak noir.

Vera déposa rapidement les sacs dans l'entrée. Elle réapparut, la clope au bout des lèvres, une bière à la main. Pendant ce temps, Petra avait passé en revue le *Tagesspiegel,* le *Stern,* le *Welt* et le *Frankfurter Allgemeine Zeitung.* Même *Bild* avait fait un article.

— Je suis passée à la gare et j'ai trouvé quelques journaux français. Regarde, *Le Parisien* et *Libération* en parlent aussi.

Elles n'en revenaient pas que la presse internationale s'inquiète de la disparition de Peter Wolf. Muriel n'aimait pas ce qu'elle lisait. Encore quelques lignes sur le passé de son frère… et le sien pourrait bien refaire surface. Elle s'empara d'un autre journal et le lut en diagonale. Soudain, elle vit son nom au bout d'une ligne et prit peur d'un coup, pour elle, pour sa famille. Elle qui avait si bien gardé son passé sous clé.

— C'est moi qui suis dans la mouise, maintenant ! Comment je vais pouvoir expliquer ça à mes enfants ?

Vera ouvrit sa bouteille de bière avec un briquet. Elle prit le journal des mains de Muriel.

— Attends, Muriel, on te mentionne mais on ne sait pas qui tu es. Excuse-moi de te décevoir, mais pour l'instant on ne s'intéresse pas à toi.

Muriel avala de travers la remarque et sa bière, même si au fond elle savait que c'était vrai. Vera y était allée un peu fort et voulut rattraper le coup.

— Tu diras à tes enfants que maman avait une vie avant eux et qu'elle travaillait pour le renseignement. Tu vas voir, ils vont adorer ! C'est tellement plus classe qu'une mère au foyer…

— Sois sérieuse, je peux pas dire ça. Pas comme ça…

— Pourquoi pas ? J'ai bien dû avouer à mon ex-mari que j'avais eu une liaison avec son père pendant huit mois… C'était en 1965 en plus, à l'époque…

— Quoi ?

Petra et Muriel se retournèrent vers Vera. Elles répétaient à l'unisson : « Quoi, quoi ? »

— Les vérités ne sont jamais bonnes à dire. Mais parfois il le faut. Bref, après ça, je suis partie vivre à New York et c'est là que j'ai rencontré Lou Reed. Vous voyez, le bon vient toujours après les emmerdes.

Muriel hésita entre s'étonner du fait qu'elle ne leur en ait jamais parlé et s'offusquer de cette histoire. C'était toujours comme ça avec elle : des coups de théâtre.

— Mais tu ne nous en as jamais parlé !

— Oh… On n'est pas toujours fière de tout… Bon… Je ne regrette pas, mais je ne le crie pas sur tous les toits non plus.

Vera était donc capable de garder quelque chose pour elle, et c'était peut-être ce qui était le plus étonnant dans l'affaire. Honnêtement, Vera se fichait pas mal de son histoire. Elle avait réussi à faire diversion et à enrayer le drame, c'était ça l'important. S'il fallait en passer par quelques épanchements, eh bien… ça en valait la peine.

— J'ai une idée, poursuivit-elle, je sais ce qu'on va faire maintenant.

Muriel et Petra ne l'écoutaient pas, trop occupées à éplucher les journaux.

L'article du *Tagesspiegel* en page 2 parlait de la disparition de Peter sur trois colonnes. Il laissait supposer que Petra était une « femme vénale ». On parlait d'elle comme d'une « banquière », d'une « muse » ou, pire, d'une « petite main ouvrière ». Le *Bild* allait plus loin et l'accusait franchement de profiter de la disparition de Peter. *Libération* avait interviewé Sven Sön, qui disait que Peter avait « une dette éternelle » envers Petra parce qu'elle l'avait aidé à fuir la RDA, et que c'était uniquement pour cela qu'il signait de leurs deux noms ses toiles. Plus elles lisaient, plus elles découvraient que tout ça n'était qu'une formidable occasion pour les gens du milieu de parler d'eux et de régler certains comptes au passage. *C'est consternant,* pensait Petra…

Refermant le *Frankfurter,* elle lâcha :

— J'en ai assez lu.

Vera l'imita. Les journaux s'entassaient sur la table mouillée du jardin. Ils se gonflaient de neige fondue et c'était tant mieux.

— Maintenant, vous allez m'écouter, j'ai quelque chose à vous proposer.

Vera n'abandonnait pas facilement. Muriel la regarda sans grande conviction.

— Oui ? Tu proposes quoi ?

— De dire la vérité : Peter et Petra Wolf, c'est toi Petra, tout simplement toi.

Muriel ne disait rien, calée sur une chaise de jardin au dossier humide, partagée entre sa volonté de dénouer cette histoire et celle de protéger la sienne. Rentrer, elle voulait rentrer chez elle, parler à ses enfants, mais quelque chose la retenait tous les matins de monter dans sa voiture. Un refus inexplicable. Quelque chose qui la coinçait loin en arrière et qui l'empêchait d'avancer.

Tout avait changé pour elle en 1976. C'était le printemps, elle avait seize ans et elle était au lycée. C'est à cette époque qu'elle avait été recrutée. Tout ça parce qu'elle avait retourné en douce le portait de Honecker qui trônait dans le hall de son lycée pour protester contre l'exclusion de deux de ses camarades. Une histoire de distribution de tracts pour une réunion, quelque chose en lien avec l'association de défense des droits de l'homme. Elle avait été vue ou dénoncée, elle n'a jamais su par qui. La sécurité intérieure avait compris qu'il fallait mater les gens très tôt : il valait mieux s'occuper des réfractaires à la source. C'est comme ça qu'elle avait été emmenée manu militari dans un petit bureau tout en haut de son lycée, au quatrième étage. On lui avait signifié clairement qu'elle était maligne, dévergondée, mais aussi qu'elle avait tout de la bourgeoise réactionnaire, et ça, c'était grave. Désormais, elle poursuivrait le cours de sa vie comme avant, mais il faudrait qu'elle se prépare à l'éventualité d'être « appelée en cas de besoin ». Si elle refusait, son frère perdrait sa place à l'université et sa mère allait avoir des ennuis au travail. Elle était sortie du petit bureau terrorisée, sans personne avec qui en parler. Elle savait trop bien ce qu'il advenait de ceux qu'on suspectait de s'arranger avec la Stasi, c'était pire qu'être un ennemi de l'État.

— Muriel, tu es avec nous ?

Petra la regardait, inquiète.

Muriel ressentait physiquement l'angoisse de toutes ces années. Elle n'arrivait pas à reprendre le fil de la conversation.

— Muriel, tu en penses quoi ?

Vera ouvrit une deuxième bière. Elle voyait bien qu'elle était ailleurs. Elle répéta grosso modo la même chose pour bien se faire comprendre :

— Il faut que Petra dise que l'artiste, c'est elle et elle seule. Moi, je peux témoigner... Je suis quand même ton premier agent, hein. Et puis j'ai des preuves, j'ai tous mes films...

— Oui, Vera, tu as tes films ! Tu as mille heures de films au moins...

Vera soufflait sa fumée aux quatre vents.

— J'ai toujours filmé en pensant que j'en ferais quelque chose un jour. Eh bien voilà, à soixante-dix piges, je vais finalement le faire, ce fameux quelque chose.

Elle leva sa bouteille.

— J'ai plus le choix, grâce à toi !

Petra ne voulut pas interrompre Vera dans sa mise en scène très solennelle. Elle se tourna discrètement vers Muriel.

— J'espère qu'elle a bien conservé toutes ses bobines… Ça se périme pas, ces trucs-là ?

Muriel étouffa un rire dans sa bière avant de chuchoter :

— Je sais même pas si elle s'y connaît en montage…

Des voix venues de la rue attirèrent leur attention :

— Petra ! Petra !

— Petra, par ici !

— Je rêve ou on t'appelle ?

Sans aucune gêne, trois photographes armés d'objectifs longue portée étaient postés au bout de l'allée, mitraillant allègrement la scène à travers le portail.

Le premier réflexe de Petra fut de courir se réfugier dans la maison et de fermer les rideaux. Elle tremblait, mais ce n'était pas de peur. C'était comme un tournant. En quelques heures, Internet s'était nourri de ces clichés volés. Les sites pas très rigoureux s'étaient empressés de poster les photos avec des titres racoleurs comme : « Qui a tué Peter Wolf ? »

Dans les jours suivants, le téléphone de Petra se mit à sonner sans discontinuer, sa boîte mail accumula les messages non lus. La pression monta d'un cran. De son côté, Muriel angoissait à l'idée d'être identifiée par les journalistes. Mais c'était trop tard, les noms de Muriel Wolf et de Vera Mitchel étaient sortis. C'était sans appel pour les médias : ces femmes avaient quelque chose à cacher. Petra savait que ça ne servait à rien de démentir, parce que quelque part c'était vrai, elle avait vraiment quelque chose à cacher. Mais elle n'était pas du genre à s'apitoyer sur son sort.

Muriel avait cherché du réconfort en appelant Frank, son mari. Visiblement, il n'était pas aussi pressé de la voir revenir qu'elle le pensait. Ça l'avait d'abord vexée : « C'est mieux pour les enfants », avait dit Frank. « C'est mieux pour la galerie et les affaires aussi », et avant de raccrocher : « Si jamais… Essaye d'en dire le moins possible, enfin, tu sais, je vais pas t'apprendre… » Non, il n'allait pas lui apprendre. Certes, ça faisait vingt ans qu'elle ne faisait plus grand-chose à part lui laver ses chemises, mais il n'allait vraiment pas lui apprendre. Elle avait raccroché, froissée de ne pas être attendue là où elle n'avait même pas envie d'aller.

La soirée se déroula dans un certain calme. Un peu de musique, les rideaux tirés, du vin et des couvertures sur le canapé. Il fallait faire face à plusieurs scénarios, prévoir les éventualités, réfléchir à la suite. Quand l'une sentait la peur monter, l'autre l'apaisait et le calme revenait.

Petra était la première surprise de résister au choc. Toutes ces sensations, toute cette histoire la ramenaient au jour où elle et Muriel s'étaient revues par hasard. Elle y repensait souvent ces jours-ci. Ça revenait par bribes, par flashs. Elle revoyait encore la scène. C'était en 1987, elle était assise dans son train de banlieue, le fameux train dont Philippe parlait dans le premier chapitre de sa biographie. Petra était assise à regarder les gares défiler, et c'est là que Muriel était venue lui parler. « Vous me reconnaissez ? » lui avait-elle demandé. Sa tête lui revenait. « Muriel Wolf, nous avons travaillé ensemble à la Marchtzig Galerie. » Ça y est, elle se souvenait. « Comment allez-vous, que devenez-vous ? » avait enchaîné Muriel.

Qu'est-ce qu'elle devenait… Cette question avait provoqué un électrochoc. Un vrai.

À cet instant, Petra avait pris conscience qu'elle ne devenait pas grand-chose justement. Elle était prof d'arts plastiques. Elle vivait toujours dans son atelier, mais son périmètre de création s'était réduit à un tout petit mètre carré. « Tant que je reste à proximité d'un pinceau, je garde la foi », avait-elle dit et redit à Muriel, comme pour s'en convaincre.

Elles avaient échangé leurs numéros dans le train. Un papier griffonné et tendu à la hâte avant la fermeture des portes. Petra avait passé le reste de sa journée à voir défiler des classes les unes après les autres. Du bruit, des collègues, des notes. De retour chez elle, elle avait eu un vertige immense : qu'est-ce qui avait bien pu se passer ? Son atelier ressemblait plus à un loft aménagé qu'à un lieu de création. Il était propre et fonctionnel. Pourtant, elle avait participé à des expositions collectives à Francfort, Würzburg, Cologne, Berlin, Londres. Elle avait même vendu en France. Ça avait duré plusieurs mois. Et puis il y avait eu un creux. Un vent contraire, quelque chose d'empêchant. Quelque chose qui la maintenait toujours un peu dans l'action, mais jamais vraiment dans l'événement. Elle était devenue périphérique, et ça s'était fait sans douleur. C'est ce qui l'avait poussée à accepter ce poste d'enseignante.

Derrière ses rideaux fermés, chez elle, entourée de ses amies, Petra se souvint de cette soirée où elle avait tout retourné chez elle. La vision de son loft trop propre l'avait mise dans une rage folle. Non, elle ne céderait pas. Elle avait retroussé ses manches et poussé les meubles dans un coin pour retrouver de la place au centre.

Petra monta se coucher avec ce souvenir. Elle le chérissait. Vera et Muriel restèrent encore un peu en bas à discuter. Coup d'œil rapide par la fenêtre, les journalistes étaient encore là, derrière la grille.

— Ils s'attendent à quoi, eux, à minuit passé ?

Le lendemain matin, Horst sonna à la porte d'entrée. Petra s'y attendait. Une équipe d'une dizaine de policiers le suivait avec un chien. Ils détenaient un mandat de perquisition en bonne et due forme pour fouiller entièrement la maison.

— Ça ne sert à rien, puisqu'il n'a jamais vécu ici. Laissez-moi vous dire…

Mais on ne la laissa pas dire. On lui avait donné l'occasion à deux reprises de « dire ». Tant pis pour elle. Là, il était question de fouilles techniques avec la brigade cynophile et tout un attirail pour sonder la terre du jardin. C'était très sérieux.

Elle reconnut Ziedler, qui l'emmena dans la cuisine pour ne pas gêner les enquêteurs. Il demanda l'identité de ses invitées et lui conseilla vivement d'appeler son avocat.

On leur avait mis une pression dingue avec cette histoire. Depuis que Price et Klebs s'étaient emparés de l'affaire, ils avaient aiguillé les journalistes et quelques politiques sur le sujet. Ils avaient apporté la preuve qu'elle avait empoché la totalité des transactions que Victor Hallworth, leur agent, avait réalisées avec le Met. Il y avait bien un lièvre, un loup, bref quelque chose qui clochait dans la bergerie des Wolf. Horst en avait assez d'attendre.

Ses équipes fouillèrent pendant plus de deux heures la totalité de sa maison. Tout fut retourné : les chambres, le salon, les dépendances, l'atelier, le jardin, la cabane, et même les alentours de la maison. Le tout, bien sûr, sous les flashs des photographes postés dehors.

— Y a même pas un vieux calbut..., dit un policier amusé.

— Y a aucune trace de mec ici, rien ! renchérit un autre.

Horst entendit les réflexions de son collègue et ne s'en étonna pas. Il fit quelques pas dehors et demanda à l'équipe qui sondait le jardin si elle avait trouvé quoi que ce soit. « *Nix, nada* », lui rétorqua le chef de la brigade. Prudent, comme d'habitude, il préféra attendre la fin des opérations avant de décider du sort de Petra. Elle resterait confinée avec ses deux amies dans la cuisine en attendant.

Du haut de son vingt-quatrième étage avec vue imprenable sur Central Park, Sven Sön savourait son exploit d'avoir foutu cette usurpatrice de Petra dans une merde noire. Grâce à lui, on remuait ciel et terre pour retrouver Peter, grâce à lui, on mettait au grand jour la façon dont cette femme l'avait spolié sa vie durant. À présent, il y avait deux options : soit on retrouvait Peter et Sven ne l'aurait que pour lui – parce qu'il allait sans dire que Peter, une fois sevré des enfers de sa femme, lui vouerait une reconnaissance éternelle –, soit Peter était mort, et là... Il se consolerait avec une gigantesque rétrospective qui rétablirait la vérité.

Mais au fond, qu'importe la façon dont cette affaire allait se terminer, l'onde de choc qu'il avait provoquée allait à coup sûr garantir un succès sans précédent à son projet : le scandale attise bien plus la curiosité que le seul amour des arts plastiques. Ça, il le savait bien.

Il devait être plus de 10 heures du soir et les visiteurs avaient vidé les lieux. Les équipes de nettoyage avaient le champ libre pour effacer toutes les traces de baskets et de mains sur les murs. Les restaurateurs avaient un peu traîné puis avaient à leur tour cédé leur place aux veilleurs de nuit.

Sven sortit de son bureau pour passer en revue ses couloirs comme il aimait le faire après une longue journée. Il avait pris l'habitude de déambuler et de se ressourcer en cherchant une proximité intime avec ses tableaux. Il adorait humer l'air à quelques centimètres de ses œuvres préférées. C'était son acte de communion secret. Il respirait littéralement le tableau. C'est ainsi qu'il puisait son inspiration au sens le plus littéral, pour mieux ressentir chaque artiste. Il croyait dur comme fer à l'énergie créatrice, aux forces énergétiques ancrées dans les murs ou les objets. Sa marche nocturne lui permettait de s'approprier un court instant les effluves laissés par les grands maîtres. Chaque toile dégageait une vibration particulière.

Il s'approcha particulièrement ce soir-là de *Die Mauer*, la fameuse toile des Wolf, pour retrouver cette sensation singulière qui faisait de lui un être privilégié. Il avait leur peinture dans la peau, elle résonnait en lui si distinctement qu'il en reconnaissait l'écho les yeux fermés. Dans un élan, Sven posa la main sur le côté du tableau. C'était l'interdit absolu, et ça n'en était que plus délicieux. La peur d'être vu rendait la chose plus intense encore.

Il effleura la matière et ressentit les mouvements successifs du pinceau sous ses doigts. Le plaisir était tel qu'il ne pouvait plus retirer sa main. Il caressa doucement la toile, lentement, pour mieux sentir pointer sous sa paume les aspérités du corps du tableau. Il s'émerveilla devant tant de volupté. Là, c'était lui, Peter, c'était sa texture, sa fougue. Il le savait parce que sa main devenait plus nerveuse et ressentait la chaleur de son énergie. C'était son énergie à lui, juste là. Les yeux fermés, Sven inspira de nouveau, il osa s'aventurer plus loin encore. Il sentit sa main soudainement se raidir. C'était froid ici, juste en dessous de sa paume, froid comme la mort, la marque incontestable de cette femme. Il en faisait désormais l'expérience physique. Le froid, la douleur, la dépossession, oui, il savait mieux que personne le mal qu'elle lui faisait. Il retira doucement sa main du tableau et fit un pas en arrière. Il était en sueur. Il savait.

Sven reconnut le bruit des pas du gardien de nuit. Ce bruit particulier de talons absorbé par le vide d'une salle immense. Ils se saluèrent, comme d'habitude, puis chacun poursuivit sa petite ronde nocturne.

Le lendemain matin, Sven retrouva Victor Hallworth et son assistant. Ils avaient décidé de se voir une fois par semaine pour faire le point. Matthew avait désormais la responsabilité d'opérer une veille sur les événements européens pour assurer la liaison intercontinentale entre tous les acteurs impliqués dans la plainte déposée par Sven. C'était un job à plein temps et ça l'empêchait de suivre le cours normal de ses affaires. Heureusement qu'il avait passé un accord avec Sven Sön. Accord dont le confort financier avait contribué à lui faire mettre son éthique de côté, parce que, il fallait bien être honnête, il le faisait à contrecœur.

Si on lui avait demandé son avis, il aurait répondu qu'il aimait plutôt Petra et qu'il n'était pas dupe de ce qui se jouait en ce moment. Matthew faisait une part du sale boulot malgré tout, en s'efforçant de ne pas trop penser aux conséquences. Depuis plusieurs semaines, la culpabilité lui provoquait des aigreurs d'estomac. Y avait-il un lien de cause à effet ? Il avait peur d'y penser et que sa seule pensée se transforme en ulcère.

Matthew était donc en contact constant avec l'Europe. Ce qui voulait dire qu'il devait vivre à l'heure de Francfort pour être au garde-à-vous, toujours prêt à recevoir les appels des deux avocats, ainsi que ceux de Maier, le fameux blogueur, ou ceux des nouveaux soutiens qui espéraient dans l'ombre un retour d'ascenseur. Alors il dormait peu. La nuit européenne tombait aux alentours de 3 heures du matin, heure de New York. Sans oublier Sven, qui voulait lui parler dès qu'il arrivait au bureau, à 8 heures tapantes, trop impatient d'entendre les dernières nouvelles. Ses nuits devenaient beaucoup trop courtes.

La réunion commença comme de coutume, avec un double café pour Matthew et Victor, et un énorme mug de *bone broth* pour Sven Sön. La secrétaire au chignon impeccable attendait sagement sur le seuil de la porte, puis elle entra et déposa trois gros dossiers remplis de coupures de presse que Sven contempla triomphalement. Il était si proche du but.

— Mon intuition était bonne : elle trinque tranquillement à la mort de Peter !

Il pointa la photo de Petra entourée de Vera et Muriel dans le jardin de Biebrich, une de la première série prise par les paparazzis.

Victor s'approcha de la photo et son regard se fixa sur Vera.

— Elle est connue, cette femme !

— Laquelle ? demanda Sven.

— Elle, là, sur la droite, avec un manteau beige et une bière.

Sven regarda de plus près.

— La vieille noire toute maigre ? Mais non. Tu penses, sinon je la connaîtrais !

— Si, assura Victor, je la connais de quelque part, ça va me revenir... Une nana des sixties, si, si... J'ai déjà vu sa tête quelque part !

Aux yeux de Sven, Victor Hallworth avait perdu en crédibilité depuis le début de cette histoire. Il avait perdu la face, tout simplement. Conscient de sa récente disgrâce, Victor avait anticipé en prenant conseil auprès d'un ami juriste. Sur un ton catégorique, il lui avait fortement déconseillé de suivre Sven Sön dans sa bataille contre Petra « sans contrepartie ». Il était drôle... Que pouvait-il comprendre à tout ça, lui ? Il ne connaissait rien des entrailles du milieu et encore moins toute la part invisible qui prend, qui avale et qui broie. Victor était coincé, Sven avait le bras trop long. La moitié des galeries des États-Unis lui mangeait dans la main pendant que l'autre attendait son tour pour lui cirer les pompes. On ne pouvait pas contrarier ses plans.

D'ailleurs, les gens n'étaient pas dupes et comprenaient bien la situation de Victor. Ils le regardaient en penchant la tête, l'air désolé, un peu comme Lady Di quand elle se confiait sur la BBC. C'était la pire chose qui pouvait lui arriver. D'agent envié des Wolf, il était devenu un nœud d'emmerdes qui ne savait pas comment se défaire de lui-même. Alors il se persuadait d'avoir fait le bon choix. Comment pourrait-il supporter son sort autrement ? Il avait fini par se sentir responsable de la colère de Sven Sön et accepté de payer le prix de sa nonchalance. Son isolement forcé lui avait permis une rapide introspection : oui, il s'ennuyait dans son métier ces derniers temps, c'était vrai, il n'était plus aussi rigoureux qu'avant. Son caractère arrangeant et facile doublé d'un sens aigu de la procrastination l'avait toujours poussé à tout remettre au lendemain. Surtout, Victor adorait foutre la paix aux gens, et par extension à ses clients. Et c'était ça qui avait plu aux Wolf. C'est comme ça que ça fonctionnait entre eux depuis des années. Si Sven ne s'était pas emporté... Victor n'aurait jamais changé d'un iota sa façon de faire. Mais voilà, aujourd'hui tout était différent et il fallait limiter la casse.

Depuis le début de la réunion, Sven Sön buvait les paroles de Matthew, c'était lui maintenant qui incarnait la confiance, la rigueur et l'avenir. Victor était hors jeu, il le savait et il attendait que les minutes s'écoulent en prenant des notes au hasard des mots entendus, pour se donner une contenance.

L'instant où il fut définitivement mis sur la touche survint quand le téléphone de Matthew sonna en même temps que celui de Sven Sön.

— C'est Price, dit Matthew.

— C'est Klebs, répondit Sven.

Ils se regardèrent tous deux et quittèrent la réunion.

Victor resta seul un moment, prit son portable et vérifia ses messages. Pas grand-chose. Juste une invitation pour un week-end dans les Hamptons, chez sa sœur.

Matthew revint s'asseoir le premier. Il était blanc.

— Et… ? l'interrogea Victor.

Matthew s'approcha de lui. Il cherchait ses mots.

— Quoi ? Qu'est-ce qui se passe ?

— Victor, je… je ne comprends pas. La perquisition n'a rien donné, et elle… Enfin, elle dit que…

— Quoi, Matthew ?

Sven Sön marcha vers la table, posa les mains sur le dossier de la chaise. Il ne s'adressait qu'à Matthew.

— Tu as eu la nouvelle ?

— *Les nouvelles,* vous voulez dire ! Pour la perquisition, oui. Ils n'ont rien trouvé.

— Et l'autre, il te l'a dite ?

— Oui, c'est… comment dire… déconcertant.

Victor ne posa pas de questions, il se sentait volontairement écarté de l'échange. *Très bien,* pensa-t-il, *je ne m'abaisserai pas à ça.* Sven le regardait fixement. Victor attendait, il n'ouvrait toujours pas la bouche. Ça aurait pu durer trois heures.

— Alors, si ça t'intéresse toujours, lança Sven à Victor, Petra a déclaré que les Wolf ne sont qu'une seule et même personne, tiens-toi bien : elle !

— Pardon ?

Matthew ajouta :

— Oui, elle a dit cette nuit aux enquêteurs de Francfort que c'était elle qui peignait depuis le début. Qu'elle n'avait pas vu Peter depuis vingt ans.

Sven Sön resta debout et fit les cent pas face à la fenêtre. Sa silhouette tendue ne laissait aucun faux pli sur son costume. Il reprit son calme avec difficulté une fois Victor hors de son champ de vision. Il marmonna :

— Qu'est-ce que c'est que cette défense à la con ? C'est qui son putain d'avocat ?

Matthew observait Victor, qui ne disait toujours rien.

Victor connaissait bien Petra, ça, on ne pouvait pas le lui enlever. Il savait bien qu'elle n'était pas du genre à mentir ou à choisir des chemins périlleux.

— Comme si elle pouvait… Elle est… Cette femme, elle est… Elle n'a pas de vision, quoi ! Rien ! Qu'est-ce qu'elle sait de tout ça ? Moi je sais ce qu'elle fait… Le petit pot de fleurs par-ci, les barreaux noirs par-là, le… C'est une… une illustratrice ! s'écria Sven.

Il fit face à Matthew.

— Putain, je vais me la faire. Je vais me la faire !

Victor regardait Sven s'énerver. Il repensa à ce qu'il venait d'entendre : « … Les pots de fleurs par-ci, les barreaux noirs par-là… » C'était étrange, Victor n'avait jamais considéré la pratique des Wolf de manière aussi segmentée. Quelle drôle d'idée ! Il les avait toujours visualisés côte à côte, assis, debout ou bien sur des escabeaux. Il aimait bien cette image d'escabeaux. D'ailleurs, d'aussi loin qu'il s'en souvienne, il imaginait Petra debout sur un escabeau pour atteindre le haut du châssis pendant que Peter, en plein tourment évidemment, la regardait faire le pinceau sec à la main… Oui, quand il pensait à eux, c'était toujours Petra qu'il imaginait en action, pas Peter… jamais Peter, finalement. Il commença doucement à en comprendre la raison.

Il se tourna vers Matthew, son ancien assistant, celui en qui il avait eu toute confiance ces dernières années. Il comprit qu'il avait été berné depuis le début. Quel idiot il était. Mais *berné* n'était pas le mot juste… Après une rapide confrontation avec sa conscience, il se dit que le mot était peut-être un peu fort. En toute honnêteté, il avait deviné depuis longtemps. Peut-être même qu'il avait toujours su. Victor s'était toujours contraint à ne jamais poser de questions et à accepter les silences de Petra sans jamais forcer le mur. C'était sans doute la clé de leur entente. D'ailleurs, il se rappelait très bien leur premier rendez-vous : elle, méfiante, sur la réserve, qui attaquait la première pour ne pas avoir à répondre. L'instinct de Victor lui avait immédiatement interdit de s'approcher trop. Et pendant vingt ans, toutes leurs rencontres s'étaient faites sur le modèle de la première : sans questions, sans Peter.

Matthew fixait toujours Victor. Il le regardait penser. Depuis toutes ces années à ses côtés, il savait reconnaître ses états d'âme, ses contrariétés, il pouvait suivre ses pensées. Ça n'avait pas été facile pour lui de le quitter, et encore moins de le trahir. Victor n'avait rien dit lorsque Matthew avait accepté l'offre de Sven Sön, et ça lui avait rendu la tâche encore plus dure, même si tout le monde lui avait assuré que des opportunités pareilles, il fallait les saisir.

Victor avait une relation très fine avec les gens et ça, Matthew en avait toujours été témoin. Il cernait vite les points faibles de ses clients et, contrairement aux autres, mettait tout en œuvre pour ne jamais les piéger. Matthew eut un élan d'admiration un peu tardif. C'était lui qui avait raison finalement, c'était lui le plus malin. Il comprit avec un peu de retard que Victor avait accepté le mensonge parce qu'il était un des rares à se foutre de l'anecdote et à ne regarder que le potentiel. Mais peut-on tout dissocier de son créateur, de son contexte, voire de son propriétaire ? Il se souvenait de cette discussion houleuse qu'il avait eue lors d'un dîner après s'être moqué du type qui avait acheté à un prix effarant une statuette sans grande valeur ayant appartenu à Man Ray. S'en était suivi un argumentaire à la con qu'il avait balayé d'un revers de la main. Argumentaire que Sven Sön reprenait à son compte depuis quelque temps, phrase par phrase. Il avait presque honte pour lui.

Sven, toujours de dos et le regard posé quelque part sur Central Park, continuait sa tirade, froidement. Personne ne l'écoutait, Matthew pensait à Victor, qui lui-même pensait à Petra. *C'est lamentable,* se disait l'agent, *je suis lamentable.* Il se sentait minable d'avoir foncé tête baissée dans toutes ces procédures. Minable d'être là aujourd'hui au lieu d'être auprès d'elle. Mais l'aurait-elle laissé approcher ? Rien n'était moins sûr. Il lui vint une foule de questions. Pourquoi avait-elle dit qu'elle travaillait seule, soudainement ? Travaillait-elle vraiment seule depuis le début ? À quel moment y avait-il eu une rupture entre les deux ? Et puis qui était Peter Wolf ? Et surtout qui était Petra Wolf ? Qu'est-ce qu'elle avait dans le ventre pour imaginer une histoire pareille ? Quelle drôle de femme avec son air de ne pas y toucher.

Sven continuait toujours de parler, dos droit et costard impeccable, le regard posé sur la ligne d'horizon.

— On va l'achever. J'ai une idée.

Matthew ressentit une douleur au ventre, comme une pointe qui vint le déchirer de l'intérieur au rythme de ses battements de cœur.

— L'achever, comment ça l'achever ?

Sven sourit. Évidemment, il fallait en avoir pour comprendre, et il se foutait du qu'en-dira-t-on. Il allait être couillu et montrer ce qu'il adviendrait de tous ceux qui se mettraient en travers de son chemin. Homme ou femme, il serait absolument paritaire dans l'élagage. Et s'il fallait se bouffer publiquement une bonne femme cette fois-ci, *so what,* il était prêt à l'humilier et à la mettre plus bas que terre.

Matthew était au bord du malaise. *Comment je peux apaiser les choses ? Il faut absolument les apaiser, ramener Sven Sön à la raison.* Mais Sven était irraisonnable sur ce coup, pris en flagrant délit de blessure narcissique à la con, il était prêt à tout dévaster, prêt à tout pour ne pas perdre la face.

Matthew tenta quelque chose. Il avait lu un article sur la gestion de conflits, un jour. Comment fallait faire déjà ? En un, dire qu'on entend, en deux, dire qu'on comprend, et en trois proposer un autre point de vue. Pas avant. Le plus dur étant d'arriver à en placer une dans le débit interminable de Sven.

— Sven, j'entends bien ce que vous dites…

— Trouve-moi le numéro du connard du *Time,* Matthew.

— Sven, je comprends ce que…

— Appelle-le pour lui fixer un rendez-vous au plus vite, dis-lui que j'ai des infos à partager.

— Sven, je vous comprends et vous entends…

— De quoi tu parles, Matthew ? Note plutôt ce que je suis en train de te dire, OK ?

— Sven, attendez une minute, j'aimerais vous dire quelque chose…

Sven Sön eut un de ses regards assassins. Un seul suffisait. Il souffla un « quoi ? » dégoûté.

— Vous ne pouvez pas… Enfin, c'est une artiste, imaginez les conséquences. Enfin, Sven, est-ce que tout ça en vaut la peine ?

— Elle n'est pas une artiste, c'est une escroquerie. C'est…

— Sven, imaginez un instant qu'il y ait une once de vérité dans ce qu'elle dit…

— Une once de vérité ? Tu te fous de moi, Matthew ?

— Imaginez les retombées symboliques de tout ça. C'est une artiste connue, une Européenne, une femme qui plus est !

Victor ne bougeait pas, ils l'avaient oublié à force de ne plus lui parler. Matthew profita de ce court silence pour continuer :

— Sven, je vous le dis franchement, vous passerez pour un revanchard, une espèce de macho misogyne. Sérieusement, n'entrez pas plus dans ce procès, ne laissez pas cette affaire tourner au fait divers. C'est dangereux pour vous et pour ce que vous représentez…

— Pardon… *Macho misogyne* ? C'est ça dont tu as peur, Matthew ? Que je réveille les brigades antisexistes ? Tu te fous de moi ? Et puis ça aussi j'en ai marre… On peut plus bouger un ongle sans faire gaffe… L'autre jour, je me suis fait emmerder par un groupe de militants asiatiques, vous savez pourquoi ?

Soudainement, Victor redevint visible mais c'était uniquement pour lui servir d'audience.

— Parce qu'ils dénonçaient leur *sous-représentativité.* Putain, c'est quand même pas ma faute si l'art chinois s'est réveillé il y a dix ans ! Je peux pas refaire l'histoire et le classement de l'art à moi tout seul !

Il parlait tout en faisant défiler sa liste de contacts sur son téléphone XXL.

— Note, Matthew !

Il ne faisait à nouveau plus attention à Victor.

— Note ces noms et leur numéro.

Il dicta une petite dizaine de noms. Sa voix était calme et froide. Il avait tout en tête. Victor regardait la scène et comprit au fur et à mesure des noms où Sven voulait en venir. C'était un vrai recensement des critiques et marchands d'art connus, des directeurs de musées. À eux seuls, ils recouvraient l'ensemble du territoire de Sven Sön, des États-Unis à l'Europe en passant par la Turquie. Il y avait tous ceux qui comptaient sur cette terre : Peter Wigh, Maurice Blanc, Aaron Kloël,

Vladimir Wleill, Samuel Berg, Lichka Dinovitch, Martin Grangier, Alonzo Viezzucci, Gary Moon, Cavit Endut.

Victor ne bougeait pas. Il n'osait pas se lever. Il regardait Matthew se débattre pour éviter le carnage, et ça lui faisait de la peine. Quel gâchis pour Matthew, Petra et tous ces gens comme lui, plongés de force dans un tunnel égotique. Même Sven Sön, d'ailleurs. À bien y regarder, il avait lui aussi quelque chose de touchant. Sa détresse vengeresse semblait venir de loin, elle résonnait étrangement et provoquait l'empathie qu'on a parfois pour ceux qui font toujours plus de conneries que les autres, parce qu'ils sont singuliers ou parce qu'ils ont le regard tendre.

— Que voulez-vous que je fasse de cette liste ?

Matthew posa son stylo sur sa feuille. Sven ne répondit pas. Il se planta devant la fenêtre, les bras croisés et le regard à nouveau posé sur la *skyline*. Plus personne ne parlait. Matthew renouvela sa question :

— Sven, que voulez-vous que je fasse de cette liste ?

Après un long silence et sans réponse de Sven, ce fut Victor qui répondit :

— Que tu les contactes pour leur demander une expertise des Wolf ou autre qui remettrait en cause la défense de Petra.

Sven se retourna vers Victor, tout sourire. Ses dents étaient blanches et parfaitement alignées.

— Victor, toi au moins tu me suis ! Cher Matthew, tu vas leur demander de bien vouloir se prêter à un petit exercice. Tous ces types ont un service à me rendre ou alors crèvent d'envie de m'en rendre un. C'est l'occasion.

C'était réel, c'était le temps béni pour faire preuve d'allégeance à Sven Sön. Et, vu la façon dont la bataille était engagée, rien de tel qu'une déclaration de guerre pour se tailler une place chez les vainqueurs.

C'en était trop pour Victor. Il se leva, prit sa veste et serra la main de Sven avec une fermeté qui ne lui ressemblait pas. Il s'arrêta quelques instants devant Matthew et lui sourit en guise d'adieu.

Quoi qu'il lui en coûte, il ne remettrait plus jamais les pieds ici.

En un temps record, Matthew avait réussi à organiser au mieux la valse des entretiens et autres expertises commandées par Sven Sön. Depuis la disparition officielle de Peter Wolf et la mise en examen de Petra, le milieu ne s'arrêtait plus de rendre hommage à un ami si soudainement disparu. Untel se navrait de ne pas lui avoir dit une dernière fois toute son admiration, Untel bis aimait tant Peter qu'il en restait muet, et Untel autre bis avait tant de choses à dire sur lui. « Le système est ainsi fait qu'on passe à côté des vrais génies quand ils ne savent pas prendre la lumière. » C'est ce qu'avait dit Bernt Miller, comédien et propriétaire d'une chaîne de restaurants à Berlin. C'est là qu'il avait connu les Wolf, avait-il raconté dans le magazine *Flows*. Comme tant d'autres, il avait lui aussi rendu hommage à son ami avec qui il aimait traîner « de bière en bière » un peu partout dans la ville.

Le magazine allait plus loin et avait enchaîné sur une interview de Lichka Dinovitch, critique incontournable qui avait fui la Tchétchénie et obtenu par la grâce de Sven un poste qui avait changé le cours de sa vie. C'était un homme cultivé, engagé et d'une intelligence affûtée – des atouts de taille qui lui avaient permis de prendre sans mal la direction du Mamco de Genève. Il avait plusieurs ouvrages à son actif, dont le plus imposant restait certainement son *Almanach de l'art brut*, paru en 2014. En parallèle, Dinovitch continuait de s'investir au sein de la revue *CriTiK*, apportant humblement son expertise lorsque celle-ci était requise.

Ce Dinovitch, justement, avait été convié un petit matin de mars à une mise en scène assez surprenante à laquelle il n'avait pas tout de suite adhéré. Matthew l'avait fait venir à New York pour participer à un entretien croisé avec Sven Sön et Maurice Blanc, le tout supervisé par Price et Klebs. L'objectif officiel de cette rencontre était de « protéger la mémoire de Peter Wolf ». En vérité, tout semblait prévu pour que l'invité apporte son eau au moulin de Sven. Nul ne pouvait se soustraire à l'exercice : Sven avait tant fait pour eux…

Dinovitch arriva donc à l'heure et on l'installa au quatrième étage du musée, dans une partie non ouverte au public. Toutes les œuvres des Wolf avaient été installées pour l'occasion. Dinovitch emprunta un long couloir pour arriver à l'espace dédié à l'interview. La scénographie mettait ostensiblement en valeur un tableau de Lotte Laserstein, *Russisches Mädchen mit Puderdose*. C'était pourtant la propriété du Städel Museum de Francfort, remarqua Dinovitch, il n'avait rien à faire là. C'était un petit tableau envoûtant d'une femme brune aux cheveux courts se regardant dans le miroir d'un poudrier de poche pour parfaire son teint. Elle se tient à côté d'un autre miroir, ce qui permet de la présenter sous deux angles différents. Et il y a une troisième image d'elle, celle qu'on ne voit pas, celle qu'elle-même scrute dans ce petit poudrier bleu qu'elle a entre les mains.

Qu'est-ce que ça vient faire ici ? Les ficelles sont un peu grosses. Dinovitch continua son avancée malgré tout. Il y avait *Die Mauer, Transversales, Auf die Schliche kommen, DDR and Me* et toutes les œuvres prêtées par la plupart des musées pour la grande rétrospective que Sven Sön avait programmée à l'automne.

Sven accourut vers Dinovitch accompagné de Maurice Blanc, son homologue canadien. Blanc avait été gâté, lui aussi. L'hôtel, le vol en première, la voiture à disposition, tout était parfait pour ces quelques jours passés à New York. À l'instar de Dinovitch, il n'avait eu aucune information sur ce qui allait être le contenu de leur discussion, si ce n'est qu'il allait s'agir des Wolf, évidemment. Sven n'avait pas donné beaucoup de consignes, afin que leur spontanéité soit préservée, il voulait un entretien direct, libre et sans filtre. Deux caméras filmeraient l'événement. Price et Klebs allaient et venaient dans la pièce, et il y avait même un journaliste de *Society* posé là dans un coin, sorte d'observateur de leur rencontre.

Pour Sven, c'était presque le plus beau jour de sa vie. Il œuvrait pour Peter. Il œuvrait dans un élan fraternel devant les plus grandes œuvres du couple, celles qui avaient passé la barre du million de dollars. Il défendait le travail de Peter envers et contre tout : la précaution, la vérité, la vie des gens, entre autres choses.

Si la gêne de Dinovitch était palpable, Blanc, lui, n'avait rien vu et fonçait droit dans le panneau. Sven prenait et distribuait les tours de parole pour mieux servir son propos. L'interview croisée put enfin commencer.

Sven Sön : Quelle a été votre réaction à tous les deux lorsque Petra Wolf a déclaré qu'elle était la seule à l'origine de ces œuvres ?

Maurice Blanc : Évidemment, je n'y crois pas une seconde. Et cela, pour plusieurs raisons. Je resterai simple et pragmatique. Tout d'abord, il y a le caractère puissant et physique de l'œuvre. Il est clair que ce travail a demandé un investissement démesuré porté par une force animale. Regardez là, les mouvements qui prennent en otage les six mètres carrés de cette toile. Regardez la superposition des couches, l'investissement réel… [Rires.]

Sven Sön : Vous voyez là une force virile, masculine ?

Maurice Blanc : Oui, tout à fait.

Lichka Dinovitch : Oui… Peut-être. En tout cas, c'est une énergie très masculine, de toute évidence…

Maurice Blanc : Si ça devait être l'œuvre de Petra Wolf uniquement, ça irait à l'encontre de tout ce que l'on connaît de l'art féminin et de ce que les artistes femmes nous ont toujours présenté. D'après mon expérience, les supports et la composition même de leurs œuvres ne ressemblent en rien à ce que les Wolf ont pour habitude de proposer.

Sven Sön : Nous ne sommes pas là pour faire le procès de l'art féminin, évidemment. Il s'agit ici de comprendre ce qui pourrait bien être la plus grande usurpation artistique de ces dernières décennies.

Maurice Blanc : Il y a une violence politique, une puissance sexuelle manifeste ! Tout simplement. Et c'est exactement cette violence que les femmes évitent, la plupart du temps. Elles la confondent avec les contours de la vulgarité, ce que je comprends, en un sens. Mais il est difficile d'attribuer cela à quelqu'un d'autre qu'un homme. Surtout à Petra. Je la connais bien. Sa douceur est la plus belle preuve qu'elle est bien incapable de penser de tels sujets.

Lichka Dinovitch : Oui, et il en va de même pour ce qui est de la prise de l'espace. Les femmes ne font jamais aussi grand. Ou alors c'est rare. Je ne suis pas analyste, mais les hommes ont une prise sur le monde plus… frontale, plus large, qui se traduit généralement par la grande taille des œuvres proposées. Les femmes n'osent pas. Là, manifestement, on assiste à un travail typiquement masculin, dans la lignée de Reurs, Magka ou Flimann.

Maurice Blanc : Complètement.

Sven Sön : Évidemment.

Le reste de l'entretien était du même registre. Blanc avait joué le jeu de Sven Sön alors que Dinovitch n'arrivait décidément pas à se détendre. Il n'aimait pas les caméras et encore moins l'exercice. C'était délicat de contenter Sven tout en restant sur ses gardes. Il sentait venir l'effet boomerang. Ce truc risquait d'entacher le sans-faute qu'il avait réalisé depuis son arrivée en Europe.

Dans un esprit similaire, un autre entretien avait fait grand bruit en remuant le landerneau des râleuses et des féministes de tout poil. Tant mieux ou tant pis. Sven Sön avait invité Grangier et Matilda Kneff, supportrice providentielle de sa cause, femme, évidemment, et à la tête du MAM de Paris. Elle était réputée pour sa franchise et sa résistance face aux pressions des bien-pensants et autres emmerdeurs. Avec sa caution féminine sous le bras, Sven allait enfoncer naturellement le clou. Les interviews qu'il avait données avec ses collègues implantaient doucement l'idée que Petra n'avait pas pu travailler seule. Maintenant que c'était fait, il voulait passer à un niveau supérieur et voir les choses en grand. C'était le moment d'entamer une démarche didactique d'envergure pour expliquer la réalité de l'art féminin ou « l'impossibilité que Petra ait pu y arriver seule, sans Peter ». L'idée géniale était d'installer le doute, sans bla-bla politiquement correct. Sven tenait à ce que le monde entier comprenne l'ampleur de l'usurpation. Tout allait paraître dans *Art in extremis*, revue phare et grand public qui pouvait même s'acheter dans un Relay de la gare de Lyon.

Revue *Art in extremis*, entretien de Martin Grangier, Sven Sön et Matilda Kneff, page 16, extraits :

Matilda Kneff : Vous employez un vocabulaire très « masculin » en parlant du travail de Peter Wolf, non ? Vous évoquez quelque chose qui ressemble à une bataille dans laquelle il faut s'engager avec de gros bras. Je ne dis pas ça en tant que femme, mais je me pose la question de savoir si, pour les femmes, c'est possible.

Martin Grangier : C'est-à-dire qu'elles ont du mal à tenir la distance. Elles préfèrent souvent mettre en place un système radical et efficace. Chez Nan Goldin ou Cindy Sherman, tout est au point très vite et après elles ne bougent plus vraiment. C'est pour ça que je vois mal Petra Wolf seule dans cette bataille.

Matilda Kneff : Vous avez une idée du pourquoi ? Pourquoi voit-on des hommes – je pense à Thomas Hirschhorn – qui incarnent une surénergie ? Les hommes produisent beaucoup dans des directions différentes, il y a une sorte de flux. Je me demandais pourquoi ce n'était pas le cas chez les femmes.

Martin Grangier : Oui, l'homme a besoin de conquérir de nouveaux territoires. La femme trouve son territoire et elle y reste. Alors que les femmes cherchent un homme, les hommes veulent toutes les femmes. Les hommes sont toujours à la recherche de territoires vierges.

Matilda Kneff : Je dois être un homme, alors... [Rires.] Mais c'est vrai qu'il n'y a pas de dispersion chez les femmes !

Martin Grangier : Les hommes prennent des risques bien plus grands. Être détestés, dans la polémique, survivre longtemps dans des domaines difficiles... Rien de cela ne les effraie.

Matilda Kneff : Maurizio Cattelan en femme, ce ne serait pas possible, par exemple ?

Sven Sön : J'aimerais bien qu'il y ait Carl Andre en femme, personnellement. En constituant une figure plus autoritaire de l'artiste, en imposant des formes radicales, elle offrirait une alternative intéressante à ces femmes artistes qui se retranchent dans la case sociale où on veut bien les voir.

Matilda Kneff : Vous confirmez mes pires soupçons, et ça me déprime. Aujourd'hui, je monte une exposition où il n'y a pas de femmes, et c'est pour cette raison. Je n'en ai trouvé aucune à confronter aux autres artistes. Je préfère ne pas en mettre plutôt que de respecter des quotas…

Martin Grangier : Le thème de ton exposition est parfaitement masculin ! Ne t'étonne pas, tu as invité un tas de barbares à remplir ton espace. Ce sont des artistes conquérants. Louise Bourgeois, où est-elle, là-dedans ?

Matilda Kneff : Je l'adore, c'est une espèce de femme phallique.

Sven Sön : Et au crochet aussi ! Il y a quinze ans, il y a eu une sorte de syndrome Louise Bourgeois. Des petites chansons, des dessins, de grandes sculptures et du crochet ! C'est le genre de travaux qu'on pouvait voir dans les écoles des Beaux-Arts, et, quand on disait « ce n'est pas terrible » à la jeune fille qui faisait cela, elle répondait : « Ah non, vous ne pouvez pas me dire ça parce que c'est personnel ! »

Matilda Kneff : N'oublions pas que les femmes n'ont pu s'exprimer en tant qu'artistes que depuis très peu de temps. Depuis les années 1970, pour être précise.

Martin Grangier : Leur reconnaissance s'est faite sur des enjeux de société. Le sujet de leur libération a pris le dessus. Une artiste qui est exemplaire, c'est Rosemarie Trockel. Ses premiers travaux avaient à voir avec le tricot. Puis, petit à petit, la forme s'est complexifiée pour devenir majeure aujourd'hui. Il lui reste à conquérir une vraie forme. À quand des artistes femmes formalistes ?

Matilda Kneff : Laissons là les femmes et parlons d'art !

Mais le plus beau coup de Sven était la vidéo qu'il venait de négocier avec le site Internet du *New Today*. L'impact de ce genre de médias n'avait rien à voir avec celui d'un papier, aussi sérieux soit-il. Grâce au travail de Matthew, son armada de spécialistes se tenait prête à être filmée en quatre grands entretiens. Chacun de ces entretiens se tiendrait dans un musée différent, si bien qu'au montage, on aurait vraiment l'impression que le peuple de l'art parlait à l'unisson.

Selon la règle de l'attention maximum, la vidéo ne devait pas dépasser six minutes, c'était jouable, et Sven avait le plan de montage tout prêt dans sa tête.

Plan 1 : la vie en Allemagne de l'Est. Voix off. Images d'archives / Introduction de Peter.

Plan 2 : interview 4, Grangier raconte les premiers contacts avec Petra / Évasion.

Plan 3 : interview 1, Sön analyse la peinture de Peter Wolf / Puissance.

Plan 4 : interview 2, Wigh, Moon parlent de Peter en tant qu'homme, en tant qu'ami.

Plan 5 : interviews 4 et 1, Grangier, Sön, Viezzucci, Endut exposent le peintre et son génie.

Plan 6 : interview 2, Blanc, Berg, Grangier présentent Peter et ses névroses.

Plan 7 : interview 5 et images presse / Disparition.

Plan 8 : interviews 3, 5, 1 et 2, Blanc, Kneff, Wleill, Grangier, Wigh, Endut dévoilent des anecdotes personnelles sur Peter.

Plan 9 : voix off sur les dernières nouvelles. Mise en examen Petra.

Sven Sön était impatient de la suite. En peu de temps, ses collègues et ses amis avaient répondu présents et s'étaient mobilisés pour l'exercice. Sven avait surtout réussi le plan n° 8, le plus parlant à ses yeux, celui qui abordait les histoires et la vie de Peter. Ceux qui avaient eu la chance de côtoyer l'artiste s'étaient laissés aller à quelques anecdotes dont certaines étaient très intimes. Aborder de la sorte son intimité permettait de mieux cerner la relation complexe et parfois toxique du couple Peter et Petra Wolf. Endut, par exemple, avait eu des propos sans concession envers Petra : lors de sa dernière visite, elle lui avait fermement interdit l'accès à l'atelier. Il avait entendu Peter hurler à la mort, mais Petra avait fait mine de rien en augmentant furieusement le son de la radio. Il était évident que Peter avait besoin d'aide. Il devait être en pleine crise. Endut avait su partager l'émotion de son impuissance avec toute l'équipe de tournage.

Wigh avait saisi l'occasion pour raconter les crises et les phobies de plus en plus sévères et invalidantes de Peter. Il s'était souvenu d'un dîner où il avait été convié à Londres. Il n'avait pu entrer dans la salle à manger parce que Peter ne supportait pas plus de cinq personnes dans une pièce. Il l'avait lui aussi entendu hurler depuis l'entrée, des hurlements de douleur, de souffrance, oui, il en était sûr, qui lui avaient glacé le sang. Son hôte s'était confondu en excuses et lui avait demandé bien malgré lui de quitter les lieux. Par amitié pour son ami, mais aussi par amitié pour Peter, Wigh s'était exécuté et avait rebroussé chemin.

Blanc, quant à lui, avait repris mot pour mot ce que le blogueur suisse avait posté sur son site. Au passage, il en avait profité pour dire face caméra qu'il n'en voulait pas à ce jeune blogueur d'avoir utilisé à son compte son histoire mais que, soyons sérieux, Peter ne se montrait pas à n'importe qui.

Grangier, de nature prudente et moins catastrophiste, était resté dans le vague. Il avait opté pour une mise en scène de la solitude de Peter en maniant avec tact l'image du navigateur solitaire, du grand blessé de la vie. Grangier n'accusait pas Petra, il pensait que Peter était un être assurément incompatible avec l'asepsie de la société actuelle. Il avait conclu son témoignage en déplorant le manque de lieux où « l'homme pouvait encore trouver la paix sans être traqué ».

Sven était ému aux larmes. C'était beau, quand même, ce que disait ce Grangier, même si c'était un vrai con.

En regardant les images montées par son assistant, Sven se sentait plus proche que jamais de son ami. Si Peter tombait un jour sur cette vidéo, il l'appellerait sur-le-champ, ça ne faisait aucun doute. C'était tellement évident.

Sven avait pris soin d'apparaître, l'air de rien, au début et à la fin de la vidéo, et c'était sa voix qui commentait toutes les images d'archives. La superposition de ses propres mots sur les travaux de Peter marquait un tournant dans leur relation : elle la scellait, la sacralisait, c'était au-delà de l'artistique. Il fallait que ça se sache, que le monde le sache.

La mise en ligne fut un moment de grande émotion. D'un geste solennel, silencieux et quasi religieux, Sven appuya sur la flèche droite de son MacBook Pro pour partager son obsession et sauver Peter. Depuis, il était rivé au compteur de vues. Hypnotisé par la danse des chiffres qui formaient une courbe toujours croissante, de 6 126 à 38 443 vues en quelques heures.

C'est dire si sa vidéo était bien ficelée.

Soledad José avait accordé tout un après-midi à Hilary. Elles s'étaient donné rendez-vous dans un lieu éphémère près de Belleville. « Châtain, coupe courte au carré, lunettes, jean et chemise bleue », avait précisé Hilary. Soledad, de la Fondation Cartier, s'était montrée plus audacieuse et avait opté pour une « veste rouge », simple et efficace.

Hilary attendait en ce lieu qui attisait toutes les foudres du voisinage, à en croire la conversation à la table voisine, qui semblait anéantie par une récente « invasion bobo ». Que désignait vraiment ce concept ? Qui étaient donc ces *bobos* et que faisaient-ils pour poser tant de problèmes aux gens du quartier ? Assise dans cette gargote qui faisait office de bar, en face d'un tatoueur végan en pleine action, Hilary sirotait une petite bière *made in* Montreuil un peu trop houblonnée et chère mais bien fraîche.

Soledad arriva, l'air grave. Elle avait eu Vera au téléphone tôt ce matin, ça l'inquiétait de ne plus pouvoir joindre Petra directement. Les nouvelles n'étaient pas bonnes. Petra s'était murée dans un silence qui n'aidait ni l'enquête ni son image.

Elle avait lâché une info dans un dernier sursaut en pleine traque, et puis plus rien. Son inculpation et son contrôle judiciaire la paralysaient, elle ne parlait plus à personne. Ses amies avaient l'espoir qu'elle trouve la force de répondre aux attaques publiques, mais affronter le monde était une entreprise un peu plus ardue que prévu. Pendant ce temps, Sven Sön occupait tout l'espace.

Hilary la reconnut tout de suite, avec sa veste rouge et ses yeux sombres. Elle leva le bras pour commander quelque chose à boire, et à peine était-elle assise que Soledad se mit à parler sans s'arrêter. Hilary n'eut pas le temps de s'installer dans la conversation, tout allait très vite, et Soledad racontait sa vie sans détour : son amitié pour Petra, leur rencontre à Madrid, leurs vacances et leurs quatre cents coups. Elle parlait en lui disant « vous savez, vous voyez » et en faisant de larges gestes qui brassaient une douce odeur de chaud. Sans surprise, elle déplorait avec une montagne de regrets son impuissance en cette période si troublée, et puis la mise en examen de Petra, l'injustice qu'elle subissait, voire l'acharnement, parce qu'on en était là.

Hilary écoutait, elle jetait un œil à sa montre de temps en temps, elle regardait les gens, le tatoueur qui badigeonnait d'aloe vera le bras d'une femme aux cheveux blancs.

Après une deuxième Montreuilloise qui tapait un peu en plein milieu de l'après-midi, Soledad avait toujours autant envie de se raconter. Et c'est dans un mélange de français et d'anglais teinté de leurs accents respectifs que la conversation se déroulait. La tonalité grave et ronde de l'une répondait au timbre doucement rocailleux de l'autre, une musique étonnante pour les oreilles alentour.

Hilary prit d'assaut le premier silence laissé par Soledad qui prenait une grosse gorgée de bière et elle en profita pour aborder la ligne de défense de Petra.

— Elle ne l'a pas tué son mec, affirma Soledad. Moi, je peux pas te dire s'ils s'entendaient bien, je l'ai jamais vue avec lui. Ça m'avait plutôt l'air d'un boulet quand même, non ? À refuser de sortir, à traîner ses peurs partout comme un petit garçon. Tu vois ?

Hilary sourit. C'était bien la première fois qu'elle entendait parler de Peter comme ça.

— Je veux dire que je ne sais pas quel genre de couple c'était. Lequel portait la culotte ou s'ils avaient le syndrome de John et Yoko ou des Brangelina... J'en sais rien. Je ne connais que Petra, et avec elle on parlait beaucoup de l'Espagne. Elle adorait les fêtes, les *fallas* et tout le reste.

— Les fa... quoi ?

— *Fallas,* c'est une fête à Valence. On brûle tout, et après ça pétarade jusqu'à ce que tout le monde devienne sourd. Tu vois ?

— Ah...

En bonne Américaine, Hilary s'imaginait ces fêtes locales complètement excessives. Ils devaient lâcher des taureaux dans des rues étroites, se balancer des tomates tout en buvant jusqu'à vomir... Pas vraiment son truc. Pour une Allemande, peut-être.

— Elle aurait pu travailler seule, techniquement, je veux dire, c'est possible ?

Soledad faillit s'étouffer dans sa bière.

— Évidemment ! C'est quoi cette question ?!

— D'après ce qu'on peut entendre, elle n'aurait pas la vision, la force physique…

— *Joder! La verdad,* je te coupe ! J'ai lu ces interviews de cette espèce de… Il a un problème, non ?

Hilary était un peu plus nuancée. Elle avait lu l'article dans la revue *Art in extremis,* et celui de *Flows* aussi. Et puis il y avait la vidéo de *New Today* avec les interviews de tous ces spécialistes. Il devait bien y avoir une forme de vérité derrière tout ça. Comme tant d'autres, elle avait fini par ingurgiter ce maelström en se disant : *Et pourquoi pas… ?*

Elle posa d'ailleurs la question à Soledad :

— Mais ils n'ont pas complètement tort, si ?

Si les bras de Soledad avaient pu tomber, ils seraient certainement tombés à ce moment-là, sans prévenir. Elle repassa au vouvoiement automatiquement.

— Ah, mais faites votre travail d'investigation, madame…

— Je le fais, je suis là et je vous interroge, enfin, j'essaie !

Soledad s'inquiéta, ça prendrait plus de temps que prévu. Elle leva le bras pour attirer le serveur.

— Vous avez quelque chose à grignoter ?

Hilary poursuivit ses questions :

— Pourquoi Sven Sön fait tout cela, à votre avis ?

Soledad réfléchit un instant.

— L'orgueil. Et puis l'argent… Surtout l'argent.

— C'est-à-dire, l'argent ?

Soledad prit un instant avant de répondre :

— La cote des Wolf va en prendre un coup, c'est le cas de le dire.

— Mais pourquoi ?

— Parce qu'ils vont se sentir trahis. Ils vont devoir poser un autre regard sur ce travail et l'exercice va les déranger.

— À quel niveau ?

— Ils vont devoir faire face à leur propre violence.

— Je ne comprends pas, avoua Hilary. Quelle violence ?

— Eh bien, vous savez quand même que les femmes sont moins bien payées que les hommes ? C'est tout aussi valable dans l'art. Avant de venir, j'ai jeté un œil sur les cent artistes qui ont la cote la plus élevée en ce moment. Seuls six sont des femmes, dont Petra, avec Peter d'ailleurs. Statistiquement, sa cote a beaucoup de risques d'en prendre un coup.

— D'accord... Mais le rapport avec leur violence ?

— ...

— Un tableau reste un tableau, non ?

Désarmée, Soledad sourit admirablement, généreusement et de tout son être.

— Oui, mais la façon dont on le regarde n'est pas la même. C'est... une double peine en quelque sorte : qui l'a fait et donc comment on le perçoit. Le réflexe que vous avez pour apprécier une œuvre est très différent si vous connaissez le genre de l'artiste. C'est inconscient, tout ça, vous savez.

— Oh non, pas pour moi... Je ne crois pas que les choses soient si... binaires.

— Vous pensez vraiment ?

Hilary resta silencieuse quelques instants.

— Pour vous, leur cote va baisser si jamais elle obtient officiellement la paternité de leurs œuvres ?

— La maternité, vous voulez dire.

— Oui, la maternité…

Oh qu'elle devenait agaçante… C'était plus facile de crier au machisme devant un type comme Sven Sön que d'adhérer à la théorie conspirationno-sexiste de Soledad. Sven avait été frontal et l'avait d'emblée placée du côté des dominées pendant leur rencontre : ça lui avait laissé un boulevard pour se défendre, pour exister. Soledad, elle, la regardait presque comme une sociale-traître. C'était affreusement déroutant. Qu'est-ce qu'il fallait bien dire à cette femme pour être du bon côté de sa barrière ? Qu'elle lui sorte son pedigree queer entre deux gorgées de bière ?

— Assurément, finit par répondre Soledad. Elle risque même de s'effondrer, leur cote.

— S'effondrer…

Hilary nota sans conviction, un peu perplexe.

— Ils ont donc intérêt à démontrer que Peter en est l'auteur… Comme ça, les œuvres ne perdront pas de leur valeur. C'est bien ça ?

— Tout à fait.

— Donc, selon vous, c'est toujours dans leur intérêt de démontrer que Petra est à l'origine de la disparition de Peter, pour le mobile et pour toute l'histoire qui va avec…

— Évidemment.

— Hum… Mais Peter, où est-il ?

— Je ne sais pas moi, je ne le connais pas. Mais je serais tentée de croire que ça fait longtemps qu'il est parti.

— Grangier et plein d'autres l'ont croisé ces derniers mois.

— Je sais. Eux l'ont croisé, peut-être, mais pas moi. Je vous le dis encore, ce type, je ne l'ai jamais vu.

Hilary avait chaud, la bière peut-être. Autour d'elle, les gens allaient et venaient dans un mouvement continu. Le tatoueur d'en face serrait la main à un type aussi barbu que lui. Les deux mains de Soledad encerclaient fermement le pauvre verre de bière sans qu'elle s'en rende compte. Il y avait quelque chose qui ne collait pas. Pourquoi cette femme lui répétait-elle qu'elle n'avait jamais vu Peter… C'était sûrement pour préserver le mythe, pour ne rien dévoiler.

Hilary retira sa veste et remonta ses manches.

— Avez-vous parlé avec elle de Peter, de son évasion ? Que savez-vous de cette période ?

Hilary misait gros sur cette question. Au fond, il n'y avait que ça qui l'intéressait. Une petite buée envahit progressivement l'intérieur de ses lunettes.

Soledad soupira et posa les mains à plat. *Pourquoi toujours ce même sujet ?* pensa-t-elle. Dans un mouvement de recul, elle détourna les yeux avec une moue dépitée. Hilary se sentit jugée, mise à distance en une fraction de seconde, elle en fut presque vexée.

— Encore une fois, Petra et moi parlions surtout du bon temps. On parlait peu de Peter.

C'était dur à croire. *Si j'avais aidé un type à fuir un régime oppresseur et que cet acte était l'acte fondateur de l'œuvre de ma vie, j'en parlerais à tout le monde. J'en parlerais toute ma vie...*

Hilary prit son temps elle aussi avant de poursuivre :

— Jamais un mot ? Parce que j'ai encore une question à vous poser.

Elle replongea dans ses notes et les étala sur la table.

— J'ai lu que Peter était passé par Budapest dès le mois de juin 1989, mais j'ai aussi rencontré Martin Grangier, qui m'a parlé de 1988, et la dernière fois que j'ai rencontré Sven Sön, il m'a assuré que Petra lui avait donné la date de 1987. Vous savez qui a raison ?

— Pourquoi voulez-vous avoir une date précise ?

— Parce que je suis journaliste. Les dates et les faits sont importants.

Dans un deuxième mouvement de recul, Soledad repoussa l'assiette de charcuterie que le serveur venait de lui apporter.

— Ce n'est pas ce que j'ai commandé..., dit-elle au serveur avant de reporter son attention sur Hilary. Les dates, ce n'est pas important... Vous savez, elle souhaite peut-être préserver ses contacts, ceux qui l'ont aidée à l'époque, même encore maintenant.

— Mais à votre avis ?

C'était sa dernière tentative avant de paraître officiellement pénible.

— Mon avis est qu'elle ne veut pas que ça se sache.

— Vous connaissez Detlev Lindström ?

Soledad sourit simultanément à l'écoute du nom.

— *Who the fuck is... Rock&Folk*, oui, je connais bien. Pourquoi ?

Ça faisait plusieurs semaines que Soledad se navrait du peu d'intérêt que Petra suscitait en tant que personne, en tant qu'artiste. Même ses interlocutrices, des femmes pourtant, s'engouffraient dans une seule vision du monde. C'était la dixième journaliste qu'elle rencontrait et c'était la dixième fois qu'elle se heurtait au même mur invisible.

Elle hésita à ajouter quelques mots mais renonça : Hilary était bien trop fascinée par Peter, il n'y avait rien à faire. Ses tentatives de sensibilisation à la problématique de Petra n'avaient pas trouvé l'écho espéré. C'était décevant. Elle aurait aimé qu'elle rebondisse, qu'elle questionne, qu'elle s'étonne. Rien. Partant de ce constat, Soledad n'avait rien à dire de plus. Hilary faisait probablement partie de ces gens qui devaient se dire : *Il n'y a pas de fumée sans feu...*

Soledad décida d'adoucir ses dernières phrases pour ne pas partir fâchée. Avec un peu de temps, un peu de pédagogie, tout n'était peut-être pas foutu. Elle quitta le petit bar éphémère en tanguant légèrement tout en envoyant un texto à Vera : « Pas beaucoup de résultats avec la fille de *Vanity*, mais ça peut marcher, 1 chance sur 2 qu'elle rappelle, bises. »

À voir si ce qu'elle avait semé allait porter ses fruits.

Depuis son rendez-vous raté avec Soledad, Hilary désespérait d'avoir des informations intéressantes sur Peter. Elle avait frôlé la catastrophe avec la vidéo de Sven Sön : il avait littéralement mis en ligne une grande partie de ce qu'elle avait prévu d'écrire. Son travail d'investigation ne valait plus rien à présent. Elle abordait les mêmes sujets, et c'était normal puisqu'elle avait rencontré les mêmes gens.

Si Soledad n'avait pas été le bon contact pour en savoir plus sur Peter, il y avait quelque chose autour de Petra qui pouvait malgré tout être intéressant. Hilary repensa à ce qui avait raté entre elles. Il y avait eu un tournant dans leur entretien, une mise à distance soudaine. Il fallait qu'elle réécoute l'enregistrement pour comprendre où elle avait échoué, pourquoi et comment. Il ne fallait pas qu'elle renonce à cette piste, son instinct la trompait rarement.

Elle envoya un SMS de remerciement tardif, un truc à l'américaine un peu condescendant pour ne pas se fermer complètement la porte. En manipulant son téléphone, elle tomba sur le projet « Design et RDA » qu'Aminata et Justin venaient de lui envoyer. Ils avaient eu l'humour de mettre le titre en trois langues, allemand, français et anglais. *Design und DDR*, etc. La question était de savoir si les Français allaient comprendre que DDR et GDR voulaient dire RDA en allemand et en anglais…

Les pages du supplément étaient pleines d'humour et de dérision. La fameuse rubrique sur le jean Blue Cottino était vraiment réussie. Ils avaient poussé la perfection jusqu'à proposer à une jeune créatrice d'en imaginer une nouvelle version pour le shooting. Ça rendait bien. La série, intitulée « Elle fait le mur à Berlin », montrait une adolescente toute maigre, la bouche rose et les pieds nus, debout sur une malle Vuitton, en peine d'atteindre le haut d'un muret. Elle portait une chemise hawaïenne nouée au-dessus du nombril et la version revue et corrigée du Cottino un peu râpée au niveau des fesses. Le make-up était discret et les accessoires tout droit sortis de la dernière collection Chanel. C'était magnifique.

Le reste du dossier devenait plus sérieux, et on finissait avec des images d'archives tirées du livre de Stern. Des photos en noir et blanc, un groupe de jeunes gens autour d'une Trabant, tous à poil, les cheveux en bataille, la peau blanche chauffée par le soleil. Ça sentait bon le dimanche de juin, le pique-nique, la nature. Le texte était sobre, engagé mais pas trop. Tout était axé sur la problématique des libertés individuelles. On parlait aussi un peu du corps, mais de manière soft, grand public et sans contradiction avec la gamme Volume Extra Ricil de la quatrième de couverture. De quoi amener doucement le lecteur jusqu'au bout, heureux de son immersion dans une période inédite avant de reprendre le cours de sa vie.

C'est du bon boulot, pensa Hilary. Elle, en revanche, n'avait toujours rien à proposer... Il lui fallait un angle dare-dare. L'affaire courait, et Sven Sön commençait à restreindre sérieusement le champ de ses possibles.

Cédant à une forme de paranoïa qu'ont souvent les petits lorsqu'ils affrontent Goliath, Philippe Museau devenait méfiant. Lui aussi avait peur qu'on lui pique son idée, à force de voir l'histoire de Petra étalée au grand jour. À Londres, il était tombé sur une chaîne d'info en continu où il avait vu Sven Sön entouré de journalistes venus l'interviewer. On aurait dit des plans tout droit sortis d'un film de Scorsese : Sven en train de descendre un grand escalier, l'air pressé, mallette en main, Sven en gros plan face à dix micros, Sven courant vers une berline noire. Incroyable. Philippe passait pour un plouc à côté. Avec sa maison d'édition sans budget et son équipe de deux bras et demi... On était loin de la machine de guerre américaine.

Il avait tout de même un coup d'avance avec sa découverte du tableau de Peter, et c'est en toute discrétion qu'il préparait une expertise. Une mission secrète aux renseignements généraux devait à peu de chose près ressembler à ça. Par mesure de sécurité, il avait nommé cette mission le « voyage en Italie », et plusieurs mots étaient devenus formellement interdits en public, dont les principaux : expertise, tableau, Wolf et Berlin. Officiellement, la maison renonçait au projet sur les Wolf et se concentrait sur Claude Rutault, qui, en réalité, était le sujet de thèse de Candy.

C'était surtout très pratique. Depuis le temps qu'elle en parlait à tout le monde, le seul nom de Rutault sonnait si familièrement dans toute la boîte qu'on pouvait aisément l'utiliser comme couverture. Même le secrétaire, qui décollait rarement le nez de ses applis, commençait à maîtriser ces histoires de recouvrement uniforme d'espace et tout le toutim.

Le « voyage en Italie » était prévu à la fin du mois d'avril et la question de son organisation se posait. Il fallait en premier rencontrer Degreef, l'agent des Wolf en Allemagne, et trouver sur place un expert qui n'était pas encore sous l'influence de Sven Sön. Ce serait aussi plus discret qu'une délégation internationale. La mission prenait forme en toute confidentialité, jusqu'à ce coup de téléphone un peu étrange de Degreef qui perturba l'organisation de l'équipe. Il avait annoncé qu'il était impatient de venir les rencontrer et de leur présenter quelqu'un. Dans un élan qui relevait désormais de la paranoïa, Philippe envoya un mail codé à son équipe. Il avait fallu s'y mettre à quatre pour comprendre.

Chers collègues,

L'agent de Claude Rutault en Italie est impatient de nous retrouver pour nous annoncer une bonne nouvelle. Pouvez-vous me communiquer vos disponibilités pour que je puisse organiser une réunion ? Bien cordialement.

L'équipe n'osait pas rire ouvertement de Philippe, qui prenait la procédure très au sérieux.

— Quand il dit Italie, c'est Allemagne, c'est ça ?

— Il me semble, oui, parce que je vois pas qui on connaît en Italie.

— On rencontre Degreef, hein ?

— Bah, c'est ce que j'ai compris.

— Faut vraiment donner ses dispos ou c'est un code ?

— Faut donner ses dispos, je crois.

— Et quand il dit réunion, c'est réunion ou c'est pas réunion ?

— Je sais pas… C'est réunion…

— Ah, OK.

— On est d'accord que Rutault, c'est Wolf ?

— Ben oui.

Le secrétaire avait trois fois plus de boulot depuis qu'il devait gérer le décodage des messages de Philippe. Qu'il ne transforme pas les lundis en mardis, c'était tout ce qu'il demandait.

Philippe ne tenait plus en place, il comptait les jours et faisait des croix sur son agenda. Encore cinq jours à attendre. Candy lui avait mille fois répété de rappeler Degreef pour connaître le nom de l'invité surprise, mais Philippe n'osait pas, de peur de se faire « doubler » par les hommes de Sven Sön. Il préférait éviter tout contact, garder ses distances. L'équipe avait du mal à supporter ses délires complotistes, c'était usant, à la longue. Excédée, Candy décida de prendre les choses en main et d'organiser la rencontre. Le suspense était à son comble : qui pouvait bien être l'invité mystère ?

C'est à la surprise générale que Degreef entra le jour J dans les bureaux de la maison d'édition accompagné de Victor Hallworth, le traître repenti. Avec sa barbe aussi blanche que sa chemise à col Mao, Degreef avait l'air d'un vieux soixante-huitard sur le retour traînant un petit mouton noir derrière lui. Tous deux avaient opéré un rapprochement fraternel ces derniers mois devant leurs emmerdements communs. Agents des Wolf de part et d'autre de l'Atlantique, ils n'avaient rien vu venir ni l'un ni l'autre. Après tout, qui mieux que l'un pouvait comprendre la réaction de l'autre ?

Candy était étonnée de les voir ensemble. C'était un tout petit monde, et tout ce petit monde, justement, disait que Victor avait mal agi. Ce qui n'empêcha pas Stéphane, Gabrielle, Madeleine et d'autres encore de lui serrer la main.

— Si Degreef nous l'a amené c'est que c'est bon, lui chuchota Philippe.

Mais Candy ne voyait que le félon en lui. Se rapprocher des traîtres n'est facile qu'en théorie.

La réunion commença dans le calme. La gêne était palpable, et Victor, qui avait beaucoup de psychologie, comprit qu'il devait à son auditoire un brin d'explications. Pour lui, c'était simple, cette histoire avait dévasté en trois mois plus de trente ans de sa vie professionnelle. Sven l'avait menacé, lui avait forcé la main et grillé tous ses contacts en un rien de temps. Sa vie à New York était fichue. Ce qu'il ne disait pas, c'était la manière dont son visage avait changé en quelques semaines. Une pesanteur soudaine qui lui avait tiré les joues vers le bas. Un matin, il s'était vu dans la glace, vraiment vu, et il avait compris qu'il n'avait plus le choix. Il était en train de devenir un être cynique, accablé par la vie, quelqu'un qu'il n'avait jamais été. C'en était insupportable. Il avait fait ses valises sur-le-champ, et c'est comme ça qu'il s'était retrouvé à Francfort. Pour réparer ses erreurs, pour sauver sa peau et puis pour être aux côtés de Petra.

Il y eut un silence dans la petite salle, le temps de digérer toute l'histoire. Candy brisa la glace en proposant un café ou quelque chose de plus fort comme un cognac. Tout le monde était debout et discutait. Ça sentait bon le café. Philippe n'avait encore rien dit à propos du tableau et il avait délibérément retiré les photos des dossiers qu'il disposait autour de la table. Il avait un plan, le sujet devait venir de lui-même, naturellement, tout aussi spontanément que la proposition de collaboration qu'il appelait de tous ses vœux. On commença à remplir les verres de cognac et à se rasseoir. Philippe parlait sans détour. Que faire pour Petra ? Comment l'aider ?

Degreef écoutait en tapotant sur la table avec son stylo. Il murmurait régulièrement à l'oreille de Victor, et ça déconcentrait Philippe, ça nourrissait sa tendance à la paranoïa. Degreef et Victor griffonnaient quelques mots sur une feuille qu'ils se glissaient entre eux avec un manque de discrétion à rendre fou n'importe qui. Candy analysait le déroulement de la réunion. Philippe n'était pas assez direct. Il se perdait dans des détails que tout le monde connaissait déjà. Il monopolisait la parole. Les questions ou les suggestions qu'il attendait ne venaient pas : Degreef bâillait, même Stéphane se grattait la tête en serrant ses mâchoires. *C'est long*, pensa-t-elle. Elle avala d'un trait le reste de son verre et s'avança sur le terrain où Philippe n'avait pas encore osé aller.

— Nous avons peut-être de quoi aider Petra. Ça concerne Peter. Une toile découverte à Berlin dont nous savons qu'il est l'unique auteur.

Degreef laissa tomber son stylo sur la feuille. Victor se rassit bien droit.

Candy fit un signe vers Philippe et lui demanda les photos qu'il n'avait pas encore distribuées.

— Regardez, c'est vraiment différent. Qu'en pensez-vous ?

Elle ajouta :

— Philippe, je te laisse en parler, puisque c'est le résultat de ton travail.

Victor et Degreef se penchèrent respectivement sur les photos. Ils se regardaient en souriant et ne cessaient de répéter sur un ton un peu forcé que c'était une trouvaille tout à fait extraordinaire.

Degreef demanda un autre café, moins serré que l'expresso qu'on lui avait servi en arrivant. Candy lui plaisait, il la trouvait vive et plutôt jolie. La contempler suffisait à égayer son après-midi. Il se retourna vers Victor, en pleine bataille avec ses lunettes pour voir de plus près la photo. Philippe, Candy et le reste de l'équipe française observaient l'effet de la nouvelle sur leurs invités. Ils tentaient tant bien que mal d'analyser un mouvement, un geste et de s'immiscer dans les quelques échanges qu'il y avait entre eux.

— Qu'est-ce que tu en penses ?

Victor fit face à Degreef. Il avait délaissé la photo pour jouer avec le fond de son café.

Degreef ne répondit pas. Il souriait. Victor posa la photo à son tour.

— Vous êtes sûr que c'est de Peter ?

Philippe avait attendu cette question avec impatience.

— Oui, on me l'a assuré. Et vous, qu'en pensez-vous ?

Degreef prit quelques secondes avant de répondre :

— C'est un grand format, mais c'est... Où avez-vous dit ?

— Un café à Berlin, anciennement une galerie, je crois. La Galerie 43, oui c'est ça, dans la Boxhagener Straße.

Degreef sourit à son tour. *Et voilà... On y reviendra toujours, à la Galerie 43...*

Victor ne comprit pas la référence.

— La Galerie 43 ?

Personne ne répondait. Degreef continua :

— Vous avez rencontré Rüdiger, alors ?

Philippe eut un mouvement vers lui. Évidemment qu'il avait rencontré Rüdiger. Il avait même adoré ce type !

Candy s'approcha de Victor pour lui expliquer que la Galerie 43 était située dans l'ancien Berlin-Est et que c'était le lieu de la culture alternative de l'époque. Victor écoutait avec attention. Candy n'osait pas parler plus fort de peur d'être reprise publiquement par Degreef, qui avait tout l'air d'avoir connu les lieux en vrai.

Degreef finit par intervenir. Il se pencha vers elle en posant sa main sur son accoudoir. Il lui frôla l'épaule, elle sentait bon.

— À l'époque où j'avais la Marchtzig Galerie, on travaillait avec eux en douce, tu vois ? La Marchtzig et la 43, c'était quelque chose. Je t'expliquerai…

— Vous connaissez bien, alors ? lui demanda Candy.

— Bien sûr, mais je n'y suis retourné que deux ou trois fois depuis la chute du Mur. On m'a dit que c'était devenu un hôtel-restaurant et que tout avait été repeint en jaune.

— En jaune ?

Candy était horrifiée.

Philippe avait l'oreille attentive, il les regardait avec insistance. De quoi parlaient-ils ? Il voulait être de la partie.

— Qu'est-ce qui est jaune ? demanda-t-il.

Degreef se retourna vers lui.

— Je leur racontais la Galerie 43. J'ai eu plusieurs fois l'occasion d'y aller. À l'époque, j'avais une galerie qui travaillait avec eux.

— Une galerie au nom imprononçable pour un Américain, ajouta Victor, la Massich Galerie.

— Marchtzig !

Le visage de Philippe s'illumina. Il se leva et s'avança vers lui comme s'il venait de reconnaître un ami.

— Mais oui, mais bien sûr ! C'est vous, Rüdiger m'a parlé de vous !

Degreef sourit.

— De moi ?

Philippe était aux anges.

— Oui, de vous !

Il avait de quoi impressionner ses invités. Il s'éclipsa quelques minutes et réapparut devant l'assemblée, fier comme Artaban, une petite clé USB dans la main. Candy reconnut la clé de tous les enregistrements des entretiens allemands. Dessus, il y avait ceux avec Petra, Rüdiger et deux autres personnes avec qui ça n'avait rien donné. Philippe ne tenait plus compte de son entourage. Seul Degreef comptait. Il installa la clé sur son ordinateur et rechercha l'endroit exact qu'il voulait lui faire écouter. On entendait des bribes de mots, des phrases en anglais, en français et en allemand.

— Vous reconnaissez la voix ? (Il voulait mettre Degreef sur la piste.) Pas celle de la femme non, elle, c'est l'interprète, mais celle de l'homme ?

Degreef ne reconnaissait pas.

— C'est Rüdiger quand je suis allé le voir à Berlin, il parle de vous, là. Écoutez !

— De moi ?

On entendait la voix grave et chaleureuse de Rüdiger :

Rüdiger Kneff : J'ai oublié son nom, un Hans Degfer, ou Derfger quelque chose, un nom un peu belge, de la Marchtzig Galerie. Elle était connue à l'époque. Je ne sais pas ce que ce type est devenu. Mais quelle rigolade, faire une « balade » avec un *Wessi,* un mec de RFA, ça passait pas inaperçu. Tout respirait l'Ouest chez ce mec, sa démarche, son regard, même la façon dont était taillée sa barbe. Je ne parle même pas des vêtements. Un tissu de l'Ouest, ça se repérait à cent mètres. À chaque fois, on finissait par attirer l'attention et on se faisait suivre.

Philippe Museau : On vous arrêtait ?

Rüdiger Kneff : Ça dépendait. Je téléphonais à mon ami du VBK, qui lui-même téléphonait à quelqu'un, et tout s'arrangeait dans la minute.

Philippe Museau : Et Peter dans tout ça ?

Le visage de Philippe avait changé. Il avait l'air d'un môme devant son idole. Pour Victor, on était en plein exotisme européen : on boit des cafés amers, on fait la gueule et soudain on se tombe dans les bras en pleine réunion. Degreef se replongea quelques instants dans l'anecdote de Rüdiger. Lui aussi avait adoré ce type et il comprenait la fascination que Philippe avait pour le personnage. Rüdiger forçait l'admiration parce qu'il vivait sans compromission, sans donner de leçons à personne, ce type était exemplaire et en plus il foutait la paix à tout le monde. Degreef se souvenait bien de ses virées à l'Est avec lui, des rencontres et des conversations qu'ils avaient en chemin. Il lui avait plusieurs fois proposé de l'aider à passer à l'Ouest, mais Rüdiger avait toujours refusé. Ça n'avait pas de sens d'être d'un côté alors que toute sa vie était de l'autre. Et puis il aimait l'endroit où il était.

Stéphane ne disait rien, il en était à son troisième cognac sans que personne ne le remarque. Personne ne lui parlait ni même ne le regardait. Il posa son verre un peu bruyamment, coupant tout net la nostalgie qui s'installait.

— Et Petra ? On fait quoi pour Petra ? On la laisse moisir ou on fait quelque chose ? lança-t-il.

Victor s'empressa de répondre :

— On vous aide à savoir si ce tableau est bien de Peter, parce que, d'après ce que je vois, il n'a rien de Petra. On vous aide dans votre projet, et vous, vous faites une vraie biographie de Petra, une biographie vérité en quelque sorte.

Candy posa bruyamment sa tasse et se retourna vers Victor avec sur le visage l'expression de sa plus grande désapprobation. Elle était partante pour l'expertise mais pas du tout pour une biographie vérité. L'ossature du projet était clairement définie. Elle prit la parole avant que quelqu'un n'adhère à la fausse bonne idée :

— On est convenu de faire une monographie des Wolf qu'on intégrerait à la problématique de l'existentialisme artistique en RDA. On s'est aussi mis d'accord sur une présentation de la scène artistique, notamment de la Galerie 43, en y glissant des témoignages de l'époque, comme le vôtre, monsieur Degreef, ou celui de Rüdiger.

Elle n'avait quand même pas pris le risque de demander un report du dépôt de sa thèse pour faire un biopic à l'eau de rose sur Petra Wolf.

Victor comprit mieux pourquoi les Européens avaient toujours un peu la loose. Ils avaient le don d'emprunter les chemins les moins fréquentés… Se concentrer sur la *problématique de l'existentialisme en RDA*, sérieusement ? Ils avaient une occasion de pondre une biographie grand public et de tripler leurs ventes et ils restaient là, à tergiverser sur l'existentialisme en RDA…

— Qu'est-ce qui te déplaît dans l'idée, Candy ?

La rage montait en elle.

— Je ne suis pas conteuse de faits divers, je fais de l'histoire de l'art !

Hans Degreef se tenait à l'écart de la conversation. S'il était évidemment partant pour aider ce petit monde à organiser l'expertise du tableau, le reste, il ne s'en mêlerait pas. Ce n'était pas un secret pour lui, cette toile était bien de Peter. Il tapota sur son téléphone sans aucune intention de s'en cacher : « On te cherche, Wolf, je fais quoi ? »

Quelques secondes plus tard, il reçut un message : « *Ich weiß.* »

Degreef remit son téléphone dans sa poche et se rapprocha de la table. Il eut juste le temps de voir Candy s'excuser avant qu'elle ne sorte en claquant la porte.

Décidément, cette fille avait du cran. *Elle s'entendrait bien avec Peter.* S'il n'y avait qu'une personne à lui présenter dans l'histoire, ce serait elle, sans aucun doute.

Il faisait froid dans la maison de Biebrich. Il fallait toujours un pull, un châle, surtout à la tombée de la nuit. Chaque jour passé nourrissait un peu plus la détresse de Petra, l'inquiétude de Muriel et l'impatience de Vera. Toutes trois semblaient attendre un dénouement providentiel qui n'arrivait pas.

La présence de ses amies n'y faisait rien, Petra était défaite et ne parlait quasiment plus. Depuis sa mise en examen, elle devait prévenir le commissariat à chacun de ses déplacements. C'était pénible. Dès qu'elle mettait un pied dehors, une tornade de flashs lui tombait dessus et ça lui coupait l'envie de sortir. Il y avait une dizaine de journalistes postés jour et nuit devant sa maison, et la promenade au bord du Rhin offrait tout l'espace nécessaire à l'alignement des motos et des camionnettes de télévision. Mais qu'est-ce qui pouvait susciter cette curiosité absurde ? Planquée derrière un rideau, Vera regardait la route en commentant leurs faits et gestes :

— Un mystère, une disparition et… une femme ! Pff, c'est toujours pareil, les gens adorent ça, tu n'y peux rien ma chérie… Et en plus t'as du fric !

— Pourquoi tu ne veux rien dire, Petra ? Pourquoi tu ne veux pas convoquer tous ces gens qui sont dehors pour leur dire qui tu es vraiment ?

La psychologie n'était pas son fort, Muriel prenait rarement des gants.

— Parce qu'ils ne me croiraient pas.

Muriel acquiesça.

Debout dans le salon, près de la grande baie vitrée donnant sur le jardin clos, Petra resta un moment sans rien dire. Elle s'avança près de Muriel et inspira profondément, comme pour s'engager dans un long monologue.

— Tu sais, pour le portrait…

Muriel tourna la tête vers elle. Petra continua :

— Le portrait de Peter…

— Oh non, pas encore, je ne veux plus parler de cette histoire.

— Non, non, répéta Petra, faut qu'on en parle, justement.

C'était le sujet sensible entre elles, celui qui avait abîmé leur amitié. Une simple affaire de photo perdue au départ, mais comme dans beaucoup d'histoires, l'incident cachait sa part d'indicible : un peu de jalousie, de trahison, d'amitié, mais aussi – et c'était bien ça le problème – de l'amour. Petra était tombée amoureuse de Peter, et Muriel, même si elle appréciait Petra, lui en avait toujours voulu : Peter, c'était son frère à elle, qu'elle aimait plus que tout. C'était son presque-jumeau.

— Muriel, je ne t'ai pas volé le portrait, tu sais. Je suis allée dans ton studio quand tu étais je ne sais plus où…

— À Berlin.

— Oui, c'est ça. Je voulais te faire une surprise, poursuivit Petra. J'ai pris ta photo de Peter parce que je voulais en faire une reproduction à la Warhol, un clin d'œil à Vera et à toutes ses histoires sur la Factory et son putain de Lou Reed. J'allais la remettre à sa place. Je te jure…

— C'était la seule photo que j'avais de lui. Toi, tu l'avais tout entier.

Petra ne répondit pas tout de suite.

— Non justement, c'est ça que tu n'as jamais compris. Je ne l'avais pas, je ne l'avais déjà plus. Il se méfiait tellement de tout qu'il ne supportait plus qu'on se voie, il ne supportait plus que je fasse de la peinture, il ne supportait plus rien. Il pensait que je te disais tout, il devenait complètement parano.

Muriel était touchée là où elle avait mal. Son frère se méfiait d'elle. Il avait raison.

— Tu ne sais rien, Petra.

— Je sais, tu me l'as répété tellement souvent…

Muriel restait debout, à quelques mètres de Petra. Vera les observait toutes les deux depuis la cuisine. Des bribes de phrases parvenaient jusqu'à elle. Le dos contre la porte, elle attendait et restait là, sagement, à fumer ses clopes et à s'enquiller un troisième verre de riesling en plein milieu de l'après-midi.

— Je n'ai jamais compris pourquoi tu m'en as tant voulu, poursuivit Petra. J'ai pris le double des clés pour chercher la photo et je suis rentrée chez moi. Je l'ai posée sur mon bureau, et le lendemain elle avait disparu. Vraiment Muriel, ça s'est vraiment passé comme ça.

Muriel recula d'un pas.

— Tu rigoles ? Mais combien de fois il faut que je te le dise ? Tu as dévasté mon appartement. Il avait clairement été fouillé quand je suis rentrée. Je me souviens encore de ma voisine qui me criait depuis son balcon que ma porte était grande ouverte.

— Mais Muriel, on en a parlé des dizaines de fois, J'AI FERMÉ TA PORTE. Arrête de croire que j'ai fouillé chez toi comme une voleuse. Moi, je crois que tu as été cambriolée juste après ma venue. C'est un hasard malheureux.

— Là d'où je viens, ça n'existe pas, les hasards.

Quand Peter avait su que sa photo avait disparu, il était devenu dingue. Petra s'en souvenait comme si c'était hier : il tournait en rond et regardait constamment par la fenêtre, il ne supportait pas de se laisser « endormir à l'Ouest », comme il disait. Depuis qu'il vivait chez elle, il peignait moins et il laissait croire que c'était sa faute, *à elle.* En réalité, il était bien trop occupé à avoir peur. Il avait peur qu'on vienne le chercher et qu'on le ramène de l'autre côté. Il avait peur d'elle aussi, de leur couple, il avait peur de tout. Petra ne savait plus quoi faire. Au bout de quelques jours, elle avait appelé Muriel à la rescousse pour qu'elle lui parle, qu'elle le calme. Mais ça ne s'était pas du tout passé comme prévu.

Muriel était arrivée dans la journée et s'était enfermée dans la chambre avec lui. Elle tentait de le rassurer : personne n'allait venir le chercher. Personne n'était sur ses traces puisque « tout était arrangé », répétait-elle. C'est là que Peter était sorti de la pièce, furieux. Il tournait en boucle : « Arrangé ? T'es avec eux, t'es avec eux ? » Muriel avait beau lui dire qu'il était libre et que c'était ça le plus important, Peter refusait tout en bloc. Son passage à l'Ouest n'avait rien d'une aventure politique et il ne s'en tirait même pas en héros. Sa sœur avait tout arrangé et il savait maintenant pourquoi « on » était venu jusqu'ici lui « voler sa photo » dans son propre appartement. « C'est un signe, avait-il répété en tremblant, un signe, un avertissement… Ils sont là, ils me narguent. Ils vont, ils viennent, ils me disent : on a ta photo, on te tient. »

En voyant son frère obsédé par cette histoire de photo volée, Muriel avait demandé des précisions. Petra était un peu gênée, ses arguments restaient dans le vague, elle n'osait pas avouer son délit pour la bonne cause. Il avait fallu quelques minutes à Muriel pour reconstituer le puzzle avec son cambriolage, la photo et le désespoir de son frère. En moins de deux, elle avait piqué une colère noire : « Alors c'est toi, Petra ? Tu as osé retourner mon appartement et me prendre ma photo sans rien me dire ? » Petra n'avait rien répondu, la colère de Muriel lui semblait disproportionnée. Pour elle, l'histoire était simple : elle avait le double des clés de Muriel, elle s'était glissée dans son appartement, lui avait discrètement emprunté la photo pour s'en servir comme modèle et avait refermé la porte bien sagement derrière elle. Pas de retournement d'appartement, rien. Seulement voilà, deux jours plus tard, la photo était devenue introuvable dans le bazar du bureau. Impossible de remettre la main dessus. Peter parlait de la Stasi mais Petra n'y avait pas cru une seconde, à l'époque. C'est ce qu'elle s'évertuait à expliquer à Muriel depuis des années, et encore aujourd'hui.

Tout s'était précipité ce jour-là. Peter hurlait : « Je ne veux plus travailler pour eux » ; Muriel répétait à Petra : « Tu as fouillé chez moi ? », et, dans la confusion générale et les éclats de voix, Peter avait rassemblé ses affaires dans un vieux sac et claqué la porte derrière lui. Tout le monde savait que la photo était un prétexte. Il n'avait plus jamais donné de nouvelles à sa sœur, depuis.

Vera vint sonner la fin des souvenirs torturés avec sa bouteille de riesling sous le bras. Elle avait suivi la conversation depuis la cuisine. Muriel se servit un verre à son tour, le posa sur la petite table basse et se mit à parler sans s'arrêter :

— Je sais que tu n'y es pour rien, pour mon frère et moi. C'est moi, je l'ai fait venir, j'y arrivais pas toute seule sans lui. Si je lui avais dit la vérité à l'époque, il ne m'aurait jamais suivie. Il n'avait aucune idée de ce que je faisais avec ces enfoirés de la sécurité intérieure, il pensait vraiment qu'on s'était enfuis comme des fleurs…

Sa voix tombait dans les graves, elle s'enrouait.

— C'est ma faute, tout ça. Si j'avais attendu quoi… un an ?, on n'aurait pas ce fardeau-là à porter. Le Mur serait tombé de toute façon, et nous… on serait en train de dîner ensemble tranquillement ce soir. Ça s'est joué à un an près… Si j'avais su.

— Personne ne pouvait prévoir un truc pareil, répondit Petra.

Vera, fidèle à son manque de tact, ne put s'empêcher d'ajouter :

— Mais il était naïf, quand même, ton frère… Il a jamais compris que tu étais un peu *privilégiée* avec tes allées et venues à l'Ouest, entre la 43 et la Marchtzig Galerie ?

Muriel et Petra la regardèrent, à la fois amusées et agacées parce que Vera avait l'art de désacraliser Peter. Elle passait son temps à le traiter d'idiot.

— J'en sais rien. Je sais pas ce qu'il pensait finalement. Il t'en a parlé, à toi ?

Petra baissa les yeux.

— Tu sais, moi, il me parlait peu.

C'était vrai. Peter était un type étrange qui ne disait rien, et c'était leur point commun à tous les deux. Elle se remémora leur rencontre en décembre 1987. Elle n'avait pas pu faire autrement que de tomber amoureuse. Ce jour-là, elle dînait tranquillement chez Muriel quand quelqu'un était venu tambouriner à la porte. Muriel s'était tendue en une fraction de seconde, ce qui avait beaucoup étonné Petra. En voyant que son hôtesse ne se levait toujours pas pour ouvrir, elle avait fini par lui demander si tout allait bien. « Chut ! lui avait répondu Muriel sèchement, tais-toi. » Les coups continuaient de plus belle, entrecoupés d'un silence qu'on devinait douloureux. Petra s'était levée sans bruit et avait posé délicatement l'oreille contre la porte. Quelqu'un attendait, pesant de tout son poids contre cette porte. Puis il y avait eu un son comme un glissement, des reniflements aussi, des bruits étranges. Muriel ne bougeait pas, elle avait fini par ouvrir. « Ça a marché, ça a marché », répétait la voix à bout de souffle devant elle. « Ça a marché », avait-il répété avant de la serrer dans ses bras. Peter venait de franchir le Mur, et Petra lui avait ouvert la porte : ils ne s'étaient plus quittés depuis. Ils passaient leurs journées à peindre sans dire un mot. Ils mangeaient à peine. La nuit, ils reprenaient leurs pinceaux mais finissaient toujours par faire l'amour. Ça avait duré presque un an. *La plus belle année de ma vie,* pensait Petra. Et puis Peter avait commencé à s'assombrir. À chaque fois qu'il rencontrait quelqu'un, il décelait le même questionnement silencieux : « C'est mieux ici, non ? Tu es plus heureux ici, non ? Les gens sont plus heureux à l'Ouest, non ? » Non, en fait, il n'était pas plus heureux. Il commençait à avoir peur et à se méfier de tout, à boire à s'en faire vomir. Il devenait cynique, irascible, imprévisible même dans ses accès de tendresse. Une longue descente, jusqu'au jour où il avait claqué la porte après l'histoire de la photo. Il ne se supportait plus. Petra n'avait pas mesuré à quel point *le Mur* les séparait à l'époque. Elle ne l'avait compris que trop tard.

Depuis lors, il ne se passait pas un jour sans qu'elle pense à eux, à Peter et au Mur, désormais disparu, lui aussi.

Le riesling de Vera finit par détendre un peu l'atmosphère. Ses amies voyaient Petra remonter doucement la pente. Son teint était passé du blanc pâle au beige clair, signe de nette amélioration. Elle finit son verre et entreprit de rallumer son téléphone.

— C'est risqué, lui opposa Vera.

— Vas-y, l'encouragea Muriel.

Petra se sentait prête à se confronter à Sven Sön, à Horst, à la police et au monde entier. Elle écouta son répondeur. Beaucoup d'appels en absence et peu de messages laissés finalement. Normal, les gens ne savaient pas quoi dire. Elle reconnut la voix de Soledad José qui n'en pouvait plus de rester sans nouvelles. Devant la meute qui s'acharnait sur son amie, elle avait envie de la soutenir et elle était prête à venir jusqu'en Allemagne s'il le fallait.

— C'est une bonne idée, dit Vera.

Muriel acquiesça.

— Quoi, que Soledad vienne ?

Horst poursuivait son enquête mécaniquement, lassé de ne rien trouver. Du côté de Petra, c'était morne plaine. Il aurait classé le dossier si ses supérieurs ne lui avaient pas mis un coup de pression suite au cirque des avocats du Met. Ça sentait la planche pourrie, cette affaire. Ça se voyait rien qu'à la nuée de collègues à l'affût du moindre faux pas. Pour la première fois de sa carrière, Horst traînait les pieds le matin pour aller travailler. Mauvais présage.

Ziedler, quant à lui, désespérait de trouver une trace de Peter quelque part. Il commençait à croire qu'il avait disparu au fin fond des steppes ou de la Forêt-Noire, vivant en ermite comme l'homme des bois. À ce stade, la seule personne qui pouvait réagir et engager une procédure de disparition, c'était encore la sœur du type, Muriel, puisque aucun autre membre de sa famille n'était encore vivant. Mais Ziedler non plus ne voyait pas l'intérêt d'une telle démarche. Il avait déjà fait le boulot, remonté toutes les pistes, et qu'elle vienne déclencher une énième procédure n'allait pas changer grand-chose à l'affaire. La seule piste qui intéressait désormais

Ziedler, c'était le passé de Muriel auprès du Ministerium für Staatssicherheit, le ministère de la Sécurité d'État en RDA. Il y avait là quelque chose à creuser qui avait forcément un rapport avec la disparition de Peter.

Alors que Horst dépérissait au bureau, Ziedler arriva fièrement en remuant une enveloppe sous le nez de son collègue.

— J'ai le dossier de Muriel !

— De quoi tu parles ?

— Son dossier de la sécurité intérieure. Regarde-moi ce travail ! Ah, ça faisait dix jours que je dormais plus à cause de ce truc, mais maintenant je l'ai !

Après des journées de recherches et de coups de téléphone, il l'avait enfin trouvé, bien classé parmi les milliers d'autres au fond d'un carton entreposé aux archives. Il posa la grande enveloppe kraft sur le bureau de Horst. L'enveloppe était épaisse et semblait contenir des documents qui n'avaient pas le format A4 d'aujourd'hui. Horst découvrit une chemise en carton débordant de plusieurs sous-dossiers. Dans le premier, il trouva un numéro d'informateur « non officiel » et une déclaration sur l'honneur. Il n'en revenait pas. La première chose qui lui sautait aux yeux, c'était la date. Il comprit qu'elle avait signé sa déclaration d'engagement alors qu'elle était encore jeune puisque c'était daté de 1978, elle devait tout juste être majeure… Ils avaient réussi à la cueillir très tôt, mais Horst n'avait encore rien vu. En parcourant les pages suivantes, il trouva un autre rapport, datant de 1976, celui-là. Il y était fait mention de « prémices d'acte de provocation » au sein de son lycée entraînant une mise sous surveillance immédiate.

— Ça rigolait pas à l'époque, lâcha Ziedler.

La personne chargée de sa surveillance n'était autre que sa professeure de physique, dont le nom d'indicateur était IM.BOT.44, une non-officielle, si l'on en jugeait par le code qu'on lui avait donné.

— Qu'est-ce qu'il y a d'autre ?

Ziedler avait dans les mains le dossier suivant, des pages jaunies tapées à la machine. Les phrases étaient lourdes, alambiquées, farcies de mots qu'il avait du mal à piger.

— C'est technique ce truc, on dirait du vieil allemand.

Horst prit le document des mains de Ziedler.

— Ah oui, c'est de la bonne emphase de l'époque ça !

— Quoi ?

— … Du pur technolecte bureaucratique de RDA.

— Arrête tes conneries, je suis pas linguiste, moi. C'est quoi, c'est comme un code ?

— Non, juste un jargon, la langue bien chiante du Parti. C'était des malins, tu sais, ils restaient vagues quand ça les arrangeait.

— Pourquoi, pour emmerder le monde ?

— Comme ça, ils faisaient dire tout et n'importe quoi à n'importe qui… J'ai été formé en RFA, moi… Une autre époque.

Ziedler eut un rire en coin, un peu vexé.

— Ouais, c'est de la langue de bois, quoi ! Mais qu'est-ce que ça dit alors ?

— Attends cinq minutes, que je me concentre un peu. Faut que je rentre dans leur satanée logique… Après, ça va tout seul. Putain, ça fait longtemps que j'avais pas vu un truc pareil.

Horst ferma la porte et s'installa confortablement dans son fauteuil. Il prit le deuxième dossier et tendit le troisième à Ziedler. Il esquissa un sourire.

— Je vais nous préparer du café, ça risque de durer un moment.

Ziedler et Horst restèrent tout l'après-midi à éplucher les dossiers. Ils faisaient le point de temps en temps. Il fallait repérer les tournures de phrase, comprendre le sens de certaines expressions, mais surtout décrypter qui se cachait derrière chaque acronyme ou nom de code : un responsable, un témoin, une cible.

De 1978 à 1980, il n'y avait rien. Aucune trace d'activité. Le premier rapport officiel de Muriel datait de 1981. On lui avait demandé de fréquenter régulièrement un bar pour signaler toute activité qui aurait pu nécessiter une surveillance particulière. S'ensuivait une dizaine de rapports signés de son nom d'informatrice. Elle y décrivait des gens et une activité apparemment conforme dans *les limites acceptées par les normes du Parti*.

— Regarde, une remontrance.

— Quoi ?

— C'est une sorte de rappel à l'ordre. Elle a dû déconner.

Ils tombèrent sur un autre rapport où il était mentionné qu'elle avait failli à quelque chose.

Les heures passaient, et ils planchaient toujours. Ils avaient bu une cafetière et demie. Ziedler sortit fumer deux cigarettes. Horst se leva pour ouvrir la fenêtre. Ça ne donnait pas grand-chose tout ça, et il avait faim. Ziedler réapparut avec une sale odeur de tabac froid collée à la peau.

— C'est barbant, en fait… Moi qui pensais trouver des mines d'informations, je ne fais que lire des lignes et des lignes de trucs sans intérêt.

— Lis entre les lignes, alors !

Horst lui sourit pour l'encourager.

— Allez, allez, c'est le dernier dossier !

— Je veux bien, mais je ne trouve absolument rien !

Ziedler avait à peine fini sa phrase qu'il eut un éclair dans le regard.

— Mais oui, c'est ça ! C'est exactement ça ! On ne trouve rien !

— Je vois pas en quoi c'est une bonne nouvelle, mais…

— Elle ne balance pas !

— Mais oui, t'as raison !

— Regarde, depuis le début, ses rapports sont d'un ennui mortel. Déjà que les phrases sont pénibles à lire, elle en rajoute une couche et ne décrit que des choses sans intérêt : des gens qui font leurs courses, combien de bières ils boivent, si machin est allé au boulot et à quelle heure. À chaque fois, il n'y a rien à signaler. Et donc…

Ziedler prit un papier dans une main pour le montrer à Horst.

— Remontrance ! Et là tu vas voir qu'elle va en donner un peu mais pas beaucoup plus que d'habitude.

— Ah oui… Les dates coïncident.

— J'ai peut-être pas été formé en RFA, mais j'ai un cerveau !

Horst sourit. C'était de bonne guerre.

— Tiens, regarde ça, c'est son dossier à elle… On a suivi la suiveuse.

Ce petit interlude les avait requinqués, ils étaient prêts à entamer une autre session de travail. Horst épluchait le contenu du dossier sur Muriel ; et Ziedler, les rapports qu'elle rédigeait. Il apparaissait que les dates où elle avait été particulièrement surveillée étaient les plus récentes. En continuant sa lecture, Horst s'aperçut très vite que plusieurs pages avaient été grossièrement coupées au cutter à quelques centimètres du bord de la pliure. Il comprit aussi qu'on faisait mention d'une photo de son frère mais qu'elle n'apparaissait nulle part.

— T'as quoi en 86, toi ? Moi j'ai un grand vide, tout a disparu.

Ziedler feuilleta aussi vite qu'il le put.

— C'est pas pratique de s'y retrouver là-dedans… Attends, 1986… Voilà une feuille, et une autre…

— Non, c'est pas ça. C'est pas elle, c'est pas son nom.

— Si. Là, elle part à l'Ouest.

Horst mit son index sous son nom de code en haut à droite.

— Montre ?

— Avant, elle est IM, et là, regarde, elle est IMB, ça veut dire, attends... Je regarde... Je pense que ça veut dire qu'elle a pris du grade !

— Oui, ça veut dire aussi qu'elle peut sortir du territoire comme elle veut. Les IMB avaient le droit d'aller et venir car ils avaient toute la confiance du ministère de la Sécurité d'État, c'est marqué là. Ne cherche pas, c'est comme ça qu'elle est sortie ! Et je suis sûr que c'est comme ça qu'elle a fait sortir son frère.

— Non, c'est trop simple. Je veux voir ce qu'il y a dans les feuilles qui manquent...

— Quelles feuilles qui manquent ?

— Celles de 86. Et puis regarde, il manque 87 et 88 aussi.

— Ça, c'est facile.

Horst se retourna vers Ziedler.

— Comment ça, c'est facile ?

— Tu la convoques et tu l'interroges !

Horst sourit.

— Tu crois vraiment qu'une fille qui a flirté avec la Stasi avant même de savoir conduire va nous parler, à nous ?

— Pourquoi pas, si on lui fait peur, si on la fait un peu chanter...

Ziedler décrocha le combiné et demanda à ses collègues du troisième le numéro de Muriel.

Horst n'était pas de cet avis.

— Non, non, surtout pas. Faut pas la faire chanter. Elle est plus forte que nous à ce jeu-là. Faut la prendre à contre-pied. L'impliquer gentiment, sans rien promettre en retour.

Horst retira ses lunettes, les heures passées à éplucher ce dossier lui avaient fichu un mal de crâne épouvantable. En cherchant dans ses tiroirs un tube d'aspirine, il tomba sur la photo de Peter qui dépassait d'un dossier. Mais où pouvait bien être ce type ? Et où était son tube d'aspirine ?

Horst sortit prendre l'air sur la coursive le temps d'apaiser son mal de tête. Il y resta un bon quart d'heure avant qu'un de ses collègues du troisième ne s'approche de lui, un papier à la main. Horst retourna dans son bureau et décrocha son téléphone. Il prit une longue inspiration.

— Muriel Wolf ? Ici Horst, nous nous sommes vus pendant la perquisition de Frau von Hellermann. Pouvez-vous passer demain ?

Le téléphone de Muriel sonna. Elle prit l'appel, répondit sèchement « oui » au bout de quelques secondes et raccrocha, furieuse.

— Ça va ? C'était qui ? demanda Petra.

— Horst. J'ai l'impression qu'il croit au Père Noël.

Ça tournait en boucle dans sa tête. *J'ai déjà compromis mon frère une fois, s'il croit que je vais recommencer trente ans après...* Elle se remémora les heures passées à le regarder, assise comme une conne, en pleurs, dans sa voiture garée en face du café de la Boxhagener Straße, en attendant qu'il lui pardonne. Peter la voyait mais il ne sortait pas, et, elle, elle n'entrait pas non plus. Pendant toutes ces années, il l'avait ignorée, froidement. Un vrai con, avait répété Vera à tour de bras, un vrai con qui s'arrangeait bien de la réalité, un vrai con autocentré de mec.

Chère Hilary,

J'ai repensé à notre entretien ce matin, et il me semble important d'apporter une précision pour éviter tout malentendu entre nous. J'espère que la vidéo en lien ci-dessous pourra pleinement y remédier. Allez directement à la 47ᵉ minute, le propos y est particulièrement éclairant.

N'hésitez pas à revenir vers moi si vous avez d'autres questions, je suis à Paris jusqu'au 17 de ce mois.

Bien cordialement,

Soledad J.

Hilary cliqua sur le lien et en découvrit rapidement la teneur rien qu'au titre : « La place des femmes dans les mondes de l'art. » *Oh my fucking God…* Elle laissa tomber sa tête sur le clavier devant ce qui l'attendait. Elle ruminait. *Jusqu'au bout… Elle va me gonfler jusqu'au bout !* Dans son geste d'abattement, elle avait malencontreusement cliqué avec son front au bon endroit pour démarrer la vidéo. Ça ne pouvait être qu'un signe. Elle décida d'abréger ses souffrances en allant directement à la putain de quarante-septième minute. C'était un plan fixe sur un type, la cinquantaine musclée et bien bronzée, apparemment professeur des universités en sociologie de l'art. Il répondait à des questions, assis sur une chaise avec un mur blanc pour tout décor. Elle allait devoir se taper une heure d'interview en plan fixe.

L'universitaire parlait :

> En art contemporain, derrière l'œuvre, la figure de l'artiste est particulièrement déterminante. Qui est le créateur ou éventuellement la créatrice ? Inévitablement, cela pose la question du genre.

C'est pas vendeur, c'est pas vendeur, ça va pas aller. Elle se racla la gorge pour mieux faire passer la pilule.

> Mais, dès que l'on gratte un peu, on se rend compte que, si les gens veulent croire que le talent à lui seul va expliquer le succès ou la qualité attribuée aux œuvres, la dimension genrée est toujours absolument déterminante. Le déséquilibre est énorme entre les hommes et les femmes. Parmi les artistes, les femmes représentent moins de 10 % des 500 artistes les plus chers dans le monde, alors qu'elles représentent à peu près la moitié de la population des artistes sur le plan mondial.
>
> Le *Kunst Kompass,* la liste nominative des artistes les plus en vue, peut être un indicateur pour observer l'évolution de la place des femmes. On observe là un phénomène bien connu dans les sciences sociales qui s'appelle le plafond de verre, et on remarque que la part des femmes aujourd'hui n'arrive pas à dépasser les 22-23 % des artistes les plus cotés dans le monde. On voit des femmes alors on pense que le problème est résolu, mais le problème ne l'est pas, les femmes ont encore des

difficultés à accéder à la même reconnaissance que leurs confrères masculins.

La question de la qualité est difficile. La qualité se construit socialement, et je pense que la dimension genrée est très importante. C'est un mécanisme complexe, et beaucoup de personnes interviennent pour consolider leur jugement. Comme on sait que le marché est moins friand des travaux des femmes, les institutions ont tendance à accompagner ce phénomène en achetant très tôt les œuvres des hommes, non pas par malveillance, mais parce que le prix des œuvres des hommes va augmenter beaucoup plus que le prix de celles des femmes.

Hilary en avait assez entendu. Elle referma brutalement son ordinateur pour aller se chercher quelque chose dans la cuisine. Qu'est-ce qu'elle allait faire de ce discours ? Il n'y avait rien dans son frigo, en plus. Depuis la première phrase, il l'agaçait. Le complot genré, ce n'était pas vendeur et elle ne trouvait rien à se mettre sous la dent. Et puis ça n'expliquait pas pourquoi le monde mettait autant d'énergie à détester Petra. Ou si ? Ou non ? Elle n'avait aucune envie d'aller sur ce terrain, trop clivant, pas glamour du tout pour le magazine. Et puis le monde était forcément plus complexe que ça. Elle trouva un paquet de chips déjà entamé qui ferait bien l'affaire. Soledad s'entêtait avec cet argument, mais pour Hilary ce n'était qu'une éventuelle facette du problème. Il y avait forcément autre chose à dire que ça.

Elle retourna vers son ordinateur et mit de côté la vidéo. Qu'avait-elle de plus sur cette histoire ? Ses pistes et ses interviews avaient été spoilées par Sven Sön. Elle avait beau réécouter, réarranger, réécrire, ce qu'elle s'apprêtait à produire n'était qu'une pâle copie de ce qui était déjà sorti dans la presse. Elle s'arrêta pour faire le point. Qu'est-ce qu'elle avait, à part ce maudit dossier sur la RDA qui était prêt à partir… Elle n'avait rien. Rien sauf cette piste victimaire proposée par Soledad José. Elle ferma les yeux pour faire l'inventaire. Immanquablement son entrevue avec Soledad lui revenait en tête. Et là, au milieu de son refus et de ses contradictions, elle eut une prise de conscience.

Ce n'était pas tant la piste mais la femme qu'il fallait suivre. C'était ça. Elle était complètement passée à côté. Hilary reprit l'enregistrement de Soledad et comprit son erreur. Elle n'avait cessé de la questionner sur Peter, or Soledad lui avait répondu à plusieurs reprises qu'elle ne l'avait jamais rencontré. C'était bien ça, elle se trompait complètement d'axe ! En revanche, Soledad parlait de Petra comme d'une amie. Et elle, pauvre Hilary, avait complètement loupé le coche !

Ce n'était pas trop tard pour rectifier le tir. Il fallait réécouter les arguments de Soledad José et les comprendre au calme.

Hilary décida de visionner la vidéo dans sa totalité pour mieux situer d'où ce type parlait et pourquoi Soledad lui avait envoyé ce lien en particulier. Mais avant de s'y coller, elle avait besoin d'un sérieux ravitaillement, histoire de tenir bon. Une bouteille d'eau, un paquet de bretzels et c'était parti. *C'est parti, deux heures sur la place des femmes dans l'art…* Elle abandonna au bout de vingt minutes, épuisée. C'était très agaçant à entendre, allez savoir pourquoi. Elle se força à reprendre la vidéo, elle écouta, nota, vérifia les sources et écouta encore. Il lui fallut plusieurs autres pauses pour aller jusqu'au bout, dont une pour s'acheter du vin au coin de la rue. Il fallait au moins ça. De retour à son bureau, elle décida de finir la vidéo d'une traite, sans coupure. Elle entreprit ensuite une grande virée sur Internet, de site en site. À sa grande surprise, le sujet était loin d'être méconnu. Il n'y avait qu'elle qui n'avait rien remarqué.

OK. D'accord. Très bien. Je vais aller right there. *Je vais y aller. Mais comment je vais le restituer, ce truc…*

La seule solution, c'était d'avoir du lourd, et le lourd dans cette histoire, c'était Petra. Il lui fallait Petra. Elle prit son courage à deux mains et chercha le numéro de Soledad José. Elle n'allait pas lui envoyer un mail, ni la contacter par des voies détournées, non, elle l'appellerait de vive voix et réglerait cette affaire dans la minute. Avec une interview de Petra, elle pouvait broder sur n'importe quel sujet et de toutes les façons possibles, mais uniquement si elle avait l'exclusivité.

Elle se versa un autre verre, un peu trop grand d'ailleurs, et tomba sur Soledad qui l'accueillit avec un « je savais que vous alliez me rappeler ». Elle osa le tout pour le tout : elle voulait qu'elle l'aide à rencontrer Petra.

— Oui. Bien sûr, je comprends. C'est possible.

Les bras lui en tombaient. Quoi ?! C'était si simple en fait ! Elle avait tergiversé, elle s'était perdue dans les détours alors qu'elle pouvait aller tout droit.

— Je suis justement en route vers l'aéroport pour la rejoindre à Wiesbaden. Retrouvez-moi là-bas demain, nous vous rencontrerons avec une amie et nous en parlerons ensuite avec Petra.

— Oui ! Merci ! Donnez-moi une adresse et une heure et j'y serai.

Elle raccrocha, soulagée. Fière. Elle n'en revenait pas. Elle était sur le point de rencontrer Petra en personne. C'était inespéré.

La nuit fut courte pour Hilary, elle avait à peine eu le temps de trouver Wiesbaden sur la carte qu'elle atterrissait non loin de là, à trente kilomètres. Soledad et Vera l'attendaient en terrasse d'un café du centre-ville, un grand café facile à trouver qui donnait sur la Langgasse, une des principales rues piétonnes.

Hilary remarqua tout de suite cette femme aux côtés de Soledad, elle avait un style très new-yorkais. Seule sa cigarette n'était pas raccord avec le reste.

Vera se leva pour saluer Hilary, le sourire et la clope en coin.

— Alors comme ça, vous êtes américaine et vous travaillez pour *Vanity Fair* ?

Elle posa son verre vide et leva le bras pour en commander un autre. Elle parlait bizarrement, en alternant des sons résonnant sur des nasales trop appuyées. Les consonnes et les voyelles, tout y passait. C'était très pénible pour les nerfs.

— Oui, c'est ça. Enchantée, Hilary Brown.

Hilary regardait Vera droit dans les yeux, qu'elle avait très maquillés mais pétillants. Elle n'avait pas l'air de lui vouloir du mal.

— Et vous êtes ?

Vera la considéra avec gentillesse.

— Je suis Vera Mitchel, enchantée.

Soledad lui sourit, l'air un peu éteint. Elle lui serra la main à son tour. Elle parlait peu mais l'observait avec beaucoup d'attention.

Vera menait la danse, et Hilary comprit très vite qu'elle passait une sorte d'entretien d'embauche. Elle ne s'était pas trompée, Vera enchaîna :

— Savez-vous quelle est la proportion de filles dans les écoles d'art ? Détendez-vous, c'est une mise en bouche...

Hilary sourit à son tour, elle jouerait le jeu si ça ne durait pas trop longtemps.

— Cinquante pour cent, il me semble.

— Cinquante pour cent, exactement ! Cinquante pour cent des étudiants en arts sont des étudiantes. Des étudiantes !

— Je sais.

— Mais voilà, une fois sur le marché, *chut*... (Elle baissa la voix et se mit à imiter l'accent allemand.) Les femmes, dehors, *raus!* Ou plutôt, non, à la maison ! *Schnell!* C'est ça dont il faudra parler, parce que ce n'est que ça. C'est la vraie, la seule, la principale question dans l'affaire qui vous intéresse. Vous me suivez ?

— Je sais, dit Hilary. J'ai saisi.

Elle aimait bien le personnage. Vera parlait fort, enchaînait les clopes à en faire crever les voisins de table et elle était déjà pompette en début d'après-midi, ça lui plaisait.

Vera poursuivit :

— Tordez le cou à tous ceux qui disent : « Ce qui compte, c'est le talent ! » Pff. Quand vous mettez au défi tous ces gens de vous citer, quoi… dix femmes artistes, comme ça, là, tout de suite, des peintres, hein ?

Elle claquait des doigts en faisant des sons pas possibles.

— Attention, je parle de citer plus de dix artistes connues et reconnues, voire exposées dans un musée, un vrai… Ces gens vous répondent toujours les mêmes…

— Oh oui, dit Soledad, je fais souvent ce petit jeu en pensant à toi. C'est toujours Saint Phalle, Frida Kahlo et Louise Bourgeois. Après ça coince. Tamara de Lempicka pour les fondus d'Art déco, et j'ai entendu Artemisia une fois. Ah, si, les Allemands parlent de Käthe Kollwitz, mais à Berlin seulement. On me sort Sophie Calle aussi. Et puis, en général, ça s'arrête là.

— C'est dramatique ! C'est vraiment dramatique.

Vera continuait, imperturbable :

— Partout, à Paris, Pékin, Buenos Aires… Il y a cette réaction universelle qui mène à la question ultime : les femmes ont-elles moins de talent ? Là, je n'ai pas le temps d'y répondre, enfin, si, en fait : non, elles n'ont pas moins de talent. Mais pour ce qui nous concerne, ce qui emmerde tout le monde, en ce moment, c'est de savoir si Petra a assez de talent finalement pour être légitime dans son travail.

— Mais il y a le mensonge aussi, non ?

Hilary dégainait juste pour voir.

— Quel mensonge ?

— Autour de l'identité de l'artiste.

— Vous n'avez pas compris ce que je viens de dire ?

— Si, très bien. Mais se cacher des années derrière un patronyme de couple, ce n'est pas très féministe comme démarche. C'est celle de quelqu'un qui veut juste réussir, non ?

Hilary ne voulait pas avoir l'air d'un agneau. C'était quitte ou double.

Vera leva son sourcil en triangle tout en calant habilement sa cigarette au coin de sa bouche, le temps d'attraper quelque chose dans son sac. Hilary reçut sa fumée en pleine figure sans broncher. L'odeur de la brune sans filtre ne lui était pas désagréable. Vera feuilleta lentement son calepin et commença à écrire quelque chose, puis elle rangea son petit stylo, récupéra sa cigarette de sa main droite et arracha la page d'un coup sec. Elle la tendit à Hilary avec la même main qui tenait sa cigarette. Hilary prit en premier la cigarette, sans réfléchir, pour détendre l'atmosphère et aussi parce que ça la faisait rire. Elle la porta à sa bouche par mimétisme. Elle prit ensuite la petite feuille. Les contours étaient dorés, la feuille fine comme de la soie. Vera lui sourit.

— C'est mon numéro, on se revoit demain ?

— Même heure, même endroit, si vous voulez.

— Téléphonez-moi dans la matinée, nous conviendrons d'un endroit. Vous pouvez garder la cigarette.

Vera et Soledad se levèrent pour régler et partir. Hilary resta dehors, seule en terrasse. Elle n'avait encore rien commandé. Elle prit le plaid en polaire posé sur la chaise voisine et le déplia pour recouvrir ses jambes. Il commençait à pleuvoir mais elle était bien abritée. Le verre de Vera était plein, et

Hilary fit ce qu'aucune Américaine ne ferait jamais : portée par un plaisir coupable, elle approcha le verre de ses lèvres. Elle pensa soudainement à Ronald Reagan. Son obnubilation pour l'ancien président semblait reprendre du service. Une petite angoisse lui serra la gorge, et Hilary tira sur la cigarette pour s'anesthésier. *Va-t'en, Ronald.* Elle finit d'un trait le verre de Vera. Quand le serveur s'approcha, elle lui demanda « la même chose que ça ».

Ensuite, elle envoya un message à son rédacteur en chef pour annoncer qu'elle rencontrerait sûrement Petra. Elle n'en doutait pas un seul instant. Une fois Reagan, Vera et Soledad partis, Hilary se retrouva seule, perdue dans ses pensées avec le serveur en face d'elle.

— Qu'est-ce qu'on peut faire à cette heure-ci à Wiesbaden ?

Le serveur pointa de la tête un vieux bâtiment à cinquante mètres à peine du café.

— Là, juste en face.

Ça n'avait pas l'air d'un musée ou d'une salle de spectacle.

— C'est quoi ?

— Les bains, enfin, les thermes.

— Les bains ? Oh mince, je n'ai pas de maillot, dit-elle en réglant son verre.

Le serveur sourit.

— Pas besoin, madame. *No need! Naked,* nu.

Puis il retourna à l'intérieur.

L'Europe était décidément un continent surprenant. Hilary regardait au loin les gens entrer avec leur petit sac à dos en les imaginant nus dans les cinq minutes. C'était bien un truc d'Allemands que de se balader à poil, comme sur les photos en noir et blanc des bords du Schwielowsee.

Elle but une gorgée tout en continuant d'observer les gens qui passaient. Elle n'avait jamais le temps de faire ça quand elle était à Paris. Suivit une autre gorgée. Et une autre.

Elle rappela le serveur.

— Vous y êtes déjà allé ? C'est comment ?

— *Fantastisch!*

Il mima le bien-être. Des bains chauds, froids, des bulles, des saunas, des massages, on sortait de là comme un bébé tout neuf.

Elle finit son verre et le posa bruyamment sur la table. Et pourquoi pas, elle avait bien envie d'être un bébé tout neuf, elle aussi.

Ça faisait maintenant deux jours que Candy avait claqué la porte des éditions Lézard de minuit. Philippe était resté sur cette mauvaise idée de biographie standard qui n'avait aucun intérêt s'il n'y avait rien à problématiser. Une année entière à s'envoyer des mojitos à la plage aurait exactement les mêmes retombées sur son curriculum universitaire. Mais ça, tout le monde s'en foutait. Philippe était un vrai gosse qui n'en revenait pas d'avoir vu l'homme qui a vu l'homme qui finalement n'a pas vu grand-chose.

Par dépit et par rage, elle avait essayé de se remettre à son troisième chapitre de thèse, mais elle avait beau se relire et se replonger dans sa documentation, elle n'était plus du tout en prise avec son travail. Il lui faudrait au moins quinze jours, voire un mois pour être à nouveau productive sur Rutault.

Et un mois, ce n'est pas rien pour un thésard.

Le temps de Candy ne se découpait pas comme celui des autres. Il n'y avait pas de jour ou de nuit, mais des moments de thèse et le reste. Sauf que le reste était déjà bien rempli, avec les cours qu'elle donnait, les séminaires qu'elle suivait, son travail au Lézard, celui pour arrondir ses fins de mois, sans compter les communications dans les colloques, l'obligation de participer à toutes ces journées de recherches et autres réunions inutiles pour faire bonne figure auprès de son labo, tous les mails qu'elle recevait quotidiennement et dont elle ne savait plus quoi faire. Plus manger et dormir. Il lui manquait toujours quelques heures par jour pour tout boucler. À tel point qu'elle y réfléchissait à deux fois avant de passer la nuit avec un mec. Il fallait qu'elle soit vraiment sûre de ne pas sacrifier trois heures, métro compris, pour un coup moyen, parce que trois heures c'était déjà trop. Tout était compté, pesé et rangé en tranches horaires, et c'est pour ça qu'elle avait bien du mal à se remettre du revirement de Philippe. Comment pouvait-il lui faire ça ? Elle ne décolérait pas.

Seul Degreef avait compris l'ampleur de son désarroi. Il l'avait suivie après son départ de la réunion, et ils avaient échangé quelques mots. Il avait eu un élan de sympathie, quelque chose de très sincère pour cette jeune femme qui avait l'air de savoir ce qu'elle valait. C'est pour ça qu'il l'avait appelée pour lui proposer un café, et même beaucoup plus qu'un café : l'embaucher.

Candy avait accepté l'invitation. Le lendemain, ils se retrouvèrent au premier étage d'un grand bistrot des Halles avec une vue imprenable sur la canopée.

Candy le dévisagea. Degreef avait l'air d'un vieux sage. Il l'était presque. À soixante et onze ans, il avait passé l'âge de s'emmerder avec les turpitudes qui ne concernaient ni sa santé ni sa famille. Aujourd'hui, la seule chose qui lui importait, c'était de reconnaître les emmerdeurs suffisamment tôt pour changer de trottoir.

— Vous me proposez de vous accompagner à Berlin pour l'expertise ? Qu'est-ce que je... En quoi je pourrais vous aider ?

— Je ne sais pas, vous pourriez en faire... un article ? Il y a bien une revue qui serait intéressée, il y a bien quelque chose à en faire de tout ce travail, non ?

— Ça ne marche pas vraiment comme ça, vous savez.

— Et puis sur place, vous pourriez rencontrer des gens... Pour votre carrière.

Il avait raison sur un point, le vieux, il fallait recycler, avec ou sans Philippe. Il y avait moins à perdre en continuant plutôt qu'en rebroussant chemin. Hors de question de jeter tout son travail sur un coup de tête.

— Oui, c'est vrai. Mais parlez-moi de la Marchtzig Galerie, ça m'intrigue beaucoup...

Degreef sourit. Il avait réussi son coup.

— Dites-moi si vous acceptez de venir...

— Bien sûr que ça m'intéresse. Mais je n'ai pas de financement, pas de budget, rien. Je ne suis même plus sûre de travailler encore pour Philippe.

— Ne vous désespérez pas, tout n'est pas si noir... On va trouver une solution.

Elle hocha la tête.

— Parlez-moi de la Marchtzig.

— Si vous voulez.

Degreef raconta comment la Marchtzig avait été un lieu mythique parce que c'était une des rares galeries d'Europe de l'Ouest à avoir des connexions à l'Est. Ça avait commencé vers le milieu des années 1970, quand il était encore maigre et marxiste. À l'époque, Degreef voulait se démarquer et aller à l'encontre des idées reçues sur le soi-disant retard de l'Est. Rien que d'y penser, ça l'agaçait encore. C'est pour ça qu'il avait décidé de se lancer dans cette aventure, pour exporter l'Est dans le monde entier.

— Ce n'était pas une mince affaire à l'époque. Il fallait avoir des autorisations, mais il fallait surtout de bons contacts pour rencontrer les bonnes personnes.

Tous ceux qu'il exposait avaient été présélectionnés par le VBK, c'était logique, ils voulaient contrôler toute la chaîne. Mais pour une centaine de marks ouest-allemands en plus, Degreef rencontrait discrètement un autre intermédiaire, et avec lui la fine fleur de l'avant-garde est-allemande. Le problème, c'est qu'il était accusé de beaucoup de choses, d'être un agent de l'Est ou un sale opportuniste capitaliste, ça dépendait.

— C'est vrai que c'était un créneau génial, dit-il. Je n'avais pas de concurrents directs et je me suis fait un fric fou.

Une fois le Mur tombé, il avait eu envie de faire quelque chose de concret à l'Est. Lui dont le credo avait été la préservation du lien artistique entre les deux Allemagne, il y était presque obligé. Et avec tous ces nouveaux espaces, Berlin-Est était à vendre, il y avait un eldorado démentiel à conquérir pour pas un rond. C'est comme ça qu'il avait acheté une ancienne fabrique de vis qui avait fermé en 1990. Une bonne affaire, même pas besoin de s'occuper de la poussière ou de laver les vitres, les gens en raffolaient.

Degreef concéda quand même un point :

— C'est vrai que l'argent n'allait pas toujours dans la poche des artistes. Au pire, ça finissait dans les caisses du Parti ; au mieux, dans celles de tous ces intermédiaires. Qu'est-ce qu'on pouvait y faire, nous…

Candy regarda sa montre, elle avait le temps.

— Et les Wolf ?

Il tapota sur la table.

— J'ai rencontré Peter grâce à Muriel, sa sœur. Elle était un de mes contacts à la Galerie 43. Petra, elle, je l'ai connue à ses vrais débuts, quand elle travaillait seule. Je l'ai exposée à la Marchtzig.

— Non, mais vous… Vous êtes l'homme providentiel dans cette histoire alors !

— Je vous ai dit : venez avec moi à Berlin.

— Et la disparition de Peter, vous y croyez, vous ?

Degreef eut un mouvement de recul et s'installa confortablement, les deux bras posés sur la banquette.

— Vous savez, je… Je ne peux pas vous raconter la vie des autres, mais je pense que ceux qui fanfaronnent en ce moment vont bientôt rire jaune…

— Mais vous ne voulez pas l'aider alors ?

— Qui, Petra ?

— Oui.

— Mais qui vous dit que je ne l'aide pas ?

Candy resta un moment sans rien dire.

— La scène silencieuse.

— Pardon ?

— Je viens avec vous si vous me présentez ceux qui étaient à la Galerie 43 et aussi toute la scène de l'Est de l'époque. C'est dans vos cordes ?

Degreef sourit devant cette autorité soudaine.

— Oui, enfin, toute la scène… Ce qu'il en reste plutôt ! Mais c'est d'accord, oui, c'est dans mes cordes.

Candy redevint pensive quelques minutes.

— Qu'est-ce qui coince, alors, dans cette histoire, à votre avis ? demanda-t-elle.

Degreef prit quelques instants avant de lui répondre. Il s'avança.

— Le poids du secret… Et du ressentiment.

— C'est tout ?

Degreef sourit.

— C'est déjà pas mal.

— C'est vrai, c'est pas mal. Et Victor dans tout ça ?

— Ah, ce cher Victor !

Degreef s'était embarqué avec Victor, ou plutôt Victor s'était greffé à lui dans un élan d'absolution. Il était même devenu végétarien pour ne plus faire partie de la meute, c'est dire si cette histoire avait frappé son inconscient.

— Victor fait ce qu'il peut. Mais nous, on part demain. Vous êtes prête ?

Quelque chose en elle avait envie de le suivre.

Une fois chez elle, il ne fallait pas perdre de temps. Un petit sac, un jean et deux pulls, il faisait froid à Berlin. Elle était impatiente de partir et de se retrouver au milieu de cette nouvelle clique. Et Philippe, fallait-il prévenir Philippe ? Non, elle était trop fâchée pour l'appeler et entendre sa litanie. Elle lui envoya un texto : elle partait avec Hans Degreef et Victor Hallworth pour l'expertise. « Évidemment, je te tiens au courant », avait-elle conclu. À vrai dire, elle se fichait de le rassurer, elle voulait juste partir en paix.

Candy arriva à Berlin, entourée de Hans et de Victor. Elle avait hâte. L'aéroport, le taxi, la rue avec, tout au bout, l'enseigne rouge du café, l'adrénaline monta malgré elle, d'un coup. Une fois à l'intérieur, Candy pressa le pas en apercevant la toile derrière le comptoir. Elle était grande, cette toile. Elle s'en approcha et posa subitement ses deux mains froides sur ses joues. Contrairement à ce que Philippe avait raconté, ça n'avait pas grand-chose à voir avec ce qu'elle connaissait des Wolf. Non, ça n'avait rien à voir. C'était vraiment celui-là ? Elle s'adressa à Degreef en le cherchant du regard. Parce qu'à première vue ça n'était pas aussi formidable que ça. Était-elle la seule à s'en rendre compte ? Et pourquoi ce type derrière le comptoir se marrait devant sa mine dépitée ? Apparemment, il avait l'air d'être de son avis.

Muriel tournait en rond dans le salon. Petra et Vera étaient au téléphone, l'une avec son avocat et l'autre avec Hilary, l'heure était aux rendez-vous.

Muriel jeta un œil distrait par la fenêtre, la même dizaine de photographes campait toujours devant la maison. Certains avaient l'air de s'ennuyer au chaud dans leur voiture, d'autres mangeaient des frites, bien calés dans leur camionnette. Manquait plus qu'un brasero. La vie de bivouac s'installait devant la maison, et ça ne semblait gêner personne. Mais ce matin-là, Muriel était inquiète pour tout autre chose. Elle pensait à sa vie à elle et à elle seule. Elle n'en pouvait plus, Petra, Petra, Petra, c'était toujours Petra qui passait en premier. Sur ce point, il n'y avait que Frank, son mari, qui pouvait l'aider. Elle attendait son coup de fil.

— C'est quoi ce ton grave sur ton message ! Tu veux divorcer ? C'est pour ça que tu m'appelles ?

— Oh ! tais-toi, Frank…

— Les garçons te manquent trop ?

— Arrête…

— Tu veux quoi, alors ?

Muriel hésita avant de répondre :

— J'ai besoin de toi.

— C'est vraiment grave alors…

— Je vais être entendue par ce flic, Horst, cet après-midi. Je sais pas quoi faire. J'aime pas parler et je me sens coincée avec Petra. Tu comprends ? Je ne veux balancer personne.

— Mais personne ne te demande de balancer…

Il y eut un moment de silence. Frank reprit la parole :

— Tu vas parler de Peter ?

— Je sais pas.

— Tu veux en parler ?

— Je sais pas.

— Ça te ferait du bien d'en parler. T'as le droit, tu sais. C'est l'occasion de te débarrasser de cette histoire. Muriel, écoute-moi. Tu as suffisamment couvert tout le monde. Elle est grande Petra, maintenant. Tu crois pas qu'elle peut s'en sortir toute seule ? Arrête un peu de porter cette croix… Ça ne fera pas revenir Pete…

Muriel lui raccrocha au nez. Elle détestait quand il s'improvisait analyste.

Vera débarqua avec son trop-plein d'énergie dans la pièce. Muriel rangea vite son téléphone en la voyant s'approcher.

— Toi, tu complotes ou je ne m'y connais pas, dit Vera en lui passant la main dans le dos.

— Tais-toi, Vera, c'était Frank, lui répondit-elle sèchement.

— Tu as rendez-vous à quelle heure avec nos amis policiers ?

Muriel déclara qu'elle voulait y aller seule, avec son GPS et un bouquin.

Depuis que Soledad était arrivée, l'atmosphère avait changé à Biebrich. Petra, Soledad et Vera étaient souvent affairées toutes les trois, elles voulaient répliquer, trouver un moyen de frapper fort. Vera menait la danse comme elle en avait l'habitude. Elle était la locomotive qui fumait sa clope et qui fonçait tout droit sans s'arrêter. Fallait suivre.

Muriel prit sa veste et se dirigea vers la porte. Dès qu'elle fut dehors, deux photographes se jetèrent sur elle. Elle se cacha le visage avant d'entendre un « laisse tomber, c'est pas elle ». Elle monta dans sa voiture et démarra tranquillement.

Elle arriva un peu en avance, vers 14 heures. On la fit attendre dans le couloir devant une porte fermée. Ça lui rappelait l'époque où elle s'asseyait sur des chaises en bois qui accrochaient aux vêtements, des mauvais souvenirs.

— Muriel ? Entrez.

On l'installa sur une chaise de bureau grise, assez large, molletonnée sur l'assise et le dos. Elle lâcha sèchement :

— Vous êtes toujours à la recherche de Peter Wolf ?

Pour Ziedler, c'était typique de la culture de l'Est, ce côté on-ne-me-la-fait-pas-à-moi.

Horst prit la parole :

— Oui, on va aller vite. Vous êtes bien la sœur de Peter ?

— Oui, c'est exact.

— Où est-il ?

— Je ne sais pas. Quelque part… Sûrement à Berlin.

Ziedler n'en revenait pas.

— Vous avez son adresse ?

Elle rit comme si elle n'avait rien entendu d'aussi drôle depuis des années.

— Non, je ne l'ai pas.

— Depuis quand vous ne l'avez pas vu ?

— Trente ans, peut-être.

Horst laissa un silence de circonstance. Quelques secondes de silence pour trente ans sans nouvelles. Muriel se tourna vers la fenêtre. Elle fut brusquement prise d'une quinte de toux à cracher par terre.

Ziedler lui tendit un peu d'eau et posa un dossier devant lui, celui sur lequel ils avaient planché pendant des heures.

— Madame, vous avez été une ancienne collaboratrice de la sécurité intérieure, d'après ce que nous avons lu.

Elle répliqua en se raclant la gorge :

— Oui, c'est exact. C'est pas comme si on avait le choix, vous savez.

Elle se frotta l'intérieur du genou. Qu'est-ce qu'il en savait de tout ça, lui ?

— Parlez-nous de votre frère.

— Que voulez-vous savoir ?

Ziedler s'avança vers elle.

— Faut-il s'inquiéter de sa disparition ?

— Elle ne l'a pas tué, si c'est ce que vous voulez savoir. Ni enterré dans le jardin ou découpé en morceaux.

Ziedler restait calme, il ne voulait pas de confrontation.

— Comment expliquez-vous que tant de gens témoignent avoir vu votre frère ces derniers mois et s'inquiètent de sa disparition ?

— Ils l'ont vu ou il a disparu ? Faut choisir, non ?

— Ne jouez pas à ça avec moi.

— Je ne joue pas. Mais je n'y crois absolument pas.

Horst rapprocha sa chaise.

— Et pourquoi ?

— Parce que Peter n'existe pas.

— Comment ça ?

— Ce Peter, Peter Wolf marié à Petra Wolf, ce Peter-là n'existe pas, il n'existe plus depuis 1989.

Elle inspira profondément. L'air passait mieux. Horst lui tendit le seul papier officiel qui mentionnait Peter, à savoir sa demande de sécurité sociale de Marienfelde qui datait de décembre 1987. Il prit ensuite son vieux dossier récupéré des archives et le posa bien en face d'elle pour provoquer une réaction. Muriel ne laissa rien paraître. Cette masse de feuilles vieillies, elle en reconnaissait tous les contours, la dactylographie, le manque d'espace entre les lignes, l'agencement des paragraphes. Revoir ces papiers jaunis, c'était comme rouvrir une porte ou retrouver une partie oubliée de son corps. Elle aurait pu pleurer, hurler, comme elle l'avait fait tant de fois à l'époque. Mais non.

— Vous savez pourquoi une partie est déchirée ?

Muriel le regarda droit dans les yeux.

— Négligence, peut-être ?

Horst esquissa un sourire.

— Je ne crois pas.

— Je ne sais pas. Vous pensez bien que je suis la dernière personne à avoir eu accès à mon dossier.

Elle se souvenait des bureaux et de leur lumière froide, du grincement des pas sur le lino, des murs de dossiers. La vie des gens tenait au fil des lignes, tout était noté, classé, jusqu'à ce que quelqu'un notifie en marge de quoi vous causer des problèmes, des vrais.

Horst la regardait se perdre dans ses pensées. Il demanda à Ziedler de sortir.

Une fois qu'ils furent seuls dans la pièce, Horst referma le dossier et posa les deux mains dessus.

— Dites-moi ce qui s'est passé avec votre frère. Dites-moi où on peut le trouver.

Muriel leva les yeux vers lui. Il n'avait pas l'air de comprendre.

— Mais je ne vois plus mon frère.

— On sait que vous l'avez aidé à sortir de RDA en 1987, on sait que vous lui avez présenté Petra et qu'ils ont eu une longue et fructueuse collaboration.

— C'est le résumé de sa biographie que vous récitez ? Vous savez, mon frère ne me parle plus depuis 1988. Vous comprenez ?

— Non, justement, expliquez-moi.

— Si vous avez ce dossier sous les yeux, c'est que vous avez une idée de ce que je faisais, non ?

— Oui, j'ai vu, dit Horst en poussant le dossier sur le côté pour lui montrer qu'il ne jugeait pas.

— Je travaillais pour la sécurité intérieure, comme des tas de gens. J'étais coincée. Pendant dix ans, j'ai rien fait remonter. Et puis un jour j'ai compris ce que je pouvais tirer de tout ça.

Horst se tut, il n'écrivait rien. Il écoutait.

— On m'a placée à la Galerie 43. Je faisais le lien avec l'Ouest. Je devais rendre compte de tous ceux qui gravitaient autour. On se méfiait autant de nos amis que de nos ennemis. Les échanges et les lieux de « fraternité internationale » étaient toujours de vrais nids d'indics. Et moi j'en étais une parmi tant d'autres.

— Qu'est-ce que vous y faisiez ?

Elle désigna son dossier de la main droite.

— Vous avez sûrement dû voir : des rapports sur les acheteurs, les artistes, les contacts, sur tout le monde en somme. J'étais tellement précise qu'ils ont eu l'idée de me faire embaucher à l'Ouest, à la Marchtzig. Le type qui la tenait, Hans Degreef, était un des nôtres et comme il était de l'Ouest, il fallait le surveiller de près, pour s'assurer de son engagement. C'est comme ça que j'ai commencé à aller régulièrement à l'Ouest. C'était, comment dire, aussi agréable qu'immoral, à l'époque.

— Et votre frère ?

— Mon frère… Il rêvait de l'Ouest comme tout le monde.

Elle s'arrêta quelques instants.

— J'avais conclu un marché. Mon frère et moi, on se ferait passer pour des réfugiés, des évadés, tout en continuant de travailler tranquillement avec le renseignement est-allemand. C'était une bonne idée sur le papier. Mais Peter n'a pas pu.

— Ça n'a pas marché ?

— Non, Peter ne l'a pas supporté. Quand il a compris le deal pour le faire sortir, il m'en a voulu. Il est devenu parano. Il ne me faisait plus confiance. Il n'avait plus confiance en personne.

— C'était quand, ça ?

— En 88. Vers la fin de l'année.

— Vous voulez dire que Peter était un agent, lui aussi ?

— Un agent, non, faut pas exagérer, c'était plutôt un informateur occasionnel.

Muriel reprit son souffle.

Merde, alors. Horst comprit qu'elle ait gardé le silence depuis toutes ces années.

— Il ne supportait pas de faire des rapports, mais il les faisait, la mort dans l'âme. Il vomissait toujours après les avoir écrits. Il a commencé à boire et à prendre un peu d'héro pour se calmer. À l'époque on en trouvait partout.

Elle détourna le regard avant de poursuivre :

— C'est à partir de 90 qu'il a commencé à avoir très peur, quand les archives de la Stasi ont été ouvertes au public. Tout le monde pouvait consulter son dossier. Mais le plus dur, c'est quand la liste des informateurs a été rendue publique. La vindicte populaire. J'ai payé un type pour faire disparaître sa fiche et nos noms de la liste. Je sais pas si ça a marché, il y avait tellement d'arnaqueurs à l'époque. Son dossier doit encore être quelque part, parmi les milliers de sacs qui traînent encore au fond des entrepôts. Pourvu qu'on ne mette jamais la main dessus.

— Et vous dans tout ça ?

— Moi, je m'en fous. Je suis loin de Berlin, je me suis mariée et j'ai pas traîné pour me débarrasser de ma vie d'avant. Lui aussi a changé de nom depuis.

— C'est à partir de là qu'il a disparu ?

— Oui, il a disparu le jour où il a entendu à la radio que la liste des informateurs allait être rendue publique et consultable sur demande.

— Mais pourquoi ? Il aurait pu expliquer la situation à ceux qui…

Il ne termina pas sa phrase, Muriel était consternée, ils ne venaient vraiment pas du même pays. Peter allait sûrement lui en vouloir d'avoir mentionné ses activités, si par malheur il l'apprenait. Tant pis, il n'avait qu'à être là. Il n'avait qu'à lui parler et arrêter de se comporter comme un enfant trahi.

Horst retenta sa chance.

— Et vous connaissez son nom maintenant ?

Muriel fit non de la tête.

— Sa phobie administrative, c'est pas complètement faux, vous savez.

— Vous savez où on pourrait le trouver ?

— Sûrement à Berlin, en tout cas, pas ici. Il n'a jamais supporté l'Ouest.

— Mais il n'y a plus d'Ouest…

Horst marmonnait sans conviction.

Certains n'y comprendraient jamais rien, et c'était à se demander si on pouvait encore comprendre quoi que ce soit. Muriel s'était faufilée entre quarante ans de RDA, une idéologie réunificatrice et l'oubli de tout ça dans un système amnésique. Pour ceux qui avaient vécu dedans, c'était pas une mince affaire que de s'y retrouver, avant, pendant, après, et surtout maintenant.

Horst avait récupéré plus d'informations qu'il en espérait. Il décida d'aller plus loin.

— Je peux aider votre amie, vous savez.

— Quelle amie ?

Elle avait répondu sans réfléchir.

— Mais enfin, Petra Wolf, lui répondit Horst, étonné.

— Ah oui, Petra, bien sûr. Comment pensez-vous l'aider ?

— Si nous retrouvons Peter, il sera en mesure de répondre à nos questions. Ce serait un moyen de mettre un terme aux accusations. On classerait l'affaire.

Elle ne dit rien. Il continuait :

— Comment expliquez-vous que tant de gens aient vu Peter ces derniers mois ?

Elle leva les yeux au ciel.

— Je ne sais pas. Mais je ne crois pas que ce soit vrai…

Ziedler poussa la porte pour entrer. Elle le regarda poser sa veste et s'installer sur une chaise, derrière son collègue. Elle eut un geste vers ses affaires et demanda à la volée :

— Je peux partir maintenant ?

Elle répéta la question :

— Je peux partir maintenant ?

Horst ne répondit pas, il écrivait sur une feuille, soulignait ou entourait quelque chose.

— Avant que vous partiez, madame, j'ai encore une question.

Muriel prit son sac et sa veste sans les mettre sur elle.

— Peter Wolf a bien un tatouage ?

Elle se leva.

— Oui, il en a un.

— Pouvez-vous nous le décrire ?

— Ce n'est pas un dessin, ni une forme. C'est une phrase.

— *Nur wenn ich träume, bin ich frei* ? C'est ça ?

— Oui, c'est bien ça. Vous l'avez vu ?

— Non, dit Ziedler. Mais ça nous permettra de le reconnaître, le jour où.

— Je peux partir maintenant ?

Horst lui montra la sortie.

En passant la porte, elle sut qu'elle laissait derrière elle une partie de cette histoire.

Sven Sön traversait Central Park à pied. À trois mois de la rétrospective la plus attendue de l'année, tout s'enchaînait merveilleusement pour lui. Ce matin, il avait rendez-vous avec Price et Klebs pour faire le point : il y avait du nouveau.

Le parc était magnifique à cette heure de la journée, les écureuils flirtaient derrière les arbres pendant que les joggeurs défilaient sans transpirer. Par association d'idées, Sven pensa à la dernière installation qui avait fait un tabac à Anvers, une transposition urbaine de Bambi avec un message politique fort.

Sven aperçut Matthew, de loin, qui l'attendait devant l'immeuble.

— Tout va bien à Paris ?

Matthew dissimula maladroitement sa gêne.

— Ça va…

Ils montèrent au douzième et on les fit patienter dans un des salons du cabinet. Sven examina l'agencement avec beaucoup d'intérêt – ils s'étaient enfin débarrassés de leur affreuse table de réunion en verre et marbre. Il commentait le papier peint quand les deux avocats firent leur entrée avec une tête de six pieds de long. Chacun prit place dans un fauteuil confortable, conçu pour amortir le choc des bonnes et des mauvaises nouvelles.

Sven posa son téléphone sur la table basse et démarra sans préambule :

— Klebs, pourquoi elle est toujours pas en taule ? Qu'est-ce qu'ils foutent là-bas ? Faut que je fasse le boulot moi-même ?

Léonard Klebs, contrarié de cette entrée en matière, claqua des doigts pour avoir des cafés. Une assistante courut lui en préparer. Il s'assit devant Sven en déployant un peu ses jambes, l'air détendu.

— Sven, mon ami, ce n'est pas si simple…

Sven reprit son téléphone et accueillit la phrase les yeux rivés sur l'écran.

— Comment ça, pas si simple ? Ça fait quatre mois que je vous paye, on a remué ciel et terre, et Peter ne m'a toujours pas contacté. Il y a manifestement un problème.

Il rangea son téléphone dans une poche.

De son côté, Matthew fit claquer les élastiques d'une chemise cartonnée.

— Ils ont trouvé un Wolf.

— Quoi ? Ils ont trouvé Peter Wolf ?

Sven haussa un sourcil qu'il remit en place immédiatement.

— Non, dit Matthew, ils ont trouvé UN Wolf, une toile de lui. Ils sont en train de… l'expertiser.

Klebs se distancia légèrement de l'interaction en se reculant. Il guettait l'arrivée des cafés.

— Un *Peter Wolf*, un vrai ? Mais qui ça, « ils » ?

— Les Français, vous savez, cette maison d'édition, dit Matthew. Degreef est dans le coup aussi...

— Et Grangier ? Il est aussi dans le coup ?

Aux yeux de Sven, Grangier incarnait la pire des impostures.

— Grangier n'est pas dans l'affaire, je crois, répondit Klebs.

— Ah, parce que t'es au courant toi aussi ?

— Oui, c'est mon boulot.

Le souffle de Sven se fit entendre. Il n'aimait pas ça. Il n'aimait pas quand son corps échappait à son contrôle, ne serait-ce que quelques secondes. Il se redressa sur son siège.

— Tant mieux si Grangier n'est pas dans le coup... Elle vaut quoi, cette toile ? Vous l'avez vue ?

— Non, pas encore. Et d'après ce que je sais, c'est un vieux truc en mauvais état.

Matthew n'avait aucune intention d'inquiéter Sven, et à l'heure actuelle cette toile n'avait pas encore de valeur.

Klebs eut un sourire en coin.

— Comment vous êtes au courant, vous ?

— Je le sais parce qu'ils sont nombreux sur le coup. Ça commence à se savoir, tout simplement.

— Elle est où, cette toile ? demanda Sven.

Klebs entendit des pas s'approcher, les cafés arrivaient.

— Justement, c'est ça qu'on ne sait pas encore...

L'assistante entra dans la salle de réunion avec un petit plateau rond.

— Bon, et pour le reste ? Je ne vois rien de très concluant. C'est quoi ces têtes d'enterrement ? Et je réitère ma question : pourquoi elle est toujours pas en taule ?

Klebs surprit Price en flagrant délit de consternation. *Il a toujours aussi peu de tact,* pensa Price en le foudroyant du regard. Il se reprit.

— Francfort m'assure qu'il n'y a pas de disparition avérée pour l'instant, légalement, on a tout tenté à ce niveau-là. On peut aller vers un abus de confiance, une usurpation d'identité, mais avant de se lancer là-dedans on a besoin de parler des conséquences avec toi. Parce que c'est tout autre chose…

— Comment ça, il n'y a pas de disparition ?

Sven faisait semblant de ne pas comprendre.

— Non, Sven. D'après eux, d'après le retour que j'en ai… de nos collègues sur place, les enquêteurs tendraient à… à… comment dire ?

— Putain, va plus vite, Price ! Ils tendraient à quoi ?

— À valider la défense de Petra.

Sven se leva d'un bond, une main sur la bouche.

— Je ne comprends pas, ils valident quoi, exactement ?

— Ils pensent même mettre un terme aux procédures, il semblerait qu'ils confirment ou plutôt qu'ils n'excluent pas le fait qu'elle ait pu être à l'origine des tableaux signés Peter et Petra Wolf.

— Pff ! Mais elle est passée où, la rigueur allemande ?

Personne ne sourit à la blague. Price se leva pour régler la lumière, il héla vaguement une secrétaire et lui demanda d'apporter le dossier. Une jeune femme s'exécuta et le déposa fissa sur le bureau.

Klebs s'avança et posa une main à proximité de celle de Sven.

— Sven, écoute-moi. Parfois, entre le droit, les procédures et les intérêts de mes clients, il peut y avoir conflit. Là, il me semble qu'il est de mon devoir de t'informer clairement de la situation. Je pourrais continuer avec toi, engranger des honoraires pendant des mois et te balader, mais…

— Mais quoi ?

— Là, d'après ce que je perçois de ta situation, il y a un vrai…

Sven ne supportait pas quand Klebs usait de ces précautions liminaires. Quand les gens étaient lents, ça n'était jamais bon signe.

— Va plus vite, Klebs !

— Je crois vraiment que tu as tout à perdre si tu te lances dans un procès.

Price résuma les propos de Klebs :

— Il y a le droit d'un côté et puis tes intérêts de l'autre.

Sven était concentré, il en avait suffisamment entendu pour rectifier :

— Enfin, il y a les miens et ceux du musée.

Price proposa deux issues : la première était de ne plus rien faire, mieux, de retirer la plainte et de cesser toute procédure. À trois mois de la grande rétrospective Wolf, il fallait faire profil bas et sauver les meubles. Un dossier bien préparé avec des communicants pouvait l'aider à transformer le fait divers en publicité. Un mégabuzz, en somme. Price et Klebs avaient anticipé cette piste en prenant conseil auprès du cabinet BlackSheep, spécialisé dans la communication de crise. Ces types-là avaient notamment sauvé des eaux le groupe Multileather après l'effondrement des usines-prisons en Inde. « Un boulot remarquable, avait dit Price, très inspirant. » Cette voie impliquait cependant de préserver Petra et, avec elle, l'image des Wolf. C'était la seule façon de garantir la valeur de la collection du musée.

— Si tu ne fais pas ça, il y a un vrai risque de dévaluation, et je te parle en tant que conseil. Est-ce que tu veux risquer autant d'argent ?

Price jeta un coup d'œil à Klebs.

— Dis-lui, toi !

— La cote des Wolf est en baisse. Les collectionneurs s'inquiètent. À mon avis, il ne faut pas risquer quoi que ce soit de ce côté-là.

Klebs lui tendit une feuille présentant une belle courbe.

— Regarde : l'annonce de la mise en examen de Petra n'a eu aucun effet sur la cote des Wolf, au contraire, même, tu vois une légère hausse sur la demande, là… Et bam, le 27, dès qu'il y a eu un doute sur la paternité de l'œuvre, ça commence à chuter doucement, tu vois ?

Il avait enfoncé le clou. Sven toussa et prit un peu d'eau. La courbe descendait à la date exacte où Sven avait sorti sa vidéo sur le Net. Sven examina la feuille avec un « oui, bon » pour tout commentaire.

— La deuxième solution est un peu plus risquée, annonça Klebs.

Il s'agissait de ne plus parler de disparition inquiétante mais d'usurpation d'identité. Là, il était possible d'attaquer Victor et de le faire tomber pour complicité, escroquerie ou association de malfaiteurs. Un tout autre terrain.

Price apporta son éclairage, un café à la main :

— Tu attaques la chaîne intermédiaire mais le risque est le même, il y aura un impact évident sur la cote. À toi de voir où tu veux placer ton intérêt. Mais pas sûr que le musée te suive jusqu'au bout sachant ça.

— J'imagine que tu as déjà fait parvenir ces documents au CA ?

Sven se doutait de la réponse.

— Oui, Sven, le CA a déjà tout en main.

Matthew eut un affreux pincement au ventre qui confirma son intuition. Dans un élan solennel, Sven se leva et posa la main sur un pan de mur en marqueterie, une main moite qui laissa une trace visible sur le bois.

— Je vais réfléchir, dit-il en soufflant un peu fort.

L'entretien était terminé. Sven n'avait aucune envie de s'attarder dans ce bureau trop neuf et il partit sans avoir pris la peine de toucher à leur café.

Il rumina tout le long du chemin du retour vers son bureau. Matthew marchait à ses côtés, légèrement en retrait. Cette fois-ci, les oiseaux du parc ne chantaient plus sur son passage, et Bambi se planquait sûrement derrière un buisson. La cadence était rapide, il déclamait ses ordres au pas de course :

— Trouve-moi les coordonnées de la direction de l'entrepôt de Bee quelque chose.

Matthew ne saisit pas bien le nom de l'entrepôt.

— L'entrepôt de quoi ?

— De Bee-quelque-chose-cow, en Allemagne ! Ils veulent dénicher du vieux Wolf, je vais en trouver, moi, du vieux Wolf.

— Comment écrivez-vous ça ? Beecow ?

— Tu trouveras. C'est à côté de Berlin. On va y aller et dénicher des trésors. Ils ont fait appel à nous il y a cinq ans pour sauver leurs archives. Ils venaient de se faire refouler par les fonds européens et ils désespéraient de trouver des financeurs privés. Tu parles d'une bonne idée, de sauver ce bordel…

— Les archives de quoi, Sven ?

Sven arrêta net sa marche et se retourna vers Matthew, excédé.

— Mais enfin, Matthew, je te parle des archives du bordel de la RDA !

Il reprit sa marche rapide. Il parlait, marmonnait en articulant à peine quelques phrases à l'intention de Matthew :

— Tu vas leur filer 30 000 dollars, ils vont être contents. Ils vont restaurer une vieille statue de Lénine ou une toile de propagande et puis toi tu trieras… Tu rapporteras un

Wolf… S'il y en a un quelque part, c'est bien là… Et si quelqu'un peut en trouver un, c'est bien toi.

Matthew opina du chef sans moufter alors que son intestin se tordait de bout en bout. Quelle poisse, il n'avait aucune envie de repartir en Europe à la recherche d'un Wolf.

De son côté, Sven gardait la cadence, imperturbable.

— Faut que je retrouve le nom, bordel… Beesquaw, Beeksaw, Beeskow. Oui, c'est ça. Note, Matthew : B.E.E.S.K.O.W.

Il s'arrêta brutalement en hurlant :

— BEESKOW !!!

De retour au bureau, après une pause aux toilettes et une petite heure de recherches, Matthew put rassembler toutes les informations dont il avait besoin. Il réussit à joindre la responsable des archives, qui n'en revenait pas de parler à l'associé de Sven Sön.

— Fais-la rêver, promets-lui un max pour qu'elle te déroule le tapis rouge, moi, je te laisse une enveloppe de 50 000 dollars si tu me déniches un Peter Wolf, sinon, bye-bye, tu te tailles.

Faire rêver, négocier, rouler… Non, Matthew n'était pas bon à ça. Il avait eu à peine le temps de se remettre à l'heure locale qu'il se retrouvait avec un billet en poche pour Berlin. Dans la salle d'embarquement, il se surprit à sourire en découvrant sur l'Instagram de Candy une photo de la Fernsehturm datée du jour même.

Candy avait rejoint Matthew à son hôtel. Se retrouver un peu partout dans le monde, au gré des événements, c'était devenu une habitude. Le soir, ils dînaient en buvant, et le lendemain ils se réveillaient généralement dans le même lit.

La veille, Matthew lui avait demandé une faveur et un peu de son temps. Il voulait qu'elle l'accompagne à Beeskow. Ça le mettait mal à l'aise de négocier seul, il avait peur de se planter. Candy avait accepté, sans calcul, l'idée de visiter un lieu pareil l'emballait.

Il devait être 7 heures quand Candy se leva pour prendre une douche. Elle frôla le bras de Matthew pour le pousser gentiment à se lever. Elle le trouva en sueur, brûlant et incapable de bouger. En allumant, elle le vit enroulé dans le drap blanc dans une posture christique, comme sur une peinture italienne du XVIe siècle.

— Matthew, tu as besoin de quelque chose, ça va ?

— Je vais crever, je crois.

Matthew se tournait et se retournait sans arriver à trouver une position qui puisse apaiser sa douleur abdominale. Ça lui faisait de la peine de le voir dans cet état.

Candy s'habilla rapidement et descendit à la réception pour appeler un médecin au plus vite. Son anglais était rapide, sans précaution. Le réceptionniste prit le téléphone et marmonna en allemand. Elle remonta les escaliers quatre à quatre pour revenir au chevet de Matthew. Son front était brûlant.

— *Sorry,* répétait-il, recroquevillé, la tête dans l'oreiller.

— T'inquiète pas pour ça. Un médecin va arriver.

— *Fuck,* j'ai rendez-vous, faut que j'y aille.

— T'inquiète pas. On va s'arranger.

Elle fonça dans la salle de bains pour y chercher une serviette humide, qu'elle posa sur ses jambes.

— Qu'est-ce que tu fous avec ta serviette ? C'est froid !

Il balança la serviette par-dessus le lit et se recroquevilla sur lui-même. Le médecin arriva enfin et l'examina tout en commentant en allemand. Une piqûre d'on ne sait quoi plus tard, Matthew se calma. Il leur dit que Matthew avait « un problème au ventre » et qu'il allait « bientôt dormir grâce à la piqûre », suite à quoi il encaissa son dû et disparut.

Candy resta un instant silencieuse près de Matthew. Il avait l'air d'un enfant malade, ébouriffé, transpirant, entortillé entre les draps. Elle aperçut une larme couler, puis deux. Candy hésita à le prendre dans ses bras, ça devenait intime. Il s'approcha d'elle pour lover ses pleurs dans le creux de ses cuisses. Elle laissa faire et lui caressa les cheveux, doucement.

— T'es pas en état de sortir, sérieusement, Matthew.

— Faut que j'y aille, Sven va me tuer sinon.

— Non, t'as vu dans quel état tu es ? Décale ton rendez-vous.

« Non, non », répétait-il en se traînant dans la salle de bains. Il fit couler de l'eau et s'écroula méchamment dans la baignoire. Inquiète du vacarme qu'elle venait d'entendre, Candy passa la tête dans l'entrebâillement de la porte et vit Matthew somnoler dans l'eau. Il risquait la noyade. Elle se précipita pour le sortir de là et le remettre au lit.

Le médecin l'avait prévenue : « *Lots of sleeping, because of the shot.* »

Elle prit l'adresse du rendez-vous et laissa un mot sur la table de chevet : *Repose-toi, ne t'inquiète pas, je m'occupe du Wolf.*

Avant de sortir, elle eut la présence d'esprit d'appeler Degreef pour lui expliquer la situation et recueillir quelques conseils.

— Vous allez à Beeskow, l'entrepôt ? lui demanda-t-il.

C'était providentiel. Les activités de Degreef pendant le Mur l'avaient rendu infréquentable aux yeux des responsables de la collection et il n'avait jamais pu y entrer. Il insista auprès de Candy pour être du voyage : si elle voulait trouver un Wolf, elle avait besoin de lui et de son expertise… Face à ces arguments, Candy n'eut d'autre option que de céder et lui donna rendez-vous. Par acquit de conscience, elle s'approcha du visage de Matthew pour vérifier sa respiration. Le temps de se mettre un peu de rouge à lèvres, et elle était en route.

La voiture que Matthew et elle avaient commandée arriva. Candy fit un détour pour aller chercher Degreef, qui lui balança en s'installant sur le siège qu'elle n'avait pas l'air d'avoir beaucoup dormi.

— Votre ami Matthew ne vient pas avec nous ?

— Il a eu un empêchement de dernière minute.

— Ah, je ne vous ai pas dit, j'ai proposé à Philippe de nous rejoindre. Il est arrivé hier, je crois qu'il serait très maladroit de le laisser de côté.

Candy eut un mouvement de recul. Pourquoi avait-il convié Philippe ? Elle faillit tout annuler avant de se résigner. À l'évidence, elle ne pouvait pas se passer de Degreef. Après une heure de route, la voiture s'arrêta sur la petite place de l'église de Beeskow. Deux hommes étaient là. Un malheur n'arrivant jamais seul, Philippe ne l'était pas, lui non plus.

— Qui est le type avec lui ?

Degreef crut reconnaître une silhouette vaguement familière.

— Mais... Incroyable... C'est Rüdiger... Incroyable !

Candy chercha ses lunettes dans son sac.

— Rüdiger ? Le Rüdiger de Peter Wolf ? Celui que Philippe a interviewé ?

— Celui-là même !

Elle vit un homme habillé d'un manteau de laine bleu foncé, assez grand, la petite soixantaine, les traits caractéristiques d'Europe du Nord. Elle se présenta à lui, puis il se tourna vers Degreef pour le saluer. Tous deux se serrèrent la main avant de tenter l'accolade.

— Vous n'avez pas changé. Ça fait quoi... Trente ans ! Cher Rüdiger !

Les deux hommes se tapèrent sur l'épaule en vieux frères. Philippe était aux anges de les avoir réunis, il recréait la scène qu'il s'était si souvent imaginée : Rüdiger en train de balader Degreef dans Berlin-Est, à la recherche d'artistes ravageurs.

Candy observa Philippe qui contemplait la scène avec une certaine émotion. Elle s'approcha de lui et le salua à son tour. Il bredouilla quelques mots, gêné. Elle décida de retourner vers Degreef et Rüdiger. Côte à côte, les cheveux blanchis par le même temps passé et la barbe désobéissante à certains endroits, ils ne se lâchaient plus.

Il était temps d'y aller.

Mme Schaeffer, la responsable des archives, les accueillit avec un sourire de circonstance. Candy fut impeccable, elle excusa Matthew et présenta brillamment ses collègues. La responsable entra dans le vif du sujet, heureuse de rencontrer de potentiels mécènes pour la survie de ses archives.

— Vous verrez, c'est très grand, nous avons plus de 25 000 pièces, et encore, nous avons dû en vendre une partie pour assurer les frais généraux. Le kitsch marche très bien, malheureusement, dans les boutiques de déco de Berlin. Nous avons aussi une activité de location pour le cinéma, mais personnellement ce n'est pas ce que je préfère.

Ils prirent une petite allée vers un immeuble qui jouxtait une grande bâtisse abandonnée. Candy jeta un œil aux alentours, rien n'était surveillé, et la porte s'ouvrait avec une clé aussi rouillée que celle du portail de sa grand-mère. Ils entrèrent tous les cinq dans le hangar. Il y faisait froid et humide, des conditions qui n'assuraient pas du tout la bonne conservation des œuvres stockées. Les fenêtres étaient obstruées et calfeutrées par des matériaux de fortune. Les armoires en fer et les étagères supportaient depuis des années des portraits d'Erich Honecker qui vous regardait fixement. Lénine aussi avait ses rangées de statuettes et de bustes de toutes les tailles. Et puis des toiles, des milliers de toiles de paysans, d'ouvriers, du peuple, du rouge, du vert, du labeur, des ferrailleurs, des cheminots, des infirmières, tout y était, stocké sur des centaines d'étagères en fer, et cela, sur trois étages.

— Tout ce qui est entreposé ici vient du Brandebourg, de Berlin et du Mecklembourg. Après la chute, une des dernières initiatives du gouvernement de la RDA a été de sauver ce qui pouvait encore l'être, et ils ont créé ces centres de documentation pour éviter que tout ça ne disparaisse. Il y a trois autres entrepôts, mais celui-ci est le plus important.

Mme Schaeffer insista sur le caractère artistique des pièces qu'elle appelait des « œuvres » et non pas des « œuvres de commande », en expliquant le danger de considérer tout ce qu'il y avait ici comme un simple témoignage historique. Elle défendait farouchement la classification artistique parce qu'ils risquaient gros : l'Europe avait refusé la sauvegarde de la collection, et le Centre de documentation de la culture quotidienne en RDA voulait venir y faire ses courses et leur piquer leurs plus belles pièces.

Philippe était dans un état second. Ce lieu résonnait en lui. En communion avec les murs et avec tout ce que ses yeux pouvaient croiser, il se sentait appartenir à cet endroit, bien plus que dans n'importe quel musée qu'il avait pu visiter.

Candy intervint :

— Nous cherchons des œuvres d'artistes comme Peter Wolf, ou d'autres qui pourraient avoir travaillé avec la Galerie 43.

— Ce n'est pas classé ainsi, mais si vous venez dans mon bureau je peux vous donner accès à une banque de données où de nombreuses œuvres sont répertoriées.

— Toutes les œuvres ? demanda Degreef.

— Non, c'est impossible. Quelques milliers seulement.

— Alors, si vous le permettez, on se sépare, dit Candy très pragmatique. Moi je reste ici pour regarder. On ira plus vite si certains d'entre nous exploitent directement la banque de données.

Candy se tourna vers Rüdiger et vit qu'il était blême. Toutes ces œuvres croulant sous la poussière l'attristaient profondément. Ce n'était pas la nostalgie de sa jeunesse qui lui crevait le cœur, mais le mépris avec lequel le monde traitait une partie de sa vie. On s'en foutait autant qu'on se foutait de ces 25 000 œuvres qui pourrissaient tranquillement. Rüdiger se mit à errer entre les étagères bringuebalantes, à déplier quelques toiles, pousser un peu les cadres et ouvrir les tiroirs. Il se dirigea seul vers les escaliers et déambula au premier étage, hagard, un peu comme un soldat après une bataille. Il dépoussiéra l'avant-bras d'une statuette en métal qui lui montrait le chemin du désastre.

Philippe était bouleversé de le voir ainsi. Il s'avança pour aller le réconforter mais la main de Degreef l'en empêcha.

— Je crois qu'il vaut mieux le laisser seul un moment.

La responsable des archives les pria de la suivre.

— Ça va aller plus vite avec la base de données, venez avec moi.

Philippe s'exécuta, après tout, c'était grâce à Degreef qu'il était là.

Candy et Rüdiger se croisèrent dans les escaliers. Elle avait l'air concentrée.

— Vous avez besoin d'aide ?

Elle se retourna, la main sur la rampe.

— Pardon ?

— Vous avez besoin d'aide pour mieux cerner ce que vous avez là ?

Elle lui sourit aimablement.

— Bonne idée, oui.

Ils marchèrent côte à côte sans parler, inspectant méticuleusement le bâtiment dans ses moindres détails, de haut en bas. Ils passèrent en revue les statues, les toiles, les dessins encadrés et les portraits des anciens du Parti.

— Où pensez-vous qu'on puisse trouver un Wolf ici ?

Rüdiger esquissa un sourire.

— Autant chercher une aiguille dans une botte de foin.

De leur côté, Philippe et Degreef s'étaient repliés dans le petit immeuble en face du hangar, là où il y avait les bureaux des archives. Mme Schaeffer les installa dans une pièce en désordre avec trois vieux ordinateurs au milieu.

Elle leur expliqua la procédure pour les recherches : par catégorie, thème, type de représentation et enfin par nom d'auteur, s'il était suffisamment lisible. À peine avait-elle fini sa phrase que Philippe tapota frénétiquement sur le clavier. Il obtint une liste de vingt-trois résultats, c'était inouï. Une émotion le traversa tout entier. Il nota le code de référencement et sortit en trombe, laissant Degreef stoïque et circonspect dans le bureau.

— Je reviens ! cria-t-il du couloir.

Philippe dévala les escaliers et courut jusqu'au bâtiment. Il entra comme un fou au rez-de-chaussée. Candy et Rüdiger étaient sûrement en haut. Avec son petit bout de papier à la main, il tenta en vain de comprendre la classification. Il était pourtant au premier, mais il n'y avait pas de rangée 22. Il retourna sur ses pas en scrutant les numéros sur l'étagère, mais il ne voyait que des lettres.

— Cat. 1, rangée 4-22. Aidez-moi à les trouver !

Candy et Rüdiger s'approchèrent de lui.

À son tour, Degreef était monté tranquillement à l'étage, en compagnie de la responsable.

— Je crois que, dans ces cas-là, il vaut mieux demander à Mme Schaeffer.

— Montrez-moi la référence ? demanda-t-elle.

Elle fit un petit « hum » et leur dit de la suivre. C'était au deuxième étage, au fond à droite, sur l'étagère la plus haute. L'assemblée observa une minute de silence devant l'endroit en question. Mme Schaeffer désigna religieusement l'endroit :

— C'est là.

Candy et Degreef montèrent chacun sur un escabeau. Rüdiger et Philippe tenaient leurs appuis.

— C'est lourd, ce truc, souffla Candy.

— Attention en bas ! beugla Degreef.

Ils attrapèrent la toile enroulée, du diamètre d'un rouleau de moquette, recouverte de poussière et de gravats. Sans trop de précautions, ils la posèrent à même le sol pour la dérouler.

C'était son usine. Rüdiger reconnut sous la poussière ses machines, ses ouvrières, leurs cheveux, et le vent, ce vent qui avait provoqué sa perte. Il toucha la toile, bouleversé, et prit Philippe dans ses bras en chuchotant des mots en allemand. Philippe ne comprenait rien mais il s'en foutait, il était content. Degreef tendit à Mme Schaeffer son petit papier à lui.

— Suivez-moi !

Ils laissèrent Rüdiger à sa toile et à son émotion, et se dirigèrent tous vers le troisième étage, où trônait une commode industrielle entièrement rouillée.

— C'est là. C'est le seul Wolf répertorié pour l'instant.

Ils ouvrirent le tiroir pour accéder à la toile et la déposèrent avec de grandes précautions sur le sol. C'était un format d'un mètre cinquante sur un mètre environ. Il y eut un long silence. Personne n'osa commenter. Décidément, pensa Candy, tout cela était un peu… déroutant.

En suivant les instructions que Matthew lui avait données et avec l'aide de Degreef, Candy négocia le Wolf. Une fois la toile à l'abri dans un emballage, elle retourna dans le petit bureau rejoindre les autres. Philippe tapait des mots clés les uns à la suite des autres, et d'autres références apparaissaient. C'en était fini des Wolf, il était question de Rüdiger à présent, et toute l'équipe s'était mobilisée pour retrouver son travail.

Au bout d'une longue journée très fructueuse, ils repartirent avec trois toiles de Rüdiger et une de Peter Wolf. Rüdiger s'était engouffré dans la voiture avant les autres, épuisé de lutter contre ses émotions pour garder la face. Quand la voiture démarra enfin et qu'il vit le bâtiment s'éloigner, il glissa sa main dans sa poche et effleura la petite tête de Lénine qu'il avait ramassée dans la poussière. Elle avait roulé par terre jusqu'à lui et ne manquerait probablement à personne.

Candy retrouva Matthew à l'hôtel. Il avait dormi et l'air en meilleure forme.

— Le Wolf est épouvantable ! lâcha-t-elle de but en blanc.

— Tu lui as donné 30 000 dollars pour un truc épouvantable ?

— Bien sûr ! Mais j'ai une surprise.

— Il va me tuer, Sven va me tuer…

Matthew était à nouveau recroquevillé sur son lit.

Candy prit sa voix autoritaire :

— Arrête un peu et écoute-moi !

Elle décrivit avec exaltation la grande toile des ouvrières. C'était authentique, puissant, dérangeant même. Parfait pour Sven Sön. Puis, avec tout son tact, elle raconta qu'elle s'était quelque peu avancée en persuadant Rüdiger de confier son travail à Matthew. « Je n'ai rien à perdre », lui avait répondu Rüdiger en haussant les épaules.

— Et toi non plus, Matthew, t'as rien à perdre ! Je sens qu'il y a un potentiel énorme ! Sven va adorer, le travail de ce type est incroyable, fais-moi confiance…

Hilary avait dîné plusieurs fois avec Petra et ses amies. Chaque jour, elle sentait qu'elle avait conquis un peu plus de terrain que la veille, mais sans jamais passer la barrière de l'intime.

Vera se détachait du lot, elle était la plus drôle, la plus atypique des quatre, et Hilary éprouvait pour elle une affinité véritable. Petra restait plus difficile d'accès, cachée derrière Muriel et Soledad, qui assumaient pleinement leur rôle d'écran protecteur.

— Vous savez qui vous devriez rencontrer, Hilary ?

Clope au bec, Vera faisait tourner son verre de cognac qui menaçait de se répandre sur la table.

— Detlev.

— Detlev Lindström ?

Vera eut l'air amusée.

— Elle connaît Detlev !

— Je ne le connais pas personnellement, mais je sais qu'il a écrit sur les Wolf… C'est un ami de Petra ?

— Oui, c'est son…

Muriel interrompit Vera en lui faisant les gros yeux. Elle rectifia :

— On se connaît tous depuis longtemps, oui... Figurez-vous qu'il nous rejoint ici ! Dommage que tu partes demain, Soledad, vous vous ratez de quelques heures...

Muriel était en rage : Vera n'avait aucune retenue ! C'était quand même à Petra de décider si oui ou non elle voulait livrer un peu de son intimité...

Hilary perçut la tension en faisant mine de ne pas comprendre.

La maison bourgeoise de Biebrich redevenait lieu de passage et de désordre. Il était clair que Petra avait besoin d'être entourée. Ses amies invitaient ceux qui avaient compté, ou ceux qui pourraient compter. Mais à peine Detlev était-il arrivé qu'il parlait déjà de rentrer. « Je ne peux rester que deux jours », répétait-il. Il se présenta à Hilary le plus ironiquement du monde comme « l'homme de l'ombre », mais c'était à prendre au sens littéral. Il avait toujours été dans l'ombre de Peter. Hilary comprit vite que Detlev, avec son air faussement détaché et sa veste en tweed, dissimulait avec beaucoup de mal son affection pour Petra.

Ainsi, Petra était un sujet sensible pour Detlev. Pour avoir des chances d'obtenir des informations, il valait mieux l'aborder de façon détournée, songea Hilary. Elle avait besoin d'un regard extérieur, d'une vue d'ensemble pour comprendre la genèse. Pour elle, toute cette affaire prenait sa source bien avant la rencontre entre Petra et Peter. Son instinct l'amenait à se focaliser sur Vera.

En attendant le café, Hilary profita des mouvements de fin de repas pour s'approcher de Detlev et lui poser quelques questions. C'était le moment idéal : Vera était affairée dans la cuisine pendant que Petra téléphonait à l'étage. Muriel n'était pas loin, plongée dans la lecture d'un gros roman.

— Parler de Vera ? Que voulez-vous savoir sur elle ? lui demanda Detlev.

— Tout ce que vous pouvez dire sans lui porter préjudice. Vous vous connaissez depuis longtemps ?

Il s'installa près de la fenêtre avec un café et commença à raconter Vera. Muriel lâcha son livre et prit place à ses côtés. Elle souriait au fur et à mesure, « J'adore la Vera de cette époque, disait-elle, il n'y a qu'elle pour avoir eu cette vie-là. »

Perdue au beau milieu des années 1960, Vera ne s'appelait pas encore Vera mais Annette. Elle avait apparemment deux robes dans sa commode et, faute d'argent, ne mangeait pas grand-chose. D'après Detlev, le morceau *All Tomorrow's Parties* du Velvet Underground avait été écrit pour elle. Ça vous situait le personnage en une phrase.

— À l'époque, Annette débutait dans la photographie et faisait toutes les galeries pour présenter son travail. C'est comme ça qu'elle est tombée sur Bob, un des assistants de Warhol. Elle est venue un après-midi le voir à la Factory pour emprunter du matériel. Et puis tout s'est enchaîné. Il y avait une dizaine de types qui s'agitaient dans tous les coins, et quelques filles posées sur un canapé. Annette est restée tout le temps près de Bob. Il travaillait avec deux autres gars, les genoux à même le sol pour étirer la peinture sur les grilles des sérigraphies. C'est là qu'elle a vu Lou Reed pour la première fois. À l'époque, c'était un type lugubre. Fallait traverser la mer Rouge pour arriver jusqu'à lui. Vera était timide, difficile à imaginer, n'est-ce pas ? Elle ne disait jamais rien, mais tout le monde avait compris qu'elle était dingue de lui.

Detlev fit une pause pour allumer une cigarette.

— Puis Holly, qui venait de Miami, l'a abordée. Elle l'a prise par la main et elle l'a poussée à côté d'une blonde peroxydée aux cheveux très courts. Puis un type lui a tendu une brosse à dents et l'a filmée en train de se laver les dents. Je m'en souviens bien puisque j'étais là. C'est comme ça qu'elle s'est retrouvée dans le deuxième film expérimental d'Andy Warhol.

Petra les avait rejoints et souriait.

— Oui, on la voit en super-8 rire aux éclats avec sa brosse à dents. Elle en a enchaîné plein après ça.

— Tout s'est arrêté en 1968, quand cette fille, Valerie, a tiré sur Warhol.

— Pardon, Valerie qui ?

Hilary ne suivait plus.

— Ah, vous ne saviez pas ? C'est une histoire sordide mais Warhol a survécu. Annette non. Ça a flingué sa carrière en même temps que son histoire avec Lou Reed.

— Sordide, oh oui, dit Petra en se levant. Je vais justement voir ce qu'elle est en train de comploter.

Muriel connaissait déjà l'histoire pour l'avoir entendue mille fois, elle laissa Detlev refaire le film pour la journaliste et retourna à son roman.

Seule face à Detlev, alors qu'ils étaient installés dans les fauteuils devant la cheminée, Hilary sentit que le moment était venu : elle voulait l'interroger sur les Wolf et leur passage à l'Ouest. Le papier qu'elle avait lu de lui, le fameux « Ils se sont évadés » comportait trop d'inexactitudes. C'était curieux, pourquoi tant d'approximations quand on a l'air de si bien connaître les gens ? Detlev chassa les questions de Hilary d'un revers de main. Il parut surpris.

— Comment ça, mais vous n'êtes pas au courant ?

Apparemment non, et elle avait besoin de lui pour en savoir plus.

Il fit machine arrière.

— Si vous ne savez pas, alors ce n'est pas à moi de vous le raconter.

Hilary s'exaspéra de ce petit jeu et rassembla ses affaires nerveusement.

— Si jamais vous avez d'autres choses à me dire, vous savez où me trouver.

Elle se leva, prit son manteau et se dirigea vers la porte.

— Merci pour l'anecdote, lança-t-elle depuis le perron.

Detlev referma la porte derrière elle.

— On ne peut pas la laisser comme ça plus longtemps, c'est ridicule, il faut savoir ce qu'on veut..., lança-t-il aux amies de Petra, assises autour de la table de la cuisine.

— Je sais, dit Vera en regardant par la fenêtre Hilary qui s'éloignait dans la neige, je sais, mais c'est Petra qui devrait lui dire, non ?

— Je n'ai pas d'avis, répondit Detlev.

Vera écrasa sa cigarette puis monta quelques marches pour accompagner sa voix jusqu'au premier étage.

— Tu es où, Petra, encore au téléphone ? Hilary revient demain, et tu vas tout lui raconter. Demain dernier délai ! Petra ?!!

La soirée de Hilary avait été suffisamment décevante pour qu'elle s'arrête boire un verre avant de rentrer à l'hôtel. Elle se posa à la première terrasse venue et commanda un rhum, juste de quoi garder le moral. Il faisait nuit noire, il pleuvait un peu, mais pas de quoi se réfugier à l'intérieur non plus. Elle reçut un message de Vera : « Petra voudrait vous parler. Bonne nuit. » Bonne nuit… Quelle drôle d'idée. Elle siffla son verre avant de croiser Ronald Reagan entre deux glaçons, *encore là, toi aussi,* puis elle se dirigea vers son hôtel et passa finalement une nuit paisible.

Le réveil fut rude le lendemain. Le cœur de Hilary battait un peu plus fort que d'habitude. En route vers la maison de Biebrich, elle aperçut au loin les volets verts, la grille du jardin et les camionnettes toujours rangées en file indienne. Ce fut Vera qui lui ouvrit. Elle l'emmena vers la cuisine, tout le monde était là. Muriel était assise, un peu à l'écart, absorbée par un article de journal. Detlev mangeait des œufs à l'autre bout de la table. Tout semblait normal, il était 10 h 30.

— Qu'est-ce qu'elle fait ? demanda Vera.

Muriel regarda le plafond.

— Elle va descendre, dit-elle, avant de se replonger dans son journal à la recherche de sa dernière ligne.

Vera trépignait et décida d'aller la chercher, elle avait peut-être oublié de se réveiller, on ne sait jamais. Elle ouvrit la porte en passant la tête dans l'entrebâillement. La pièce lui sembla vide, plongée dans la pénombre. Elle contourna maladroitement le fauteuil posé au milieu de la chambre et tira les rideaux pour faire entrer la lumière. Personne. Elle souleva la couette dans un réflexe naïf. « Petra ? Petra ?!! » Son téléphone se mit à vibrer. Quelques secondes plus tard, ce fut celui de Detlev qu'on entendit sonner. Après quelques mots échangés en anglais, il raccrocha, perplexe.

— Le Met porte plainte pour dégradation et acte de vandalisme.

Muriel en fit tomber son journal.

— Quoi ?

— Ils viennent de l'annoncer, il y a eu un incendie ! On a mis le feu à plusieurs toiles pendant la nuit.

— Non !

— Apparemment, c'est parti d'une des Wolf : *Die Mauer.*

Vera s'avança vers l'escalier, comme sonnée. Hilary regarda son portable. La nouvelle venait de sortir. Le feu au Met, un des bâtiments les mieux gardés de Manhattan. Elle fonça vers le salon, suivie par tout le monde, et alluma la télévision.

Installés en demi-cercle devant l'écran, ils se disaient tous que les coïncidences ça n'existait pas.

Hilary regarda autour d'elle. Detlev avait quitté la pièce. Il n'était ni en bas, ni dans la cuisine, ni dans la salle à manger. Hilary s'éloigna discrètement vers l'escalier. Le son de la télé couvrait ses pas. Elle entendit du bruit venant d'une des chambres, elle poussa une porte et aperçut Detlev en train de pianoter sur un ordinateur à même le sol.

— Qu'est-ce que vous faites ?

— Et vous, qu'est-ce que vous faites là ? Qui vous a dit de monter ?

Hilary s'avança vers lui.

— Je fais comme vous, je cherche.

Detlev referma l'ordinateur en regardant les lieux.

— Où est-ce qu'elle peut bien être ?

La sonnerie du téléphone fixe retentit dans toute la maison, c'était Horst. Apparemment, il avait eu vent de l'incendie lui aussi, et voulait voir Petra. « Elle est sortie », lui répondit Vera, mais cette réponse était loin de le satisfaire. La voix nasillarde de Vera se débattait, on entendait des « mais non », des « elle n'est pas partie dans la nuit » et des « soyez sérieux ». Mais une heure plus tard Petra n'avait toujours pas refait surface, et tout le monde repensait aux dernières paroles échangées avec elle pour y déceler une piste. Sans grand résultat. Horst et Ziedler avaient débarqué et ils tournaient en rond dans le salon : « Où est-elle ? »

La fouille commença par le bureau, se poursuivit dans la chambre et prit fin dans l'atelier. Hilary observait la scène :

c'était étrange, personne n'avait plus l'air si choqué que ça de l'absence de Petra.

Hilary jeta un coup d'œil à Detlev. Il semblait détendu, comme soulagé d'être passé dans la chambre de Petra avant l'arrivée des flics. Vera, elle, était étonnamment calme et posée, délestée de son agitation habituelle, elle ne paraissait pas inquiète de la fugue non plus. Hilary resta près d'elle pendant la fouille parce que Vera était la seule personne présente à ne pas la mettre mal à l'aise. Il y avait entre elles une entente tacite, tout en Vera lui disait : « Vas-y, parle-moi et je te répondrai. »

— Viens, dit-elle à Hilary, faut que je te montre quelque chose.

Elle l'entraîna dans sa chambre et vida sur son lit une boîte remplie de tout un tas de cassettes : des VHS aux mini-cassettes pour caméscope, il y en avait pour tous les formats.

— Tu vas mieux comprendre Petra avec ça.

Hilary en prit une dans ses mains : *1988 – Petra.*

1988... Depuis quelque temps, Hilary repensait souvent à cette époque. Elle avait quinze ans. D'ailleurs, ça ne lui faisait pas de bien d'y repenser.

— On visionne et je commente. Ça te va ?

Vera avait tout prévu, elle déballa plusieurs appareils qui semblaient tout droit sortis d'un vide-grenier. Elle réussit à tout brancher et mettre en marche sur un poste cathodique. L'image était surexposée, les traits bleus en bas de l'écran annonçaient une bande magnétique fatiguée.

— Prête ?

— Prête.

— J'aime l'image de la VHS…

Vera commentait tout ce qui apparaissait à l'écran.

— Ah, voilà… C'est Petra, là, toute jeune, regarde-la, comme elle est belle.

Vera toucha l'écran à plusieurs reprises. Ses yeux s'illuminaient à la vue de Petra, de ses longs cheveux blonds et de son pantalon à pinces qui ferait fureur aujourd'hui. Elle la suivait du bout des doigts.

— Et là, devine qui c'est ?

— Peter ?

— Oui, c'est lui.

Hilary s'approcha de l'écran à son tour. Elle arrivait à peine à discerner ses traits.

C'était la vidéo d'un vernissage de Petra. Ça commençait par des excès de zoom qui, à force, donnaient le tournis. En guise d'introduction, le plan s'arrêtait quelques secondes sur une affiche : « Petra von Hellermann : dissidence intérieure ». Il n'avait pas l'air d'y avoir grand monde, une quinzaine de personnes tout au plus. On voyait Peter enchaîner les verres dans un coin, l'air absent, pendant que Petra souriait et faisait de temps à autre un coucou ou une grimace à la caméra. Elle allait et venait entre Peter et les gens.

— Regarde bien là. Tu vois ? (Vera appuya sur pause et posa son doigt sur l'écran.) La toile là-bas dans le fond, tu la reconnais ?

— Attends, c'est *Die Mauer* ?

— C'est ça, dit Vera. Et lui, là, tu le reconnais ?

Hilary fixa l'écran sans succès. Le type était souvent de dos, et la mauvaise qualité de l'image l'empêchait de reconnaître tous les visages.

— C'est Detlev ! lui lança Vera.

Petra et lui étaient en pleine discussion devant *Die Mauer*, on les voyait se sourire et échanger des coups d'œil complices. Il y avait la scène dans la scène. Entre deux éclats de rire, Petra s'assombrissait, elle avait déjà cette inquiétude. D'où venait-elle ? Qui en était la cause ? Peter ou *Die Mauer* ?

Sven Sön ne parlait pas. Il errait, le visage fermé. De loin, on devinait un mauvais pli dans le dos de sa veste, et son col de chemise était mal placé. Il regardait les restes de fumée qui s'échappaient encore du couloir. Il sentait l'odeur de cendre entrer en lui par tous les pores de sa peau. Cette odeur le narguait, lui rappelait explicitement tout ce que le feu venait d'emporter. Sur le pont depuis 4 heures du matin, il était fatigué. On l'avait appelé en lui dressant un état des lieux factuel : un incendie s'était déclaré entre deux rondes. Sven avait à peine eu le temps de comprendre l'information qu'une voiture l'attendait en bas de chez lui. Une fois sur place, les pompiers avaient rapidement circonscrit le feu et retrouvé sans peine le départ du foyer. C'est en tout cas comme ça que s'ouvrait le rapport de police qu'un type roux lui avait mis sous le nez. D'après les pompiers, tout était parti de la grande toile du fond, qui avait été aspergée d'un liquide inflammable, comme de l'alcool à brûler ou à barbecue. D'ailleurs, il n'y avait qu'une partie du deuxième étage qui était touchée, celle dédiée aux Wolf.

Sven était dévasté, les toiles prêtées pour sa rétrospective étaient endommagées et ça présageait une série d'emmerdements sans nom avec les assurances. Un désastre. *Die Mauer* était en cendres, et *Die Mauer* c'était sa toile à lui, celle qui était entrée dans l'histoire au moment où Kohl l'avait offerte à Reagan et qu'ils avaient signée tous les deux. Celle que Sven avait rapatriée quelques années plus tard du musée des Alliés de Berlin pour inaugurer sa collection, mais surtout c'était sa toile à lui, parce qu'il venait la contempler pendant ses rondes nocturnes. Son cœur n'avait pas supporté d'entendre le rouquin lui parler d'« embrasement immédiat ».

— Heureusement que les murs étaient recouverts d'un enduit de protection anti-incendie ! répétait un assistant au loin.

C'est ce qui avait évité le pire, disaient les pompiers. Mais, pour Sven, le pire venait d'arriver : il avait perdu trois de ses plus beaux Wolf, la restauration des œuvres endommagées allait être longue, et il ne voulait même pas penser au bâtiment.

Les enregistrements de vidéosurveillance avaient été saisis par la police, et il y avait un début de piste : une silhouette non identifiée, filmée de dos à 3 h 47. Elle portait une casquette et une petite barbe, c'était à peu près tout ce qu'on avait de sérieux pour l'instant.

À 11 heures du matin, les journalistes avec leurs caméras de télévision postées devant le site avaient interrogé à peu près toutes les personnes qui entraient ou sortaient du bâtiment : police, pompiers, employés venus à la rescousse. Les badauds qui s'attardaient devant le drame devaient être contenus derrière une barrière rouge et blanche. La police passait le périmètre au peigne fin. À 11 h 30, c'était officiellement un « incendie criminel » et, même s'il s'était limité à une petite partie du couloir de gauche, tout le bâtiment était bouclé jusqu'à nouvel ordre.

— Le rendez-vous est-il maintenu ?

La secrétaire au chignon impeccable attendait une réponse, droite comme un I sur le seuil de la porte. Il pouvait bien y avoir un feu ou une tempête, ça ne changeait rien à son cou de danseuse et au camphre boisé qui vous cherchait le nez quand elle bougeait.

— Oui, il est maintenu.

— Très bien, dit-elle, je vais préparer la salle de réunion et prévenir la sécurité.

Price et Klebs arrivèrent, toujours plus alertes face aux événements qui s'enchaînaient. Tout était prêt pour les accueillir. On entendait Price jurer depuis le couloir, apparemment en pleine conversation téléphonique avec les assureurs. Le duo d'avocats, débordant de considération, s'exprima d'une seule voix :

— Quelle tragédie pour les Wolf, quelle tragédie !

— Vous… ?

— Oui, nous sommes au courant.

— Comment ça ? Seule la police est au courant…

Les deux collègues restèrent silencieux quelques secondes, puis Price reprit :

— Sven, on est toujours au courant de nos affaires…

Ils s'avancèrent vers Sven, l'air grave.

— Petra a disparu cette nuit.

Sven murmura :

— Disparu… Elle est morte ? Petra ?

— Non, elle a juste disparu.

Personne ne pouvait en dire plus pour l'instant.

Sven eut un mouvement de recul. Il comprit la simultanéité de ces deux événements et ne pouvait que croiser les données : son incendie, la nuit, le feu, Petra, ça tournait en boucle. Devant son silence, Price dit d'une voix affirmée :

— Il faut réagir immédiatement, c'est l'occasion de prendre le dessus.

Mais Sven était perplexe et ne réagissait quasiment plus. Il haussa les épaules.

— Si vous pensez que c'est ce qu'il y a à faire.

Price mesura l'effet de la nouvelle sur Sven. *Il va falloir le remettre en selle fissa.* Il haussa le ton pour le secouer :

— Très bien. On va commencer par l'étonnement. Sven, écoute-moi. Tu vas donner plusieurs interviews où tu paraîtras sonné, dépassé, un peu comme tu l'es maintenant… Puis tu montreras ton effarement devant l'incendie. Les gens concluront d'eux-mêmes…

Sven haussa les épaules une fois de plus.

— Et ils vont en conclure quoi, les gens ?

— Enfin, Sven, que tu es victime d'une vengeance !

La porte s'ouvrit, et tout le monde reconnut le parfum de la secrétaire.

— Monsieur Sön, le policier de ce matin voudrait vous voir. Il vous attend dans le petit salon gris.

Sven se leva, assez content d'échapper à Price et Klebs. Il se dirigea vers un bureau sinistre où l'attendait le rouquin qui travaillait d'arrache-pied depuis ce matin. Le flic, avec sa veste râpée aux coudes, observait la vue, qu'il trouvait vraiment pas mal d'ailleurs.

Sven s'approcha de lui, impatient.

— Un café, quelque chose ?

— Ah ! pas de refus, oui...

Le flic tenait plusieurs photos entre ses mains, il les regardait en parlant. Grâce aux caméras de surveillance des alentours du musée, ils avaient réussi à en savoir un peu plus. Celles de la rue avaient contribué à remonter de quelques pâtés de maisons la piste de l'homme sur les photos. En retraçant ses déplacements, on voyait que le suspect avait les doubles des clés et les bons passes. C'est à cause de ça que le flic supposait que c'était « un des vôtres, un ancien salarié, quelqu'un qui vous en veut, peut-être ». C'était une piste plus qu'envisageable parce que, des gens avec qui Sven s'était mal comporté, il y en avait à la pelle, surtout les petites mains, ceux qui bossaient et qui étaient mal payés.

— C'est possible, dit Sven, montrez voir sa tête.

Le flic lui tendit les photos, il avait même une vidéo sur son smartphone.

— Il n'est pas tout jeune, et d'après ma collègue il est de type caucasien.

Sven fit mine de ne pas comprendre.

— Les cambrioleurs, en général, sont sveltes et jeunes. Ils sautent et se déplacent vite. Là, cet homme traîne un peu la patte, regardez… Par contre, il sait exactement où il va.

— Si c'est un ancien salarié, il peut être vieux, non ?

— Oui… Mais ça ne colle pas. On revient juste de votre département des ressources humaines. Zéro conflit avec vos anciens salariés, couverture sociale au-dessus de la moyenne, RAS. On a quand même relevé deux ou trois noms de personnes avec qui ça a un peu chauffé, on vérifie leur emploi du temps. Mais à mon avis, on ne trouvera rien.

Sven sentit monter une inquiétude qui frôlait l'angoisse. Il repensa à la disparition de Petra. Et si c'était elle ? Et si c'était un coup monté ? Et si c'était vraiment Petra qui avait foutu le feu ? *Et pourquoi pas ?* Ce n'était pas un hasard.

Le flic le voyait tergiverser.

— Vous avez quelque chose à me dire ? Si c'est le cas, allez-y.

Sven hésita et mit en route la machine à expressos. Le flic avait une tête à se noyer dans la crème et le sucre. Sven se frotta la barbe qu'il n'avait pas rasée depuis la veille. Le café s'arrêta à quelques millimètres du bord de la tasse.

— Tenez, dit Sven.

Il s'arrêta un instant avant de se lancer :

— Il se passe quelque chose d'étrange, vous savez.

Le flic se brûla la langue dès sa première gorgée. Trop chaud. Il posa sa tasse sur un bout d'étagère et laissa Sven parler.

— Il s'est passé quelque chose cette nuit.

Le rouquin écoutait tout en cherchant comment refroidir le bout de sa langue.

Sven s'approcha de lui.

— Il y a quelque chose. Pas ici mais en Europe, en Allemagne, plus exactement. Mais je crois que c'est lié.

Sven n'osa pas en dire plus. Parler de Petra maintenant risquait même de lui nuire, vu tout ce qu'il avait tenté pour la faire tomber. Mais c'était plus fort que lui, fallait que ça sorte.

— Vous savez, la toile qui a pris feu, celle qui est à l'origine de l'incendie... C'est *Die Mauer*, une toile de Peter et Petra Wolf, des artistes dont je prévois une rétrospective à l'automne prochain. Tout à l'heure, vous cherchiez des gens avec qui je pouvais être en conflit, eh bien, Petra Wolf et moi sommes en conflit ouvert, pour ainsi dire, pour des raisons contractuelles fort complexes...

— Je comprends. Vous me parlez bien de la toile qui a pris feu en premier et de la femme qui l'a peinte ?

— Oui, c'est ça...

Sven se tut quelques minutes.

Le flic posa la question que Sven attendait :

— Et où puis-je la trouver cette madame... comment, Wolf ?

— Justement, dit Sven, justement. Vous allez voir que ça se complique : je viens d'apprendre qu'elle a disparu cette nuit... Nous avons une sorte de litige. Que ce soit clair, je ne la porte pas dans mon cœur.

— Et monsieur Wolf ? Où est-il ?

Sven observa quelques secondes de silence.

— Justement, il a disparu aussi.
— Pardon ?
— Allez voir mes avocats, ils pourront tout vous expliquer. Je vais aussi vous mettre en contact avec mon assistant, Matthew. Il pourra vous seconder dans vos démarches.

Le flic n'était pas né de la dernière pluie. S'il y avait bien un truc qu'il savait, c'était que, même des deux côtés de l'Atlantique, les coïncidences fâcheuses, ça n'existe pas.

Matthew débarqua juste à ce moment-là dans le bureau, un paquet volumineux sous le bras. C'était la première toile qu'il avait rapportée de Beeskow. Une bénédiction, selon Sven, qui le voyait arriver comme le sauveur.

Matthew était encore pâle et avait eu beaucoup de mal à se remettre de sa piqûre allemande. Il était persuadé qu'on lui avait injecté une molécule interdite aux États-Unis.

À Berlin, Candy avait géré sans broncher la visite à Beeskow, la crise de Matthew, la négociation des toiles de Wolf et de Rüdiger, les invités surprise et même les réservations au restaurant le soir. Elle était épuisée. Elle avait décidé de rester quelques jours sur place, le temps de s'en remettre et, soyons fous, de profiter de la ville.

D'aussi loin qu'elle se souvienne, elle avait toujours entendu les gens s'extasier sur Berlin, c'est donc en toute conscience qu'elle ne faisait pas exception à la règle. Elle était bien à Berlin. Degreef lui avait dégoté un deux-pièces non loin de la Frankfurter Tor avec une « vue imprenable » sur les immeubles staliniens des années 1950. C'en était presque beau. Le hasard la plaçait à quelques minutes de l'ancienne Galerie 43. Elle y était retournée une première fois par curiosité, puis pour y boire un verre. L'ambiance lui plaisait, elle s'installait, regardait la rue, et écoutait les gens parler une langue qu'elle ne comprenait pas. Candy s'asseyait dans le coin entre la grande baie vitrée et le bout du comptoir. Elle pouvait rester des heures assise là, heureuse de ne jamais être dérangée, tout en espérant secrètement qu'on s'intéresse à elle. Et puis il y avait cette toile qui trônait là comme une énigme. À force de la voir au-dessus du comptoir, elle se mit en tête de percer le mystère de son étonnante platitude. C'est comme ça qu'elle passa la plupart de ses après-midi berlinois, le nez en l'air et le regard fixe, avant de s'aventurer sur son clavier d'ordinateur. Mais ça vagabondait sec dans son esprit, Paris lui revenait : de Claude Rutault à son directeur de thèse, tout était bon pour la distraire.

Sa régularité avait attisé la curiosité du gérant. « Mais que faites-vous ici tous les après-midi ? », « D'où venez-vous ? » Cela faisait deux fois qu'il venait vers elle le temps de quelques échanges rapides. Elle avait réussi à attirer l'attention.

Ce qu'elle faisait ici ? Elle désigna du doigt la toile qui les surplombait et se débrouilla avec son anglais pour dire qu'elle tentait une analyse structurale quasi sociologique des œuvres des Wolf et qu'en gros il fallait comprendre celle-là pour comprendre toutes les autres. Pour elle, c'était la clé.

Il eut l'air amusé.

— Vous aussi vous lui trouvez quelque chose à cette toile ?

— Euh… pas vraiment. Enfin, j'essaye de comprendre, c'est ce que je vous dis…

Il eut un rire franc.

— Vous vous y connaissez en art ?

Elle mentionna sa thèse et ses activités récentes à Berlin.

Le type lui souriait de plus belle.

— Je me souviens de vous, oui, vous étiez venue avec Degreef pour prendre des photos de *La Vague,* je l'appelle comme ça, cette toile. Allez, je vous paye un coup. Et si vous êtes thésarde, venez derrière le rideau, ça va vous plaire.

— Volontiers, dit Candy. Mais vous connaissez Degreef ?

Le gérant l'emmena sans lui répondre dans la grande pièce qui prolongeait le bar. Il y avait des toiles et des photos accrochées, des installations et quelques sculptures qui occupaient tout l'espace. C'était très dense, sans respiration, un fouillis inhabituel, mais ça fonctionnait. Au fond, il y avait un escalier qui descendait dans une sorte d'immense cave. Le type avait l'air fier de son endroit.

— Ici on crée, on expose et on vend. Parfois, on donne ou alors on échange. Tout est en libre accès. (Il désigna une porte qui devait mener sur une réserve.) En bas, il y a du matériel, notamment toutes sortes d'imprimantes, pour tous les supports, venez voir.

Candy le suivit. La cave était aussi grande que la salle du haut.

— De mon temps, on coupait les bandes au cutter pour le montage, maintenant il faut être un peu plus au fait numériquement…

Il se retourna vers elle et s'exclama fièrement :

— Tout est à disposition !

— C'est un peu comme une association, une sorte d'école ? demanda Candy.

— C'est une résidence d'artistes en libre accès, en quelque sorte, un atelier où tout le monde peut venir, c'est aussi une salle d'exposition, un lieu de vente et de rencontres. Ça fait plus de trente ans qu'on se relaie pour garder l'esprit de ce lieu. Sauf qu'aujourd'hui très peu de gens comprennent ce qu'on peut encore bien y faire…

— Oui, la Galerie 43 ! Elle est encore très connue, non ?

— Très connue, je ne sais pas, les gens ont oublié, je crois. Ils sont méfiants, ils pensent toujours qu'on va leur demander une contribution… C'est dur de lutter contre le grand capital.

Candy se remémora ce qu'elle avait lu sur la Galerie 43. Elle avait du mal à imaginer qu'elle était au cœur d'un lieu qui avait fait trembler le Parti et sauvé tant d'âmes indociles. C'était minuscule en fait, comparé à l'image qu'elle s'en faisait. Le gérant lui montrait les pièces, les réserves, les affiches et tout ce qui passait sous leurs yeux.

Il y avait une ambiance paisible. C'était comme si les murs s'étaient nourris de toutes les énergies passées. Candy observa son guide. Il avait l'air d'un vieux rebelle, usé mais constant, le genre de type qui ne tombera pas. Il était là, devant elle, et c'est à cet instant qu'elle eut la révélation.

Elle recula d'un pas pour mieux le dévisager.

— Vous êtes Peter Wolf ?

Il lui sourit, pris au dépourvu.

— Euh… oui. Mais ici je suis Markus.

C'était évident. C'était lui. Bien sûr que c'était lui.

— Peter Wolf ! Je… Je m'appelle Candy Mills, je suis très heureuse de faire votre connaissance.

— Moi aussi, mais appelez-moi Markus, j'y tiens. Surtout en ce moment.

Candy l'avait en face d'elle, elle pouvait lui toucher la main.

— Mais vous savez que tout le monde vous cherche ?

— Je sais. Mais ils cherchent mal, je n'ai pas bougé depuis trente ans…

Une foule de questions se bousculaient. *Dis quelque chose, parle, ne reste pas bêtement bouche bée.*

— La toile là-bas ?

— Oui.

— Vous savez, hum, Markus… Je travaille avec Hans Degreef et depuis peu avec Rüdiger Kneff.

— Je sais, ils m'ont parlé de vous.

Candy fit l'étonnée.

— Ils vous ont parlé de moi ? Quand, récemment ?

— Oui.

— Ah, mais alors ils ont toujours été en contact avec vous ?

— Bien sûr !

— Mais… Elle est de vous cette toile ?

Une femme appela Markus. Au ton de la voix, Candy imagina qu'elle lui disait quelque chose comme : « Je suis toute seule, viens m'aider. » Il lui répondit en raccompagnant Candy de l'autre côté du rideau.

— Revenez ce soir et nous en parlerons calmement. Ça pourrait vous être utile pour votre livre et le reste. Je vais rejoindre ma collègue qui m'attend.

Candy resta debout, sonnée. Comment était-il au courant de son projet de livre ? Comment se faisait-il que tout le monde le cherchait alors qu'il n'avait pas bougé depuis trente ans ? Comment c'était possible ? Elle envoya un SMS à Degreef :

« Bonjour Hans. Ça fait dix jours que Peter Wolf me sert mon café. Vous nous rejoignez ce soir ? »

Peter retrouva son comptoir ; et Candy, sa tasse de café. Elle l'observait évoluer dans l'espace, parler aux gens, c'était bien lui, Peter Wolf !

Elle patienta jusqu'à 22 heures. Le bruit de la salle et les éclats de rire ne la gênaient pas. Elle y était presque. Les gens commençaient à partir. Le froid de la porte, les gants, les manteaux enlevés et remis. Candy attendait son moment, assise à la même place. Les quelques mots échangés avec Peter l'avaient libérée, elle écrivait frénétiquement des paragraphes entiers sur son ordinateur. Tout se déliait, elle tenait enfin son fil conducteur. Peter s'approchait d'elle de temps en temps pour lui déposer une bière ou un morceau de pizza. Vers 20 heures, elle reçut un message de Degreef qui déclinait l'invitation. Quelle déception, elle venait de résoudre l'énigme ultime et elle ne recevait aucune réaction à la hauteur de son enthousiasme. Elle décida de ne plus rien dire à personne. Ni Matthew, ni Philippe, personne. Après avoir imaginé le pire avec à peu près tout le monde, elle s'accommoda finalement assez bien de sa victoire en solitaire.

Vers 23 heures, Peter s'assit enfin avec elle, une bière à la main. Il ne restait qu'un jeune gars complètement exsangue qui passait la serpillière.

Peter commença à tout déballer. Ça devait être trop lourd à porter après toutes ces années.

— Vous savez, j'ai su très vite que l'exil ne me convenait pas. Changer de nom pouvait suffire.

Peter raconta comment il avait embrassé sa nouvelle identité et, avec elle, tout ce qu'il avait toujours rêvé d'être.

— J'aime bien parler de Peter à la troisième personne. Et même ce nom, Peter, c'est devenu celui d'un autre, avec le temps. J'ai l'avantage de profiter de mes deux vies, autant de la vie de Peter que de celle de Markus Breimer, artiste-cafetier arrivé à Berlin en 1990.

Candy comprit que Peter n'était ni l'un ni l'autre, ou plutôt parfois l'un, parfois l'autre. Il trouvait son équilibre dans la segmentation et la recomposition permanente de son être. Mais depuis quelques mois, à force de le remuer, le passé surgissait sans cesse. Les curieux se rapprochaient toujours plus de son secret. Qu'est-ce que ça pouvait bien leur faire de savoir qui était Peter Wolf, où il se trouvait et ce qu'il faisait ? Ces derniers temps avaient été difficiles, car ils le ramenaient à Peter et à ce qu'il n'avait finalement jamais été, à savoir un artiste talentueux. Son passé lui revenait dans les moindres détails, lui qui avait mis tant d'énergie à l'oublier.

Le jeune homme rangea la serpillière et enfila sa veste, Peter lui donna quelques billets de 20 pour la soirée. Il ferma la porte à clé et baissa la lumière. Le bar avait l'air plus grand. Peter retourna derrière le comptoir et prit une bouteille de bière qu'il but directement au goulot.

— Petra a toujours essayé d'ouvrir ses bouteilles au briquet, ça la faisait rire, mais elle n'y arrivait jamais. J'aimais beaucoup Petra, je l'ai aimée sincèrement.

Candy se dirigea vers le comptoir et s'assit sur un tabouret. Elle extirpa de sa poche un petit enregistreur. Il poursuivit :

— On en avait souvent parlé, elle et moi : qu'est-ce qui fait vendre ? Le discours ou le contenu, le hasard ou le réseau ? On s'en fout maintenant, mais elle avait raison parce que ça a marché. Elle a bien vendu. Elle a sacrément bien vendu.

— Mais pourquoi vos deux noms ?

— C'était un pari au départ, ça faisait dix ans qu'elle ne vendait pas. Un jour, une de ses amies est venue à la maison, cette femme, Vera. L'idée vient d'elle. Petra m'impressionnait, son talent me terrifiait, elle avait tout. Vera voyait en nous le couple parfait, l'artiste maudit, l'évadé et la parfaite icône de l'Ouest. Elle n'arrêtait pas de nous dire qu'on était beaux tous les deux. Et puis un soir, comme ça, on a imaginé une légende et on s'est très vite rendu compte que les gens mouraient d'envie d'acheter cette histoire. C'était dans l'air du temps. On a vendu toutes ses premières toiles comme ça, en changeant juste son nom et le titre. Vera s'occupait du discours, moi, je l'accompagnais de temps en temps sans rien dire. Je n'arrivais pas à parler aux gens parce qu'ils me posaient toujours les mêmes questions, ça me paralysait. J'étais épouvanté de voir à quel point ça fonctionnait, à quel point elle vendait, juste avec mon nom. Aux vernissages, je buvais et les gens me trouvaient formidable alors qu'ils lui parlaient à peine, à elle. C'était à vomir.

— Mais vous la voyez toujours ?

— C'est, comment dire, compliqué à expliquer. Tout passait par un ami, Detlev Lindström. Lui, c'était un vrai dur de chez dur. Toute sa vie, il s'est fait passer pour un gentil alors que c'était un des agents les plus coriaces de l'époque. Pour tout vous dire, j'ai jamais su pour qui il travaillait réellement, la CIA, les Russes…

Candy s'arrêta net.

— Pourquoi vous me parlez de CIA ?

Elle avait raison, il ne savait pas pourquoi il lui parlait de ça. Ça faisait des jours qu'il la voyait avec son petit ordinateur, les yeux braqués sur cette toile. Elle ne pouvait pas lui faire de mal.

— Je vous en parle pour me débarrasser de Peter, j'en profite un peu, une dernière fois. Et je sais que vous allez m'aider.

Il se leva.

— Tout est dans cette toile. C'est drôle vous savez, elle est vraiment de moi et vous l'avez dit vous-même, elle est absolument à chier.

Candy hocha la tête, c'est sûr qu'elle n'avait rien de particulier.

— Je vais vous dire un truc qui va vous servir pour votre livre. C'est quoi déjà votre sujet, celui que vous aviez mentionné pendant la réunion avec Degreef et Victor à Paris ?

— L'existentialisme en RDA ou la scène silencieuse.

— C'est ça, à part vous, qui d'autre pourrait en parler, hein ? Et pour que vous le vendiez mieux, votre livre, je vous donne mon scoop à moi : je ne suis pas juste le plus grand prête-nom de l'histoire de l'art…

— Vous êtes en train de me dire que Peter et Petra Wolf c'est elle, *uniquement elle* ?

Il eut soudain envie de l'embrasser.

— Oui, c'est ce que je vous dis depuis le début. J'ai toujours eu du mal avec la peinture de l'Ouest. J'aime les choses que j'ai toujours défendues ici, à la Galerie 43, j'aime les artistes qui s'en prennent plein la gueule. Vous vouliez la scène silencieuse, vous l'avez là, devant vous. Tellement silencieuse qu'elle en est morte. Et moi, j'essaye de garder au sec les dernières reliques. Je passe ma vie à immortaliser son dernier souffle…

Candy baissa les yeux.

— Et Petra ?

— Petra était comme moi, prise au piège entre 1988 et 1990. Mais elle était plus maligne. Elle a très vite compris comment s'en sortir. Au début, on n'avait pas d'argent et notre histoire de couple Est-Ouest avait eu le chic d'affoler tous les services de renseignement. On avait un arrangement, vous savez. Elle me filait du fric de temps en temps.

— De quoi parlez-vous ?

— Ma sœur m'avait fait passer à l'Ouest en décembre 87, mais je me suis rendu compte que j'y étais aussi surveillé qu'à l'Est. Même avant 89, Berlin-Ouest, c'était compliqué, vous savez. Fallait être habile et monnayer ce qu'on savait pour avoir la paix. J'ai joué l'artiste maudit, le fou, j'ai même menti à ma sœur parce que je savais qu'elle était pieds et poings liés avec eux. Mais Petra a trouvé la solution. La toile que vous avez au-dessus de vous, c'était notre seule façon d'avoir la paix. Une sorte de monnaie d'échange. On ne peut pas décrocher le tableau sans l'éventrer, et s'il est décroché, c'est le signe qu'on a rendu la liste publique. Tous ceux que ça concerne sont au courant.

— La liste, mais quelle liste ?

— La liste des agents. Celle qu'on a récupérée en 90 in extremis grâce à des amis, des anciens du VBK. Il y a tout le monde : des artistes, des galeristes, des amis, tous ceux qui ont travaillé même un seul jour pour la Stasi, à l'Est comme à l'Ouest. Tout est là-haut sur microfilms.

— Des microfilms ?

Peter sourit.

— Oui, ils sont là, encore accrochés au mur, juste derrière la vague centrale. Vous voyez cette épaisseur, cette couche de matière ?

Candy s'approcha.

— Je peux toucher ?

En réalité, ce n'était pas que de la matière, la toile était légèrement bombée.

— Je garde tous nos secrets bien en vue depuis trente ans. Tout le monde le sait. Tous ceux qui nous ont foutus dans le pétrin et que je vois passer tous les jours. C'est ma garantie, ma tranquillité à vie. Je sais que j'y suis aussi.

Candy fixait la vague et essayait de s'imaginer à quoi pouvait bien ressembler un microfilm en vrai. Elle se retourna vers Peter, prudente.

— Vous avez travaillé pour la Stasi ?

— Oui, mais ça n'avait rien d'exceptionnel à l'époque.

Candy avait du mal à comprendre la légèreté avec laquelle il venait de prononcer cette phrase. Elle questionna Peter sur l'efficacité d'une telle installation. Après trente ans passés, est-ce qu'une liste pareille pouvait encore avoir de l'importance ?

Peter sourit, elle ne savait vraiment rien de cette longue tragédie.

— Vous n'êtes pas sérieuse ! Vous croyez que tous ceux qui étaient de la sécurité intérieure sont morts, vous ? Si vous saviez qui est accroché là-haut…

— Mais… Ça se garde longtemps un microfilm ?

Peter ne put s'empêcher de rire aux éclats.

— Je n'en sais rien, probablement pas. L'important, c'est que ceux qui y sont le croient.

Peter se tut un instant, il considéra gravement la situation. Il eut ensuite un élan vers Candy et il décida de l'inclure à tout jamais dans son histoire.

— C'était ça, votre contrat ?

Peter n'entendit pas la question, happé par son propre récit.

— Et si on le décrochait ? Vous voulez un livre sur la scène silencieuse, vous allez voir que les balances ne sont pas tous des salauds dans l'affaire. Si vous voulez comprendre comment on s'en sortait, il faut avoir tout le spectre de l'histoire. Venez, on va chercher de quoi immortaliser en direct le décrochage.

Candy se figea et planta son regard dans le sien.

— Je le fais à une condition.

Peter la regardait attentivement, elle avait du cran.

— Je le fais si vous êtes officiellement coauteur d'un chapitre de mon livre. Ça va me faire un peu de pub, pour la fac, pour le reste.

— C'est d'accord.

— Pourquoi faites-vous ça ?

— Parce que je n'ai plus rien à perdre et qu'ils vont retrouver l'autre liste dans quelques heures si ce n'est déjà fait.

— Quelle autre liste ?

— La même, mais du côté de la CIA.

— Quoi ?

Tout allait un peu trop vite pour Candy. De la RDA à la CIA, il n'y avait qu'un pas qu'elle avait du mal à franchir. Puis elle se souvint de sa grand-mère, qui racontait ses allées et venues de jeunesse entre Bayonne et Saint-Sébastien avec des indépendantistes planqués dans le coffre de sa Renault. Si sa grand-mère avait bravé les douaniers avec des guérilleros sous des couvertures de pique-nique, pourquoi n'y aurait-il pas des microfilms cousus dans des tableaux ?

Peter posa sa bière vide devant lui.

— Dans *Die Mauer*, la toile qui a paraît-il brûlé dans l'incendie du Met, il y a l'autre liste, la liste de Petra, celle des anciens indics de l'Ouest. J'y suis. Petra aussi. On est beaucoup d'ici à en être.

Ziedler et Horst n'arrivaient pas à se mettre d'accord. Ziedler refusait toute coopération internationale, ce qui était une aberration pour Horst, plutôt enclin à l'accepter.

— On va se faire bouffer par les Ricains, ils vont tout récupérer et nous foutre sur le carreau. (Ziedler n'avait que ça à la bouche.) On va se faire plumer, Horst, tu es aveugle ou quoi ?

Grâce à la convocation de Matthew et à quelques tentatives d'intimidation plutôt réussies, Horst avait récupéré pas mal d'informations venant tout droit de l'équipe de Sven Sön. Pauvre Matthew, il n'avait pas tenu le coup face au flic aguerri qui l'avait baladé pendant plus de deux heures. Il avait vidé son sac et celui des autres par la même occasion. Horst en savait bien plus maintenant sur l'affaire, et c'est grâce à ça qu'il était sur le point de demander une coopération internationale, ne serait-ce que pour avoir accès à la fameuse liste que les restaurateurs du Met venaient de retrouver dans la toile endommagée, dissimulée sous une superposition de matière à la Anselm Kiefer, à quelques centimètres des signatures de Kohl et de Reagan. Pour l'instant, l'information restait confidentielle, mais il était fort probable qu'elle s'ébruite en un rien de temps. C'était de l'or en barre pour les médias.

Horst n'en était pas moins circonspect. Quelles étaient les raisons de cette étonnante coïncidence, pourquoi ici et là-bas, pourquoi aujourd'hui ? Se focaliser sur la disparition de Petra n'avait pas de sens pour lui. Horst savait qu'elle ne faisait que mettre en lumière celle de Peter. La simultanéité des événements était en revanche une piste réelle, concrète. Était-ce un kidnapping maquillé ? Le leurre était-il le feu ou la disparition ?

Sa perception fragmentée de l'histoire monopolisait ses pensées, l'obsédait. Il manquait un élément. *Bouge, décide-toi, fais quelque chose, n'importe quoi*... Horst eut un pressentiment. Il décida de retourner dans cette grande maison à Biebrich. Pour éviter de trouver porte close, il téléphona une dernière fois, au cas où.

Ce fut Vera qui répondit à l'appel. De son côté, l'angoisse de rester sans nouvelles suscitait en elle les scénarios les plus inquiétants, et elle n'en pouvait plus. Au fil de leur conversation, Horst lui glissa nonchalamment :

— Si vous avez quoi que ce soit pour nous aider, une idée, vous savez à qui vous adresser.

C'était la phrase de trop. Elle se lança dans un monologue rageur en direct au téléphone :

— Comment ça, une idée ? Mais vous n'avez pas conscience de l'avalanche de merde qui s'est abattue sur elle à cause de Sven Sön ? Tout le monde est allé cracher son venin et dire qu'elle était incapable. Vous pensez qu'elle a pris ça à la légère ? Vous imaginez la violence qu'elle a subie ? Je peux vous rafraîchir la mémoire si vous voulez.

Elle encouragea Horst à voir et à revoir la fameuse vidéo où ils paradaient tous, les Blanc, les Kneff, les Wleill, les Grangier, les Wigh, les Endut, les Viezzucci, les Berg et consorts. Toutes ces personnes débitaient à tour de rôle un tas d'horreurs, tranquillement assises dans un décor de circonstance.

Vera ne s'arrêtait plus, sa voix épouvantable, surtout dans les aigus, donnait à sa colère une dimension tragique.

— Vous pensez que ça n'a pas anéanti Petra ? Parce que, moi, je sais que ça lui a foutu un coup.

Elle lui raccrocha presque au nez et retourna dans la cuisine.

Elle ne put s'empêcher de visionner une énième fois la vidéo sur son téléphone. Chaque mot prononcé l'accablait. *Je ne pensais pas que ça pouvait autant l'atteindre,* ressassait-elle.

Muriel s'approcha d'elle.

— Tu lui as dit de ne pas écouter ces conneries, mais qu'est-ce que tu crois ? Qu'il suffit de penser à oublier pour oublier ?

Muriel avait raison. Vera avait toujours considéré Petra comme une femme forte, une endurante, une coureuse de fond.

— Mais comment Petra, elle, la Mata Hari, celle qui survolait les magouilles des marchands d'art, celle qui a tenu le coup face aux intimidations du renseignement… Comment, elle, elle a pu flancher ?

Vera n'avait de cesse de répéter cette phrase comme si elle attendait une réponse là, tout de suite. Hilary attrapa au vol l'allusion : comment ça, Mata Hari ? Muriel acquiesça sans rien dire tout en disposant quatre chaises autour de la table.

— Asseyons-nous.

Devant l'urgence de la situation et les questions de Hilary, Vera raconta la fois où Petra s'était arrangée avec le renseignement français pour avoir la paix, juste après la chute du Mur. La rumeur savamment orchestrée du sauvetage de Peter avait eu des conséquences imprévues : tout le monde avait conclu qu'elle avait des connexions qu'elle n'avait pas.

— Elle a dû jouer un jeu très dangereux à l'époque, un double jeu, en échangeant une liste d'anciens de la Stasi contre celle des agents étrangers en RDA, expliqua Vera. Elle était sous pression, ils l'avaient menacée de briser sa carrière qui venait juste de démarrer.

Vera ajouta qu'elle l'avait fait « sans trembler du menton », en monnayant au passage la tranquillité de Peter – et de Muriel –, mais, ça, elle ne le lui avait jamais dit : elle la savait trop fière.

Poussée par le renseignement français, Petra avait tout planqué dans le tableau qui s'était retrouvé dans l'avion présidentiel direction Washington. Le hasard l'avait ainsi placée au cœur de tractations qu'elle n'était pas en mesure de refuser.

Muriel écoutait attentivement Vera. Assise sur sa chaise de cuisine, elle avait acquiescé de bout en bout, une larme toute prête à couler le long de sa joue. Elle découvrait en même temps que Hilary ce que Petra avait fait pour elle. Les pages arrachées de son dossier… Tout faisait sens.

— Il faut tout balancer à Horst. Qu'on en finisse, souffla Muriel en séchant ses yeux.

Hilary n'en crut pas ses oreilles. Elle était sur le point de signer un des plus beaux papiers de sa vie, même s'il y avait Reagan quelque part, planqué entre deux pages.

— Toi ou moi ? demanda Vera.

— C'est moi qui vais l'appeler ! Après ça, on la rejoint à Berlin. Je crois savoir où elle est.

Muriel se leva, s'installa dans le salon, porte fermée, et prit son téléphone.

Au même moment et à quelques kilomètres de là, Horst était à son bureau en train de visionner attentivement la vidéo de Sven Sön. Jusque-là, il n'avait jamais porté une attention particulière à la violence de son contenu. Mais plus il écoutait, plus il en concluait que c'était tout bonnement dégueulasse. Évidemment que quinze minutes de diffamation vues par des milliers de personnes foutrait n'importe qui par terre.

Puis il reçut le coup de fil inespéré de Muriel, qui lui dit, en substance : « Allô, c'est Muriel, je vais tout vous raconter : moi, elle, Peter, la Stasi, les tableaux et le reste. »

Après cette longue conversation, Horst se laissa littéralement tomber sur son siège. Sonné. Il essaya de rétablir les liens entre les événements des dernières semaines : Sven était lié à Petra et Peter, *Die Mauer* avait brûlé, une liste d'informateurs était cachée dans un vieux tableau accroché dans un troquet à Berlin, la sœur de Peter avait travaillé pour la sécurité intérieure de l'Allemagne de l'Est, Petra avait disparu et on venait d'apprendre qu'elle avait elle aussi quelque lien avec les services de renseignement français. Ça faisait beaucoup d'un coup. Horst comprit pourquoi cette histoire lui échappait complètement. Il y avait une dimension qu'il n'avait pas soupçonnée en démarrant l'enquête. Petra était difficile à cerner parce qu'elle était aussi double que déterminée depuis le début. Elle n'avait rien laissé au hasard, pas même vis-à-vis de ses amies.

À la maison de Biebrich, on ne pouvait toujours pas mettre un pied dehors sans être suivi par des journalistes ou des flics. Parfois, il était difficile de faire la différence entre les deux. Après avoir longuement étudié la situation, Vera, Hilary et Muriel avaient mis au point un stratagème à l'ancienne qui leur assurerait une fuite en bonne et due forme. Muriel avait été douée pour ça, quoiqu'elle se doutât que le monde avait changé depuis sa formation par les camarades du KGB. C'était le tout pour le tout. Ses directives étaient claires : arrivée ensemble au Lilien-Carré, l'affreux centre commercial construit sur l'ancien parking de la gare, dispersion à tous les étages, changement de vêtements et rendez-vous à la sortie du parking pour foncer dans une voiture de location. C'était simple et ça avait marché : elles s'étaient retrouvées à l'heure dite dans une voiture aux vitres teintées pour cinq cents kilomètres de route, de Wiesbaden à Berlin. L'ambiance était tendue, mais il fallait y aller. Muriel conduisait. Hilary était à l'arrière avec Vera. Detlev, qui était de la partie, avait été installé sur le siège passager, à cause de ses grandes jambes.

Ils roulèrent comme ça une bonne partie de l'après-midi, et Detlev avait fini par piquer du nez. Rien ne le réveillait, même lorsqu'elles s'arrêtaient dans les stations-service où elles réglaient tout en liquide, comme il se doit lorsqu'on est en cavale. Muriel semblait imperturbable, accrochée au volant, on aurait dit que sa seule peur était qu'il lui échappe.

À l'entrée de Berlin, il y eut un froid dans l'habitacle : « C'est toujours étrange de revenir ici », souffla Muriel. Personne n'avait répondu mais, étrange pour étrange, cette phrase avait réveillé Detlev. Après une demi-heure d'embouteillages, la voiture arriva enfin dans la Boxhagener Straße. Il était tard et il y avait une place libre juste devant le café.

Une fois la voiture à l'arrêt, le silence fut absolu. Les trois femmes se regardaient, scrutaient la rue, le café, la salle encore éclairée. Il n'y avait pas un chat à l'intérieur. Muriel prit la parole :

— C'est en travaux, on dirait.

Depuis la voiture, elle avait aperçu deux personnes sur des escabeaux en train de s'affairer au-dessus du bar. Detlev avança sur son siège et se colla à la vitre.

— Non, c'est pas en travaux. Regarde, Muriel !

— Mais qu'est-ce qu'il fait ?!!

Detlev fixa Muriel.

— Il le fait. Il décroche.

— Viens, s'exclama-t-elle. On y va.

Muriel et Detlev sortirent en trombe de la voiture sans attendre les deux autres, encore à l'arrière. Ils foncèrent tout droit vers le café.

— C'est qui cettc fillc, tu la connais ? demanda Muriel, arrêtée devant la porte vitrée.

Ils observèrent un instant Candy qui dévorait Peter des yeux.

— Non. Connais pas.

Muriel poussa la porte pour entrer dans le café, mais elle ne s'ouvrit pas. Elle poussa à nouveau.

C'est alors que Peter se retourna vers eux.

— C'est fermé ! dit-il en faisant de grands gestes.

Ils se contemplèrent pendant de longues secondes. Muriel ne disait pas un mot. Finalement, elle se décida et elle lui dit ce qu'elle n'avait jamais osé lui dire depuis vingt-cinq ans :

— Ouvre-moi, Peter !

Il la dévisageait sans bouger.

Elle répéta :

— Ouvre-moi !

Detlev lui montra la poignée.

— C'est fermé, Peter, ouvre-nous.

Candy percevait dans sa chair toute l'intensité de chacun de leurs regards.

— Mais ouvrez-leur, bon sang ! fit-elle tout à coup.

Sorties de la voiture pour observer la scène de plus près, Vera et Hilary s'étaient approchées pendant que Muriel et Detlev pénétraient dans le café. Vera alluma une cigarette et la tendit à Hilary.

— Même après vingt-cinq ans, ils sont infoutus de se prendre dans les bras.

— Mais qu'est-ce qu'ils font ? C'est qui ce type ?

— Ce type, c'est Peter Wolf. Et je crois bien qu'il est en train de le décrocher. Oui, ils le décrochent... Dans cette toile, il y a tout ce qui a déchiré des milliers de gens pendant quarante ans et qui les empêche encore de se pardonner aujourd'hui. Le reste du monde s'en fout, mais pour eux ça ne s'arrête jamais.

— C'est peut-être parce que ça fait trop longtemps, justement, rétorqua Hilary.

Muriel et Peter s'attaquaient ensemble à la toile, à coups de ciseaux. Sans échanger un mot, ils travaillaient côte à côte. Ils en retirèrent une fine enveloppe en papier kraft. Peter prit derrière le comptoir un seau rempli de glaçons et une poubelle en fer. Il arrosa l'enveloppe de vodka, alluma son briquet et y mit le feu. Puis, après l'avoir contemplée un court instant, il la jeta dans la bassine de fer. Une fumée noire s'échappa de la poubelle. Peter attrapa la main de sa sœur, l'alarme incendie se mit à hurler.

— C'est dingue, lâcha Vera, on peut plus rien cramer tranquille !

Face au tournant que prenait l'affaire, Price et Klebs avaient décidé d'adopter une stratégie de communication prudente, à base de remords et de profil bas. Il fallait en finir coûte que coûte avec la réputation agressive de Sven Sön et redorer son blason. C'était la solution la plus rapide et efficace pour détourner l'attention des médias, se faire oublier et éviter toute éventuelle mauvaise presse. Pour ça, ils restaient inflexibles sur un point : silence radio sur les fameux microfilms. Sans quoi cette révélation romanesque bénéficierait sans aucun doute à Petra en lui assurant un capital sympathie inattendu. Pour sûr, une jeune femme qui avait caché des microfilms ferait indiscutablement fantasmer les nostalgiques des parapluies bulgares version KGB. Cette information devait forcément être occultée.

Price et Klebs étaient en pleine démonstration quand Sven leur coupa la parole :

— C'est tout ce que vous me proposez ? J'aurais pu y penser moi-même !

Il eut soudain sérieusement envie de revoir leurs honoraires à la baisse, voire de les foutre à la porte.

Matthew n'était pas avec eux ce jour-là. Il avait perdu connaissance une première fois en sortant du bureau de Horst à Francfort, et ça ne s'était pas arrêté là. Rentré à New York en vrac, il avait été admis à l'hôpital en urgence. Sven disait, non sans une certaine déception, que son ulcère avait « explosé ».

Enfin, Matthew se sentait en sécurité : il était alité et la porte de sa chambre d'hôpital était bien fermée. Il n'y avait que des blouses blanches qui allaient et venaient. Pas de Sven Sön, pas d'histoires de Beeskow ni de tractations, pas de Petra ou de Victor Hallworth, personne. Pas même Candy. Il en était arrivé au point où la seule pensée de son travail lui foutait des douleurs lancinantes. S'il ne mourait pas de son ulcère, c'était son cœur qui le lâcherait, il en était convaincu. Bien à l'abri du monde depuis sa chambre aseptisée, il n'avait aucune idée de ce qui se tramait depuis Berlin.

Car il se tramait quelque chose à Berlin.

Depuis leurs retrouvailles dans le bar, le soir du décrochage, Vera avait une seule idée en tête : frapper là où le coup était parti. Il fallait riposter fort et rapidement. Elle voulait la peau de Sven Sön, elle voulait le combattre et le voir ramper, elle lui aurait fait avaler ses tripes en sang si elle avait été capable de choses de ce genre. Elle le faisait pour Petra, pour Valerie et pour toutes ces filles qu'on avait spoliées, pillées, moquées. Et pour elle aussi, un peu.

Arrivée à la Boxhagener Straße, Vera s'était approprié les lieux. Elle s'y enfermait des journées entières. C'était un espace de travail presque sur mesure où tout le matériel était à disposition. Il réunissait les conditions idéales pour donner l'envergure qu'elle souhaitait à son projet. Elle avait enfin les moyens d'élaborer son plan en toute tranquillité. Hilary restait à ses côtés, jamais très loin : elle s'était enfin mise à écrire.

De temps en temps, Peter passait et s'enfermait avec Vera au sous-sol, ils coupaient des bouts de pellicule au cutter, montaient, visionnaient. On les entendait parfois rire tous les deux. Parfois, c'était Muriel ou Hilary qui descendaient discuter avec elle de l'avancement de son film. Le projet de Vera prenait forme, soutenu par la même attention qui entourait l'avancement de l'écriture de Hilary, qui enchaînait les articles.

Candy avait naturellement trouvé sa place au milieu des autres et travaillait sans s'arrêter. Peter et Muriel lui racontaient tout sur leur « scène silencieuse ». Ils lui donnaient des contacts. Elle notait, annotait, interviewait les acteurs de l'époque et rédigeait chapitre sur chapitre. Elle était bien.

La Galerie 43 était redevenue un lieu investi, un lieu de création et de résistance collective. Vera comme Hilary travaillaient d'arrache-pied et ne sortaient que pour manger ou dormir. C'était un drôle d'endroit où chacune avait quelque chose à défendre, quelque chose qui allait bien au-delà de Petra et de son histoire singulière. Son histoire à elle était devenue *leur* histoire.

De l'autre côté de l'Atlantique, Sven bénissait la dure loi de l'actualité en accueillant avec soulagement les pires faits divers venus remplacer le sien. La stratégie de Price et Klebs avait marché, et une semaine avait suffi aux médias pour mettre sa petite actualité au placard. Les gens du métier commençaient à l'oublier, à s'intéresser à d'autres malheurs, et, selon l'agence BlackSheep, c'étaient là les premiers pas vers l'absolution.

Mais sa tranquillité retrouvée ne dépassa pas le mois de mai.

Un matin, il trouva Price et Klebs qui l'attendaient dans son bureau. Il s'était douté de quelque chose à son réveil : le nombre de mails reçus depuis l'Europe dans la nuit était exceptionnellement haut.

— Qu'est-ce qui se passe ? demanda-t-il sans détour.

Price était livide, et Betty, sa secrétaire, arborait un chignon moins strict que de coutume. *C'est mauvais signe,* pensa Sven.

Klebs lui dit de s'asseoir et lui posa son Mac sur les genoux.

— C'est passé dans une émission allemande grand public, ils viennent de le vendre à la NBC et c'est repris par tous les sites d'information en ligne, *goddamn,* regarde !

Sven s'approcha de l'écran. C'était une vidéo avec un type en gros plan, un Allemand qui parlait anglais avec un accent à couper au couteau. Sven ne comprenait pas bien ce qu'il disait, mais en regardant mieux l'image il vit que son nom figurait en surtitre. Il déchiffra : Peter Wolf. Ah, ça alors ! Peter était vivant ! Il le savait ! Il l'avait toujours su ! Peter était là et il parlait ! Sven se tourna vers Price avec un sourire jusqu'aux oreilles.

— Il nous répond, tu vois, ça a marché !

— T'emballe pas, attends, t'emballe pas…

Surpris par l'air consterné de son avocat, Sven redirigea son regard vers l'écran. Peter n'avait pas l'air malade, chétif ou maltraité, il avait l'air plutôt en forme et très à l'aise devant la caméra. Il n'avait pas l'air non plus de prendre la mesure, *du tout,* de ce que Sven avait fait pour lui. Il parlait d'une voix posée, et ce n'était pas de Sven qu'il était question mais de Petra. Peter parlait de Petra et exprimait toute son admiration pour son œuvre. *Son œuvre.* Il racontait « l'arrangement » qu'il avait eu avec Vera. Des images, au grain passé, montraient Peter et Petra en 1989, oui, c'était eux, on les reconnaissait, tous les deux magnifiques dans leur trentaine. Ils étaient en pleine discussion devant le fameux *Die Mauer* et *Auf die Schliche kommen.* Ils s'adressaient à Vera et entamaient un dialogue à trois. Tout était documenté, soigneusement monté : la préparation de leur légende et du discours politique à donner à chaque tableau.

Le procédé était toujours le même : Petra sortait une toile et s'ensuivait une conversation houleuse sur la représentation de départ et celle qui lui serait attribuée. Une fois d'accord, ils lui trouvaient un nouveau titre, exercice qui avait l'air de beaucoup plaire à Peter, qui était le plus actif à ce niveau-là du processus.

Sven n'en revenait pas, il était abasourdi, sonné.

Des interviews de Petra au fil des années ponctuaient le documentaire. On la voyait à l'œuvre et on l'entendait parler de sa solitude, de l'ampleur symbolique de sa propre dissimulation qui était devenue sa deuxième création en quelque sorte. Les extraits vidéo s'enchaînaient des années 1980 jusqu'à nos jours. Le temps avait imprimé sa marque sur le visage de Petra, son regard était désormais voilé d'amertume.

Au bout de la dix-septième minute, il y avait une interview de Peter et Petra aujourd'hui, ensemble, assis côte à côte. Peter n'avait pas l'air de vouloir s'enfuir, il lâchait même, à un certain moment, un petit sourire en coin suivi d'un : « Je n'ai jamais rencontré tous ces gens des galeries et des musées, ça a toujours été elle. »

Sven éteignit l'écran, épuisé, dévasté ; il y avait encore plus d'une demi-heure de film.

Price lui mit la main sur l'épaule.

— En plus de ça, on va avoir les féministes sur le dos.

Sven détourna les yeux sans rien dire. Cloué à son fauteuil, il n'eut pas la force de faire un geste. L'écran indiquait le nombre de vues, 223 000 pour l'instant, mais le compteur grimpait. Il prit conscience de l'ampleur de ce qu'il venait d'entendre. Grangier, lui, tous ceux qui avaient prétendu avoir croisé Peter et parlé avec lui, étaient pris en flagrant délit de menterie… Peter Wigh, Maurice Blanc, Aaron Kloël, Vladimir Wleill, Samuel Berg, Lichka Dinovitch, Martin Grangier, Alonzo Viezzucci, Gary Moon, Cavit Endut, Matilda Kneff, tous. Comment était-ce possible ? Et celui qui l'avait entendu crier de désespoir dans la salle à manger… Et l'autre qui lui avait parlé pendant un vernissage, ou encore celui qui l'appelait régulièrement pour prendre de ses nouvelles entre deux crises ?

Klebs se grattait la tête.

— Ça va prendre un peu plus de temps que prévu.

— C'est tout ce que vous avez à dire ? leur demanda Sven.

Un spécialiste de la communication dépêché par BlackSheep fit son entrée en trombe dans le bureau. Il se présenta rapidement avant de s'exclamer :

— Nous avons travaillé à une nouvelle stratégie ! Il faut communiquer la liste aux médias. Ça détournera l'attention, et on les fera passer pour des rouges, des salauds du KGB.

Price secoua la tête, perplexe.

— Le KGB n'a rien à voir là-dedans, on parle de quelques embrouilles avec la Stasi, et avec les renseignements français pour Petra…

— On s'en fout ! Les Américains ne connaissent pas la Stasi et se foutent pas mal des Français. Le KGB, en revanche, c'est clair : ce sont les méchants, c'est facile à identifier. Si on parle du KGB ou du FSB, ce sera clair. Ça décrédibilisera tout le reste.

— C'est une bonne idée, assura Klebs du fond du bureau.

KGB ou pas, Sven était blessé. Peut-être plus encore qu'il l'avait été après l'histoire du collectionneur espagnol, celui aux deux Giacometti. Il se méfiait de ces peines-là, elles le plongeaient dans ses plus grands abîmes. Pour surmonter son désarroi, il lui fallait de l'action, c'était une question de survie. Il se leva, la gorge encore serrée et l'air grave, sortit de la pièce sans rien dire, prit l'escalier de service et se dirigea directement au sous-sol, à la réserve.

— Sortez-moi *Les Ouvrières* ! Dépliez-le, cria-t-il aux petites mains qui gardaient le stock, il me le faut tout de suite.

Quatre employées et deux stagiaires s'affairèrent pour trouver de quoi il pouvait bien s'agir. Après quelques renseignements vite échangés, ils apportèrent la toile, encore enroulée dans un papier qui avait dû avoir des bulles un jour. Elle était sale, pleine de poussière et sévèrement abîmée par endroits.

— Tendez-la !

L'équipe obéit en manipulant la toile avec une lente précaution, histoire de ne pas endommager la peinture pliée depuis trente ans.

Sven attendait, impatient. Il considéra le travail de Rüdiger qui prenait forme sous ses yeux. Oui. C'était intéressant, incontestablement.

Sven eut une idée : il allait maintenir son exposition, mais il prendrait tout le monde de court en déplaçant le contenu de son axe initial. Fini les Wolf, au placard ! Il consacrerait désormais sa grande exposition à l'art est-allemand. Un ostensible et génial pied de nez à toute son affaire.

Sven dégaina son téléphone et appela sa secrétaire :

— Réservez-moi deux billets pour Berlin, je pars à Beeskow.

Il raccrocha sans prendre la peine de dire au revoir. Il rappela le numéro dans la seconde :

— Et trouvez-moi un stagiaire, un assistant qui s'y connaisse pour qu'il vienne avec moi, quelqu'un de solide, cette fois.

Hilary devait avoir quinze ans, peut-être seize. Elle avait été invitée quelques jours dans la maison de campagne de son amie Suzy, une fille de sa classe avec qui elle s'entendait bien. Pour la rejoindre, Hilary devait prendre le car à 10 heures le lendemain matin à la gare routière et s'arrêter dans un patelin au nom imprononçable. C'était la première fois qu'elle faisait un si long trajet toute seule. Elle retrouvait Suzy et Alex, une autre amie arrivée la veille. La baraque était immense, il y avait du bois partout, au sol comme sur les murs. Une maison de grands-parents laissée dans son jus. Au rez-de-chaussée, quatre portes donnaient sur un jardin. Au fond, on apercevait une petite rue qui débouchait sur l'artère principale du bled. C'était l'Amérique profonde, calme et inquiète.

La première chose qui avait frappé Hilary à son arrivée, c'était que Suzy, Alex et elle étaient quasiment livrées à elles-mêmes. Le fait d'avoir deux invitées devait avoir un lien avec l'absence d'adultes, avait songé Hilary. Le soir, elles avaient avalé des pizzas décongelées et s'étaient réfugiées dans la chambre du haut pour écouter de la musique en se gavant de bonbons. Alex avait soudainement décrété qu'elle fumait, alors les deux autres s'étaient mises elles aussi à fumer, pour l'accompagner. Alex était la plus délurée des trois. Elle était d'un blond très clair, avait un teint diaphane et trimbalait avec elle une mélancolie terriblement attachante. Son père était mort d'une maladie dont personne n'osait parler et pour l'aider à s'en remettre, sa mère lui laissait toute sa liberté. Suzy était tout l'inverse. Sérieuse, bonne élève et sombrement brune. Hilary était au milieu. Ni blonde, ni brune, ni sombre, ni orpheline.

Le lendemain soir, elles étaient sorties en douce et avaient rencontré des types de leur âge qui faisaient les malins à moto. Elles avaient passé la nuit à l'arrière des bécanes en criant plus fort que le moteur. Ça avait beaucoup plu à Alex. Hilary en revanche n'avait aimé ni la vitesse, ni le type derrière lequel elle se farcissait le patelin à cent à l'heure. Après ces démonstrations de zèle, ils avaient passé la nuit à fumer de l'herbe en face du supermarché, et elles étaient rentrées au petit matin. Personne n'était là pour les engueuler. Rien. Hilary se souvint avec émotion du rapprochement entre Suzy et elle la nuit suivante, une densité dans leurs regards, comme une envie de savoir. Hilary n'avait encore jamais embrassé personne, ça s'était fait comme ça, doucement, juste avant de s'endormir. Le lendemain, elles s'étaient baladées en se tenant par la main, les doigts entremêlés. Les types à moto avaient débarqué juste au moment où elles s'embrassaient, cachées derrière le chêne de la piscine municipale. Ils s'étaient mis à les encercler, à tourner autour d'elles, moteur hurlant. Des insultes, des coups et une peur immense. Puis plus rien, trou de mémoire. En une demi-journée, elle était devenue celle par qui le malheur était arrivé, toute la famille de Suzy avait subitement réapparu pour proclamer sa disgrâce. À peine lui avait-on rafistolé l'arcade sourcilière qu'elle était assise dans le car retour direction chez elle. Elle n'avait pas eu le temps de parler à Suzy et de lui dire au revoir. Elle ne se souvenait plus de rien. Juste du silence de mort dans la voiture quand son père était venu la chercher à la gare routière. La honte et l'effroi l'empêchaient de parler. Pas un son ne sortait de sa bouche, pourtant ça lui faisait mal sur le côté droit quand elle contenait ses pleurs. Son père s'était garé en hâte devant l'allée et il était entré le premier dans la maison. Elle avait du mal à suivre. Sa mère les attendait dans le salon devant le journal télévisé. Elle criait : « Viens, Bobby, regarde, viens ! Le mur de Berlin… Ils ont perdu, regarde ! » Son père s'était précipité pour voir les images à la télé, il souriait et avait pris sa femme dans ses bras. Hilary était toujours dans le couloir avec son petit sac de voyage sous le bras. Sa mère lui avait dit quelque chose comme « quand t'auras fini tes conneries, tu viendras nous rejoindre ».

Hilary avait passé une partie de la nuit devant la télé, assise à côté de ses parents sur le canapé, sans parler. Toutes les chaînes s'extasiaient devant la chute du Mur et passaient en boucle des images de Kennedy, Nixon, Ford, Carter, Reagan, et enfin Bush, qui annonçait fièrement la fin du rideau de fer.

L'étrange voix de Vera vint interrompre Hilary dans ses souvenirs. Pas si désagréable que ça, sa voix, finalement.

— Tu es perdue dans tes pensées, toi, non ?

Elle remonta le drap sur ses épaules.

— Non, bien au contraire, j'ai trouvé.

Hilary prit la cigarette de la bouche de Vera, se leva pour la jeter par la fenêtre et retourna se coucher auprès d'elle.

Il n'aimait pas sortir, prendre l'air ou se promener. Il ne savait pas quoi faire de lui à l'extérieur. Alors il restait à la maison. Moi, je peignais, et lui, il se plaignait.

PETRA WOLF, 2019

— Vous préférez cette entrée en matière ?

Petra ôta ses lunettes. Son accent allemand lui cognait toujours autant l'oreille.

— Enfin, vous pensez qu'un type qui se plaint, ça donne envie de lire sa biographie ?

Philippe ne répondit pas. Décidément, elle n'avait rien perdu de sa réputation.

Les entretiens entre Matilda Kneff, Martin Grangier et Sven Sön ont été largement inspirés par la collection « Nouvelle création contemporaine » (2005), Paris, éditions Flammarion, pages 168-170. Extraits lus par Cécile Proust : https://vimeo.com/27162912.

La vidéo intitulée « La place des femmes dans les mondes de l'art » a été largement inspirée par l'interview d'Alain Quemin, professeur de sociologie, membre honoraire de l'Institut universitaire de France, par Marie Docher : « Art contemporain et femmes. Ce que le sexe fait aux artistes », https://vimeo.com/193555298.

DANS LA MÊME COLLECTION

Louise Browaeys, *La Dislocation*

Gringe, *Ensemble, on aboie en silence*

Émilie Guillaumin, *L'Embuscade*

Carine Hazan, *jean-jacques*

Aurélie Jeannin, *Préférer l'hiver*

Aurélie Jeannin, *Les Bordes*

Anne de Kinkelin, *12 bis, avenue du Maréchal-Joffre*

Anne de Kinkelin, *La Sourde Oreille*

Nicolas Maleski, *La Science de l'esquive*

Nicolas Maleski, *La Force décuplée des perdants*

Sophie Reungeot, *Le Bruit des avions*

Composé et édité par HarperCollins France.

Achevé d'imprimer en décembre 2021.

CPI
FIRMIN-DIDOT

à Mesnil-sur-l'Estrée (Eure)

Dépôt légal : janvier 2022.

Pour limiter l'empreinte environnementale de ses livres, HarperCollins France s'engage à n'utiliser que du papier fabriqué à partir de bois provenant de forêts gérées durablement et de manière responsable.

Imprimé en France